一號公路

梁均國中短篇小說選

一號公路

梁均國
中短篇小說選

山頂文化

梁均國 著

自序

　　那是 1965 年吧，我還在港大，第一次讀到傑克 · 凱魯亞克（Jack Kerouac）的《在路上》。書中的兩個主角從紐約時報廣場出發，以 100 英里的時速，日夜不停地奔馳在大西洋太平洋之間的公路上，那幾千英里的瘋狂節奏和不受邊界限制的自由，對於從小被困在一個小島上的我是很大的震撼，讀着讀着我就會流下眼淚。

　　如果説某些書對一個人的人生旅程會發生重要影響的話，就我來説這應該是其中一本。

　　1967 年夏天，我來到了法國，隨即前往離巴黎約 400 公里的小城貝桑松，那裡是一個大學城，有專門為外國學生開辦的法語速成班。嫵媚的杜河（le Doubs）河套繞着小城溫柔地兜了大半個圈，河邊楊柳樹上掛着在 7 月微風中隨時準備起舞的柳絮。一個長周末我約了同班的一個德國女孩，一起搭順風車去 200 公里外的日內瓦，這是我第一次上路，公路兩旁一望無際的田野中開滿了各種顏色的野花，身邊還帶着一個散發着草莓酸奶香的女孩，這第一次的路上經歷是一生難忘的。一路順風，那天傍晚我們就坐在萊蒙湖邊，面對着大噴泉，沉醉在長長的暮色中，幻想着未來，想不到幾年之後日內瓦竟成了我一住 20 年的城市。

1968 年 7 月，在轟轟烈烈的五月學生革命過去後，意興闌珊的巴黎人都拋棄了這個城市，度假去了。我和中學同學呂立德，買到了去紐約的廉價機票，也離開了巴黎，來到嚮往已久的美國。我在他的表兄家住了 3 天，不好意思再打擾下去，決定上路。他們在林肯隧道口把我放下後，我就背着在巴黎跳蚤市場買的一個笨重的帆布軍用背囊，帶着荷包中僅有的 100 美元，伸出大拇指，不久就截到了第一輛順風車。之後的 3 個星期，我追尋着凱魯亞克的足跡，餐風宿露，橫跨了整個美國，抵達當時的嬉皮士聖地三藩市。就這樣，我過了 3 個月的背包客生涯。

　　此後我就常常以這種方式旅行，一直到現在，走遍了大半個世界。我的朋友們總不了解我這麼大年紀了，怎麼還背着背包，車馬勞頓，樂此不疲。我也不知道怎樣解釋。

　　很久以來我就想把 60 年代橫跨美國和在三藩市當嬉皮士的這段經歷寫成一篇小說，匆匆幾十年過去了。2012 年的秋天我終於把這篇擱置了不知多少年的中篇小說整理出來，題為「一號公路」。

　　12 月初在香港約了也斯吃飯，想到他在加州住過好幾年，和他也喜愛「垮掉一代」的作家，很想和他談談我這篇小說，可惜那天他病情突然惡化不能來。過後我把小說用電郵發給他，他回信說已經在醫院裡，等精神稍好再細讀。怎知道一月初，傳來他過世的消息，再也沒有機會和他見面和交流了。

　　年紀越大，越有自知之明，我知道自己一個最大的缺點是做事沒有恆心，開了一個頭，稍微碰到一些困難就不再堅持下去，做人如此，學語言如此，寫稿也如此，我從十六七歲開始寫稿到現在也有快一個甲子，結集成書的也不過幾十萬字，開了頭沒有完成的，不知其數，可能有些只是一個念頭，只有幾行字，被遺忘了。但是有一些還是花了一些功夫的，但後來可能是寫不下去了，還是沒有完成，放到

一邊，不久也就忘記了，我把它們稱為床底下紙鞋匣裡的舊稿。說忘了，也不是真正地忘了。到了這個年紀有許多的遺憾，發現有些事情沒有了結，有點不甘心，終於狠下心來，把其中一些整理出來。這次發表的這幾篇小說，如〈一號公路〉約 35000 字，在 1984 年已經寫完初稿，2012 年完成，但因為篇幅問題，一直沒有發表；〈幻〉於 2010 年發表在林沛理主編的《瞄》雜誌上，並被翻譯成英文；〈站在阿連德的銅像前〉一直沒有發表；〈波蘭老友〉發表在《香港文學》2020 年 11 月號；〈沙漠和邊城〉發表在《香港文學》2021 年 4 月號；〈40 號公路〉被收在 2014 年出版的、黃勁輝編輯的《電影小說》中；〈白朗峰上那一朵雲〉被收集在 2009 年出版的《梁均國中短篇小說集：再見邊城》中。

如果有耐性把這幾篇東西讀完，可以發現它們都和我個人的旅行有關。人生就是旅途，我喜歡旅行，倒不一定是要去探訪名勝古跡，而是喜歡那種走在路上的自由自在的感覺，因為你不一定要完成一個路線，你只要有一個概念，你到一個地方覺得不太符合你的理想，你可以隨時更改路線，這倒符合我的性格，也正因為如此，就像英國諺語說的那樣，a rolling stone gathers no moss，我是一塊不長青苔的滾動石頭，雖然自由自在，但也錯過了許多東西。

2022 年 1 月 27 日

目錄

一號公路

1

抵達三藩市是他在紐約林肯隧道伸出大拇指,第一次在美洲大陸截搭順風車的 3 個星期後,除了在首都華盛頓停了 7 天,在 Dupont Circle 和 M 街的一家嬉皮士店接受了嬉皮士生涯的洗禮,並抽了生平第一根大麻外,一直都在路上。在聖路易踏上了著名的 66 號公路,穿過中部的 Dust Bowl,橫越西南部的荒漠後,終於來到這個黃金之地。那個在新墨西哥就載他上路的一對年輕夫婦和兩個小孩,把他在高速公路放下後,就繼續他們前往西雅圖的新家和新生活的旅程。

接待他的是兩名公路巡警。他們很客氣地幫他把蓋滿灰塵的背包放進行李箱,讓他坐進車內,很快地又在公路路肩上接待了另外兩人。

巡警很友善,問他們從什麼地方來的,像朋友那樣聊天。但警車開出高速公路後,還是給他們每人發了一張上法庭的傳票。根據加州法律,在高速公路上截車是違法的。

他們坐在 Pacific Heights 一家很有點歐洲氣氛的雅痞餐館中。他們點了菜，她又點了一瓶白酒。在這方面她是挺講究的，她要向他證明加州的廚師不輸於法國的 Nouvelle Cuisine，納帕谷的 Chardonnay 不一定比勃艮第的 Chablis 差。

的確，酒和菜都沒有令他失望。一杯酒下肚後，在她被加州太陽曬成淺棕色的臉上浮起一片紅暈，大眼睛水汪汪的。時間和距離形成的隔膜，在美食和美酒的溫馨下開始融化。

他沒有告訴她要來三藩市。來接機的是中學到大學的老同學老楊。他以為他們之間的一段關係在她離開歐洲後也就結束了，他當初也的確如此希望。最初還通過幾封信，她的來信都很長，他的覆信總是短短的。後來大概因為各人忙各人的事，他的覆信總拖得很久，音訊也就這樣中斷了。

那天傍晚從調整時差的午睡中醒來，聽到外面的秋雨聲，忽然就想到她。既然已在同一個城市，見一面又何妨？他總是這麼容易地讓自己說服了自己，拿起話筒撥了她的號碼。電話那端傳來那有些輕佻的美國口音，Hallo-OOO，「囉」字拖得長長的，像一連串的回音。

瓊？是我。

駱！你在什麼地方？什麼時候來美國？

嗯，你怎麼樣？好嗎？

還好。

工作找到了沒有？

找到了，不過不太理想，等你來了再詳細告訴你呢？這些日子都在幹什麼，都不給我寫信？奇怪電話裡你的聲音這麼清楚，好像就在隔壁。

你想不想見我？

當然了，但你人在哪裡？是不是已在三藩市？

嗯，我今天早上到的，現在住在一個朋友家。

在哪個區？

日落區。

啊，離我這裡不是很遠。聽着，今晚我有個約會，我們明天見……

掛了電話後，他不禁有點失望，她沒有立即要見他。

後來呢？她把口中一塊鮮貝從從容容品嘗完了，問他。

後來？

我說你上了法庭沒有？

啊！那是 1968 年，每天公路巡警在高速公路上截到來三藩市朝聖的嬉皮士有好幾百人，法庭哪裡審得過來！警察也不過循例一下，只要你隨便填上一個加州位址，他不必立刻帶你上法官那裡，以後去不去也就與他無關了。

我倒不知道你有過這樣一番經歷，你從來沒有跟我講過。

的確，他一直沒有提起過這些往事。他們之間相差十幾歲，1968 年她只有十歲，跟她談那年代的事，不免顯得自己老了。而且，那是一種完全不同的生活方式，那時候女孩子的裝扮與她身上這一套名牌時裝是完全搭不上架的。但是不知為什麼他還是講了，大概是隔了這麼多年重新回到這個城市有所感觸吧。

他環顧周圍穿着看來隨便卻很時尚的青年雅痞，一對一對在這個佈置得清雅宜人的飯店裡喁喁細語，20 年前的回憶是一個時代錯誤。

他歎了口氣說，這個城市變了很多。

不要說你了，我離開了只不過一年多，剛回來的頭幾個月，感到完全脫了節，最近才好一點。

他們泛泛地談到分別後將近一年的狀況。她回來後一直在忙，忙着找住的地方，買車子，把分散存放在朋友那裡的家具搬回來，一方面又要忙着找工作，一直沒有找到合心意的，現在這份工作也是過渡性的。

還沒有找到新的男朋友？他開玩笑地說。她瞟了他一眼，似乎怪他問得太魯莽，然後吃吃地笑起來。

Not Really。她談到她的一些讀 MBA 時的同學，有一個叫大衛的單身漢，她剛回來時還在他那裡住了一個月，不過都是普通朋友。說着，她把手伸過桌面，抓着他拿酒杯的手，輕輕揉着，好像說，我還在等你，我還是你的。雖然他一點也不相信，像她這樣漂亮的女孩子，而且在這個特別開放的年代，和一個單身漢住在同一個公寓裡而還保持着純粹的友情關係，但是心裡還是很受用。

當初是他放棄了她，她對他並無任何義務。他感到她對他還是有情的，桌下，他們的膝蓋碰到一起，他可以感到從她腿上傳來的熱力，她似乎已在融化為一團軟軟的棉花糖，依附到他身上，但又懷疑在融化的是他自己。

開心嗎？

她微笑着點頭。

你真的很容易滿足，只要好酒好菜，還有……他對她曖昧地一笑 —— 你的什麼煩惱都忘了。

還有比這個更重要的嗎？她睜着水汪汪的眼睛問道。

從餐館出來，體內的熱氣把 12 月中晚上的那一點寒意都驅散了，路上只有稀落的行人，街上商店櫥窗的聖誕燈飾卻是很輝煌。他們轉過一個街角往下坡跑，一下子就脫離了城市的俗氣。乾乾淨淨的行人道上種的樹還是一片綠色，有些還開着花。兩旁是顏色優雅的維多利亞木頭房子。三藩市灣就在他們腳下展開，在黑暗中海

天已連接一起，只有海灣中天使島上的稀落燈火在害羞地眨眼，深沉中充滿誘惑。

回到瓊在海濱的小套間，她把外套脫掉，踢掉鞋子，扭亮了一盞檯燈，站在房間中央望着他笑。她的笑是一個明顯的邀請，歡迎你，歡迎你進據這個不設防的城市。

他們第一次見面是在日內瓦一個朋友家的宴會上。她就站在壁爐旁，絲質的奶白襯衫配着一條貼身的不長不短的黑裙子，手中拿着一杯紅酒，短頭髮下修長的後頸反映在身後壁爐上的大鏡中。她就這麼向他笑着，散發出三十歲女人珠圓玉滑的光彩。

他怎麼能夠抵禦這麼坦誠的邀請呢？不論是過去現在或將來。

一切都沒有變，這一個晚上的重逢，是以前無數次相會的重溫，一切是這麼熟悉。他真有賓至如歸的感覺。

瓊的鬧鐘一早就響起來，今天禮拜四，8 點鐘有一個健身體操課。她泡了一壺茶，拉開窗簾。三藩市灣還在濃霧中，對面 24 小時汽車旅館的霓虹燈在霧中羞赧地招攬客人。

他聞到烤麵包的香味，才懶洋洋地從床上爬起來。晚上沒有睡好，背脊有點酸痛，這張床實在太小了。

他對正在穿衣服的瓊說，如果你想保留住你的男朋友的話，看來必須投資一張新床。

瓊瞪了他一眼，看他的樣子好像不在開玩笑。他的話常常是這樣令人難堪。但，的確這張比單人床只大一點的床還是大學時代的遺物，早該換了，只是她那個單間公寓 Studio 就這麼一點地方，換一張大床連轉身的餘地也沒有了。

你預備在三藩市還待多久？她問道。

他不能確定她問這個問題的目的。過了一會才回答道，一個多

星期吧。我想過了年就到紐約去。

瓊說，過了聖誕節我可以請幾天假，我們到什麼地方去走走吧，在城市待久了，我感到透不過氣來。

隨你安排吧，他說。

瓊看了一下錶說，我要走了，你走的時候把門帶上就是了。

他在街角搭上了往市中心的巴士。開車的是一個胖胖的黑人。已過了上班的交通高峰，這一帶是住宅區，街上的人本來就不多，車裡只有寥寥幾個乘客，有一個頭髮花白的黑人坐在一角喁喁私語，不知道在說些什麼，也沒有人理睬。旁邊兩個胖胖的墨西哥中年婦女，嘰哩咕嚕用西班牙文交談着，巴士懶洋洋地行駛，在每一個街角都停一下。一對老年亞洲夫婦攙扶着上車，在他前面的座位坐下，講的話像是中國南方的方言，聽真了又不是，大概是他加祿語。又開了幾個 Block，大概已接近市中心，上車的人越來越多。這時，司機卻把車停在一旁，施施然下車，跑進一家麥當勞好久不見蹤影。他有點驚異，但其他乘客卻處之泰然。等了至少有一刻鐘，才見穿着制服，挺着大肚皮的他，慢吞吞地回到崗位，發動引擎，也不知道剛才是去吃早餐或是方便去了。

他在 Embarcadero 下車，走進市中心的摩天大廈之間。這裡的陽光少了，就像香港一樣，舊的建築被拆掉，蓋更高的樓房。Union Square 廣場上已豎起了一棵三層樓高的聖誕樹。他在一家 Barnes and Noble 書店瀏覽了一會，走向 Post Street，有一輛纜車在掉頭，他上了車，在格蘭街那一站下車，走幾步路就到了中國城，路上幾乎全是東方人的面孔。紅色和金色顯然是店家特別鍾意的顏色，俗氣的裝飾、人來人往的喧嘩加上亂糟糟的場面烘托出熱鬧的氣氛。他兜了一圈，買了兩份中文報紙，在一家茶餐廳坐下，叫了一客火腿三文治、通心粉奶茶套餐，這種中西合璧的餐廳在香港已經不多見了，

還是在念中學的時候，午餐常常就是這樣解決的。幾天前離開香港時真沒有想到，在這裡又找回了一個角落。出了餐廳，他又漫無目的地走了一陣，發現自己在一個廣場上。廣場的長椅上坐着幾個在曬太陽的孤獨老年人，大概是在此工作了一輩子的老華僑。他坐了一會，想到老來的生活，覺得有點無聊，又開始走動，發現自己已在百老匯大街上，有一家招牌殘舊的中國小客棧，大概是傑克‧凱魯亞克和他在路上邂逅的墨西哥女郎在這個大陸盡頭做了三天三夜愛的一夜酒店。

2

星期六的早上，太陽姍姍從霧中鑽出來時，他才醒來。老楊已經在客廳裡翻着一份中文報紙等他。瓊去了洛杉磯，她和大學舊同學有個聚會，早就約好的，要星期天晚上才回來。這就是瓊，社交活動特別多。

前天晚上，老楊問他星期六有沒有空。你還記得王中原嗎？他請我禮拜六到他家吃便飯，聽說你來了，請你一起去。

啊！他怎麼樣？聽說在史丹福大學教書，很不錯。他和王中原雖說也是中學到大學的同學，但大學不同系，來往不多，也不知道多少年沒有見面了。

老王是那種真正有福氣的人。太太賢慧，兩個孩子也長得聰明伶俐，他家裡本來就有點錢，一早就買了房子。美滿的家庭，成功的事業，很少有人有像他這麼順當，老楊不無羨慕地說。

老楊開着他那部豐田，在筆直的公路上駕駛了一個多小時才到王家。王中原正在家門口和八九歲大的兒子玩橄欖球，見到他們忙着過來招呼，熱情地握手。眼前這個男人一點也不像上了四十歲的

人，頭髮烏黑，臉色紅潤，也沒有中年發福的肚皮，穿着一件天藍色毛衣，看來很瀟灑。

三人一面交談着，一面往屋內走。一個嬌小玲瓏的女人迎了出來，一面説，你們這個廣東幫，一碰頭，就是嘰嘰嘎嘎的廣東話。

王中原介紹道，這是我太太艾麗，她是臺灣人。

艾麗看來很年輕，牛仔褲上套了一件棉運動衫，完全是大學生的打扮，不能想像已是兩個快十歲孩子的媽媽，嘴角常帶的笑容使她的眼睛更加明亮，一口嬌滴滴的臺灣國語就像她人一樣甜甜的。

其實他們之間只有老楊是真正的廣東人，老王原籍浙江，他自己是上海人，不過在香港讀書時同學之間都講廣東話，也都認同了這個方言，在國外講起來也就更親切。老楊用他的彆腳普通話問：艾麗今天弄了些什麼好餸？

什麼也沒有弄，我們吃火鍋，各人自己煮。今天沒有多少客人，除了你們，只有老陳夫婦和汪太太。

從客廳落地玻璃窗望出去就是花園。色彩淡雅，線條優美的現代風格家具，使原本已經很大的空間顯得更空靈。牆上掛着一幅很大的抽象油畫，有點水墨畫的味道。老楊説，這是艾麗畫的，她在大學讀的是藝術系。

客人陸續到來。艾麗捧上了飲料，大家閒聊着。姓陳的夫婦也是臺灣來的，先生是歷史系教授，戴着眼鏡，看來老成持重，大概與他的專業有關。陳太太有點胖，容貌舉止似乎和陳教授很搭配。汪太太是艾麗的同學，圓圓的臉，長頭髮，説不上特別漂亮，但是衣着和打扮都很得體，看起來令人感到舒服。言談之間顯得是一個精明能幹的人。他坐在她旁邊，不時聞到她身上濃淡適宜的香水味。

還不到吃飯時間，老楊説，帶我們去看看你的蘭花，是不是又增添了許多品種。

王中原在屋側建了一個溫室，培養了上百種蘭花，一進去就有一種身處熱帶的潤濕感，迎面而來是一陣撲鼻的花香，滿眼色彩繽紛的花朵，栽在盆中，養在枯樹幹上，有蘭有蕙，搜集了世界各地的品種，包括十幾盆素心淡雅的中國草蘭在內。

老楊對他說，老王在這方面可以說已是半個專家了，連陳教授也開始上癮了，向他討了不少品種回去。你看他們一談蘭花就停不了口，我過去看看到底有什麼新發現。

汪太太和他相顧一笑。他發現她笑起來很有魅力。

聽老楊說，你一直在歐洲工作。歐洲我一直想去玩一下，可惜工作忙，總抽不出空來，又怕語言不通。

汪太太做哪一行的工作？

我在一家房地產公司上班。

不需要照顧孩子？

我沒有孩子。接着又說，我和先生離了婚。

他為自己的問題太唐突感到有點窘，忙着改變話題：歐洲的確有很多好玩的地方，歡迎你來玩。心中卻在想，看來她是一個精明能幹，把一切事情都能安排得妥妥當當，不用丈夫操心的女人，娶了她的男人應該是很幸福的不知為什麼要離婚。

汪太太從皮包裡摸出一張名片遞上，有空要向你請教。

他沒有名片，在汪太太的記事本上留下了自己瑞士的電話和地址。

這次到美國是來玩呢，還是公事？汪太太問道。

啊！主要是來看看一些好久沒見的朋友，還要到紐約去一下。汪太太來美國很久了吧？

正談着，那邊艾麗在喊，開飯了，你們快來啊。

大家回到屋內，餐桌上的火鍋已是熱氣騰騰。

艾麗已打發孩子先吃了，桌上就是他們這幾個人，陳教授和老

王還在談他們的蘭花。

汪太太說，真羨慕你們有這個閒情逸致，到底是在大學裡教書好，自由自在。

的確，能有一份安定的教書工作，還是不錯的。念大學時慷慨熱血，總想做一番事業，但一踏入四十歲也就看破了。老王既有點躊躇滿志，又帶點感傷地說。

陳太太說，你們男人都是一樣，年輕時理想多多，又要搞什麼運動，浪費了許多時間和精力。說著瞪了陳教授一眼。

陳教授有點不好意思地說，我們不得不承認女人比我們覺悟得早，對她們來說生兒育女，營造一個美滿家庭才是最重要的。還是她們有理，其實人生就是這樣了。

老王說，想想的確如此，閒下來，打打網球，種種花，聽聽音樂，和孩子玩玩，與世無爭，一家人就是一個世界，平平安安過日子，就是福氣。

這倒也是真的，老楊說，這個加州也是人間福地。我上一次回香港，就覺得很不慣，到處都是人擠人，忙忙碌碌像螞蟻一樣，加上空氣污染，到處是噪音，居住環境哪裡比得上這裡。像你的房子，在香港非要億萬富翁才住得起。比起我們做學生的時代，香港人是有錢了，生活素質卻每況愈下。

對，老王說，我也情願回到 60 年代的香港，那時候大家都沒有錢，卻好像都很開心。你回香港有沒有見到一些老同學？

我們這一屆的，現在大都散居海外，留在香港的都忙得要命。雖然聽到老同學從國外回來，總要抽出空來，請吃一頓飯，但到底生活圈子和方式都不同了，也只能敘敘舊，懷念一番，感歎一番。你們還記得李天文嗎？他一直都在政府裡工作，現在在公務員裡大概排在前二十名內，年薪比我們高出許多，但時局不定，要離開香港，卻

再也難找到這樣風光的工作，要退休嘛，還沒到年齡，處境有點尷尬。

陳教授說，其實現在的三藩市卻有點像十多年前的香港。當初來美國時還有點生活在一個陌生國度的感覺，現在中國人多了，街上都是黃臉孔的人，各式中國餐館，中文報紙，中文電視臺，哪樣沒有？人一多就開發出一個小香港小臺北了。

艾麗說，所以你們都樂不思蜀了。

大家都笑起來。

一頓飯吃到下午三四點鐘。

在回家的路上，老楊說，看來這個汪太太對你有點意思。她是一個很能幹的人，前兩年和丈夫分手後，自己出來做事，這幾年中國人來的多，房地產生意很好，聽說她做得不錯。

的確，在吃飯時，汪太太就坐在他旁邊，常常替他挾菜。他這麼多年來都在外國女人堆裡混，不太懂得客氣，對於中國女人這種體貼入微真有些不勝消受。跟他握手道別時，她的手在他手中停留的時間稍微長了一點。他似乎感到從她纖巧柔滑的手中傳來的一股有所期待的柔情，兩人的眼光碰上了，她向他　笑說，有空給我打電話。

車子在筆直的公路上平靜地滑動，一點沒有波折。太陽已在下山。人生過了四十就像開上了一條平坦的高速公路，一下子就會抵達目的地，要改變路程嘛，又有點不捨得。

他歎了口氣，也沒有接老楊的話。

老楊似乎了解他的想法：你看老王不是活得很幸福嗎？

他心中另有感傷，但是口上還是泛泛地說道：這種家庭畢竟很少，我也見過許多受家人困擾，活得很不順心的人，倒不如一個人自由自在。

這樣的話，你也只好像我一樣，註定要做單身漢了。世界上沒有不付出代價而能得到一切的便宜事。

或許是這樣吧，他回答道。

他想到關於老楊為什麼至今還沒結婚的一些傳說，看來也不是捕風捉影。但是有些事情，即使是二三十年的老朋友，還是不適宜問的。各人有各人的問題，有許多事情也只能藏在心中。

3

那是一個標榜做愛不打仗的年代。那年代不論男女都流行留長頭髮，長髮代表的是對循規蹈矩固有形象和價值觀的反叛，或是代表着不修邊幅重返自然的意向則不得而知，可能兩者都有。男人的頭髮像聖像中的耶穌那樣散落在肩膀上，要不就束成馬尾紮在腦後。女孩子的頭髮長到腰際，金色的，棕色的，黑色的，鐵銹色的頭髮上紮着粉紅色的花頭巾。穿着寬鬆輕盈，色彩鮮豔的印度薄紗布長裙的女孩都赤着腳走在街上，腳踝上帶着腳鏈。有些身材胖胖的卻有着像嬰孩那樣笑起來天真燦爛的臉孔，有些蓬頭垢面臉上長滿雀斑，卻也不缺少一種嫵媚。也有不少手上抱着兩三歲，身邊拖着四五歲小嬉皮的爸爸媽媽。他們身上都戴着大串的項鍊，或用牛皮刻出來的外面一個圓圈中間一個小字形狀的牌子。這些色彩鮮豔，奇形怪狀，標新立異的裝飾是花的兒女的標誌。

他背着背包從公共汽車上跑下來時，就像一個遠來的朝聖者，立即被眼前這個亂糟糟，熱哄哄，五彩繽紛的世界迷惑了。這就是舉世聞名的嬉皮發源地了。街兩旁破舊的維多利亞木房子，雖然油漆斑駁，卻別具風格，就像嬉皮士的服飾一樣，在色彩中顯現出一種情調。街上除了雜貨店之外，就是專賣嬉皮用品的小店了。店裡掛滿了各式嬉皮服裝，還有印着戴貝雷帽剛在玻利維亞被槍殺的 Che 的 T-shirt。店裡點上了印度香，牆上的 PSYCHEDELIC 海報，在 Pink

Floyd, Ravi Shanka 的音樂節奏下，在紫色霓虹燈閃爍下，令人目眩神迷。

就在他東張西望的時候，在他面前出現了一個高大的印第安人，額頭一條 Headband，把長長的黑髮紮在頸後，露出飽滿寬大的臉孔，就像一個從牛仔片裡跳出來的紅番，張開厚厚的嘴唇朝着他笑，兩排白牙齒特別顯眼。眼前這個穿着花格子布襯衫，一條破破爛爛牛仔褲，一件油膩膩皮馬甲的大漢，伸出食指和中指形成一個 V 字向他致敬。他知道這並不是效法邱吉爾，這個手勢的新含義是 Peace（和平）。

Hi, brother, where do you come from?

大概把自己當做剛從印第安人保留區跑出來的同胞了，他想。

一路上被中西部、西南部荒漠的驕陽曬成古銅色的皮膚，加上兩個多月沒有理的頭髮，他的確也像一個紅番。

香港，他回答道。

大個子的臉上一片迷惘，重複了「香港」這兩個字，看來不知道這是什麼地方，但顯然立即決定不再去想它，又綻開笑臉，一面伸出手來跟他握手，一面說道：My name is Joe, people call me Big Bull Joe, Welcome to Haight and Ashbury, flower land, brother. 他隨即從褲袋裡找出一條花束髮帶，把他的頭髮向後攏一攏，替他戴上了。

他已經被這個和善的印第安人接納和收養了。

Joe，你知道有什麼地方可以過夜？他想找個地方把背上那副重擔卸下來。

啊，Sure, Sure，不忙，你一定餓了，來來，我們先去找個地方坐下，我再替你弄點吃的。Big Bull 用他鼻音很重的英語說，一面就替他扛起背包，領着他走向附近的金門公園。他背着那個近二十公斤的背包，就像拎小學生書包一樣不費勁。公園裡都是一堆堆席地

而坐的嬉皮士。大公牛找到了一張長椅示意他坐下，你坐在這裡不要動，我去去就來，說着就搖搖擺擺地從原路回去。

他坐在那裡，摸着頭上的束髮帶，想像着自己是頭上插着羽毛，騎着駿馬，掄着斧頭，在曠野裡奔跑的易洛魁人。但公園裡的風很大，7 月裡的天氣還是這麼陰沉，一路上習慣了華氏 100 度的氣溫，想不到霧中的三藩市竟然這麼冷。等了好久也不見大公牛的蹤跡，他想，他大概把他忘記了。正想背起背包離開時，卻見到那個高高大大的身影，搖搖晃晃地走過來，一手拿着一罐可樂，一手拿着一隻熱狗，跑近了，就伸出兩手遞給他，一面說，對不起，我得先去弄點錢，讓你久等了。

他的確是又饑又渴，拿起熱狗就咬。大公牛看着他狼吞虎嚥一下子就把熱狗和可樂報銷了，張開口傻傻地笑着，好像比自己吃更樂。

西斜的太陽透過玻璃窗照進來，暖暖的。三藩市冬天的陽光似乎比夏天更充足。咖啡館裡彌漫着咖啡香味，一座老式的吃角子唱機裡播放着一首老歌：If you are going to San Francisco, be sure to wear some flowers in your head, you're gonna meet some gentle people there. In the streets of San Francisco, summer time will be a love-in there. 小小的咖啡館佈置得很精致，散發出一種悠閒的情調，加上 60 年代歌詞優美的歌曲，不免引起人一股懷舊情懷。

下午三四點鐘是一個空檔，除了他之外，顧客只有一對中年男女。窗外，那些二三層樓高的木頭房子都好像重新裝修過，鬆上了新的色彩，街上開了不少名牌服裝店，古董店和美食店。早上他和老楊談到要去 Haight and Ashbury 看看時，老楊就跟他說，啊，那個地方已完全變了樣子，現在已有許多雅痞住進去，房價也漲了很多。

咖啡館的老闆娘拿着咖啡壺過來又替他續滿了杯子。看她的樣子也有四十歲了吧，有一張十分宜人的臉孔。剛才一進咖啡館，她

就笑容可掬地打招呼道，Hi, How are you today? 就好像他是一個每天都來的老顧客那麼熟絡。來自一個陌生人的這種親切令他有點愕然。如果是瓊的話，她會從從容容地答道，我很好，謝謝你，並反問一句 How are you today?

即使在後來他知道了這是這裡尋常打招呼的方式，卻總有點受寵若驚的感覺，常常怔在那裡，不知怎麼回答。他想這種隨便的，令人感到賓至如歸的語言大概純粹屬於加州的，可能是 60 年代遺留下來的。就像當年，不管認得與不認得都會伸出手來，做個 V 字表示友好。老闆娘微微發胖的身材和親切的笑臉使他腦海中浮現出一些遙遠的臉孔。20 年前，她是否也是一個嬉皮士。1968 年的夏天，他們可能就已經在這條街上，面對面交叉而過。

大公牛把他介紹了給他的同伴。他們那一夥有五六個人，來自不同的州，也不知道怎樣就結合起來，大概都像他那樣萍水相逢，在一段時間內聚集起來的。胖胖的，一臉雀斑，有點男孩子氣的瑪麗，扮演着母親兼管家的角色。那幾個人弄到的錢都交給她，由她負責解決一天三頓的飲食。瑪麗的男朋友因一些小事被關進牢房，大家想都弄點錢把他保釋出來。後來他發現所謂弄錢的辦法，就是在街上向遊客討錢，只有一個叫彼得的男孩在打短工。

晚上，大公牛帶他到一個大貨倉裡，裡面彌漫着煙草和大麻的氣味。在這個 3000 多平方英尺的屋頂下，擠滿了幾百人，一進門就要從人身上或鋪蓋上跨過去，不論白晝或黑夜都有人躺着。後來他才知道這是 Diggers 辦的收容所，這些熱心人還辦了免費診所、圖書館、工作介紹所。

那天晚上，他就在大公牛和他的朋友所佔據的那個角落裡，騰出了一點空間，鋪上他的睡袋。瑪麗從雜貨店紙袋裡拿出了香腸、花生醬、麵包和可樂，大家分吃了。有人從袋裡摸出一小包大麻和

捲煙紙，熟練地捲好一支，深深吸了一口，傳給別人，旁邊的大公牛吸了一口後又傳給他。他接過來，也學他們一樣吸了一口，把煙含在口中，慢慢吞下去。一支抽完了，又有人捲了第二支。這種像印第安人分享一支煙的儀式使他感到他加入了一個團體，也成了他們之間的一員。煙霧中散發着平和友好的氣氛，幾口煙吸下來，他整個人放鬆下來，飄飄然地鑽進睡袋，很快地進入夢鄉。

半夜裡，他被一陣鼓聲吵醒，在兩盞還點着的黯淡燈光下，只見一堆堆躺着或倚在牆角的人影。鼓聲來自一個角落，有時像狂風暴雨，一陣比一陣緊，急促得令人喘不過氣來，有時卻如喁喁私語，綿綿不絕，催人回歸夢鄉。而突然之間又來一個晴天霹靂，如雷貫耳，把人驚醒。然後他又聽到了另一個鼓聲，初時，羞怯地伴隨着另一個打鼓人，這裡一下，那裡一下，輕輕地敲着，然後慢慢地變成更為大膽的彼此應和。

對於三更半夜把人從夢中拖出來的鼓聲，似乎沒有人覺得不尋常，也沒有人提出抗議。在當時各人做各人喜歡做的事情，那時的口號是和平與容忍。旁邊的大公牛酣睡如泥，以他沉重的打鼾聲，陪襯着激揚的鼓聲。

他終於在高低起落的鼓聲中，再次進入夢鄉。

許多年後，他在印度 Pushkar 的聖湖邊上一間小旅舍中，也在半夜被同樣的一陣陣鼓聲催醒，竟以為又回到了年輕時代的三藩市，在那個湖面上月光如霜的夜裡，他突然感到無比的悲愴。

一個星期就在 Haight 和 Ashbury 這兩條街為中心的嬉皮聖地過去了。白天他在街上和公園裡閒蕩，和碰到的各種人交談。晚上他和大公牛一夥人一起分吃晚餐，分抽大麻。每天晚上總在被鼓聲驚醒後又睡去。瑪麗從來也沒有開口問他要錢。他身上還有 60 塊美金，但他還有兩個月的時間要過，還要再橫跨美國回到紐約。他必

須儘量節省。他也沒有勇氣像大公牛一樣站在街頭伸手向人要錢。最後他交了 10 塊錢給瑪麗。

咖啡館外，天色變得陰沉起來。那一年夏天，不知是由於三藩市灣的濃霧或是其他原因，在他記憶中留下的是比眼前窗外四五點鐘的冬日天空更陰沉的感覺。在街上穿戴得整整齊齊的行人中，他突然看到一個像當年嬉皮士裝束的男人匆匆走過，他連忙付了賬追出去，卻已不見人影。他在附近的街上閒逛，希望再碰到這個標誌着一段失落時間的人物。

在裝飾得美奐美輪的聖誕櫥窗之間，他看到了一間與周圍一點也不相稱的舊書店，門口櫃檯上坐着一個埋頭書中的中年男人。他像被一塊磁石那樣吸引進去。店的門面不大，裡面卻很深。兩邊牆上從地板到天花板都堆滿了舊書。樓上的一個小閣樓也是東一堆西一堆的舊書，散發出一種陳舊亙古的氣息，不禁勾起了他對 60 年代的 City light Bookstore 和巴黎左岸聖母院旁邊的 Shakspeare and Company 的懷舊。在黯淡的燈光下，他從一排書架瀏覽到另一排，不時抽出一本封面已經發黃的書，打開來看看，終於在一個角落裡找到了下意識中想找的作者和書。那裡有 Thomas Wolf 的 *You Cannot Go Home Again*，亨利‧米勒的《北回歸線》，Allen Gainsburg 和 Lawrence Ferlinghetti 的詩集。在大學時代他曾迷戀美國文學，那時候美國代表着他所有的夢想。看到這些熟悉的書名，他像見到了老朋友一樣，真想全部買回去，結果只揀了一本傑克‧凱魯亞克的《在路上》。這個四十多歲去世的垮掉的一代作者在大學時曾經是他的崇拜對象。那時候他很不甘心受困在香港這個小島上，書的主角從紐約時報廣場開三天三夜車來到大陸盡頭三藩市的即興旅程，在百老匯中國人開的小旅店裡三日三夜瘋狂做愛的憂鬱曾把他感動到流淚。就是這本書，促使他也背起背包橫跨美國的。

他把這本書交給櫃檯上戴着一副老花眼鏡的瘦瘦的男人付錢，男人看了看書名，向他微微一笑，就像兩個相知已久的老朋友，一切盡在不言中，顯然已意識到他也是那個年代的過來人。

走出書店，已是暮色重重並颳起一陣陣寒風來。一個 Vacant Lot 的木板牆前，一個說不清年齡的男人蹲在那裡。他穿着一條破破爛爛的牛仔褲，一件又舊又髒的皮夾克，長長的頭髮紮在腦後，正在捲起一根大麻，身旁還有一個酒瓶，毫無表情的臉孔上，有一對空洞的眼睛。或許這就是他剛才從咖啡館裡看到的那個人，一個與時代完全脫了節，從斯坦貝克或凱魯亞克小說中跳出來的 Hobo。這些年來，他大概一直在路上，無數次橫貫又橫貫這個大陸。那個人蹲在那裡，在寒風中，又在想些什麼呢？他又一次來到這個大陸盡頭，已再無新的邊疆可以讓他開闢了。他是誰呢？一個已經衰老，被酒精和大麻腐蝕了，又不甘心與當前社會妥協，還在垂死掙扎，忠於自己的人？可能連他自己也回答不了這個問題。他就像那些專賣 60 年代 Junks 的舊貨店裡的物品，只因為他曾屬於過那個年代，還剩下一些可供懷古的剩餘價值。他可能是 Pan 的男朋友。潘又在哪裡呢？那個他在 Big Sur 山上碰到的，一頭金髮長到腰際的坦胸赤腳女郎。她的兒子現在應該老高老大了吧？

4

瓊坐在美食店的櫃檯後面。星期一下午是店裡最空閒的時候，顧客總要等到下班後才湧進來。旁邊兩個同事在談論周末發生的事。瓊趁空打了個電話給駱，鈴聲響了好一會才有人接。

喂，是你啊！電話那端傳來的聲音有點混濁，好像剛睡醒的樣子。

周末過得好嗎？

還好，你呢？

你等一會兒來接我。

一個周末奔波下來，你不累麼？不如明天見吧。電話裡的聲音冷冰冰的。

怎麼樣，不想見我嗎？

沉默了一下，然後：沒有……只是怕你累。

她想，他就是這樣，不夠爽快，有點陰陽怪氣的。

我也許早一點下班，你還是六點半直接到我家吧，我弄晚餐。

放下電話筒，瓊心中有點淒然。

那個周末過得也是亂糟糟的。她也不知道自己幹嘛老遠跑到L.A. 去，但伊芙琳是她最好的朋友，她們一個月前就已經約好了。

星期六她一早就搭上了去 L.A. 飛機，伊芙琳在機場接她。等她們開車回到 Santa Monica 時已快 11 點了。

伊芙琳住在靠海邊的一棟公寓裡，兩房一廳，客廳的落地玻璃門外是一個小巧玲瓏的花園。她們煮上一壺咖啡，就在廚房坐下，瓊送上她給伊芙琳買的生日禮物。

她們花了很多時間討論晚上煮些什麼菜。對伊芙琳來說，organizing 和 anticipating is the best part of a party，結果決定弄一個龍蝦沙律，主菜是燒烤 T-Bone 牛扒，再做一個檸檬派。

等她們從超市回來，下午已快過去了。她負責做檸檬派，在日內瓦的朋友教過她怎樣做。六點鐘的時候，她提議先把燒烤爐點起來，因為按照以往的經驗，總要花老半天才能把木炭燒紅。這一次倒也順利點著了。伊芙琳說等客人來齊了，再把牛扒放上去吧。客人陸陸續續地到來。先是胖胖大大的海倫，然後是羅布和珍娜一對夫婦。之後到的裕滿子是加州土生土長的第二代日本人，以及伊芙

琳以前的室友琳達，都是商業學校的同學。

　　南加州的天氣，即使已到了 12 月份，還是一樣的暖和。大家圍着小院子的一張圓桌坐下。伊芙琳忙着為客人調雞尾酒。客人們一面喝酒，吃着薯片，一面漫漫而談，無非是交換着以前的同學的一些消息。她有點心不在焉地聽着。這是她熟悉的美國生活，以前她住在 Santa Monica 時的生活就是這樣。但現在她看到他們在飯前就吃乳酪，薯片，還沒吃飯就把肚子填飽了。總覺得有點不對勁。從歐洲回來後，她總覺得自己變了，她和她的朋友不同了。但這種最初很強烈的感覺，隨着時間慢慢淡化了。她知道自己很快地又會融合進去，但她又恐怕自己會回復到百分之百的美國人。她不禁懷念起歐洲來，她去過的一些三星餐館，夏天日內瓦湖上的風帆，冬天周末雪山上的滑雪人群。

　　又有客人到了。是一對三十來歲的夫婦，是伊芙琳的同事，她不認識。伊芙琳説，她還請了兩個男孩，他們要晚一點才到，不等他們了。但等她們想把牛扒放上爐子上燒烤的時候，發覺爐火已經熄掉。兩個男士過來幫忙吹風點火，結果弄了好半天爐裡的木炭才又開始變紅。大家都已饞不及待了。羅布和珍娜要早走，結果在熊熊火焰上，烤到外面已經發焦了的厚厚牛扒，切開來，裡面還是血淋淋的，連最能吃生牛肉的她也覺得難以下嚥。

　　日間的餘溫消失後，大家都感到有點寒意。伊芙琳建議大家回到客廳裡。羅布和珍娜説，他們要走了，明天還得早起。他們走後，那對夫婦因為沒有找到 Baby Sitter，把孩子託在鄰居家，也要趕回去。他們走後，剩下的幾個女孩子感到更無聊了，一面吃着檸檬派，一面談起一些自己最喜歡的甜點，每個人似乎都有自己拿手的菜譜。

　　10 點多，等來了兩個二十來歲的男孩，他們帶來了兩瓶最普通的加州紅酒，兩個男孩好像剛從大學畢業，比乏味的紅酒更沒有吸

引力。其實伊芙琳是十分有魅力的女孩，又有一份很好的工作。但她眼界太高，一定要找一個有錢又英俊的男人，但一方面卻與這些年輕小夥子瞎混，真的不明白她的想法。

雖然添了兩個男孩，大家也熱鬧不起來，宴會不到 12 點就散了。

第二天，她們睡到十點多鐘才起床。燦爛的陽光從落地玻璃窗照進來，星期天的早晨顯得特別寧靜。她和伊芙琳到外面吃了一頓 Brunch，然後到海灘去散步。雖然已快到年終，還有不少穿着泳衣曬太陽的人。小孩子赤着腳，一路奔跑，一路叫喊。她們也把鞋子脫了，拎在手中，沿着長長的海灣，默默無言地走了好一段路。然後伊芙琳問道，你和丹尼感恩節去旅行，過得怎麼樣？

別提了，現在的男孩越來越難伺候，你和他們一起去玩玩可以，就別想他們作出任何承諾。

這次來看你的朋友呢？

她歎了口氣，還不是一樣。一個四十歲還不想結婚的人總有些問題。遲疑了一下，又說道，你知道，我是很喜歡東方的，連帶對東方男人也特別有好感。我們在日內瓦時有過一段很快樂的時光。但令我不能理解的是他那樣年紀人為什麼還有這麼多奇怪的想法，他說日內瓦的環境太舒適了，他想辭掉那一份別人夢想以求的工作。假如他能夠安定下來，他會是一個理想的丈夫。我也不是沒有向他暗示過，他總是不置可否，且看這一次會不會有什麼結果。

伊芙琳若有所思地說，也許是我們的過錯，是我們把他們嚇跑了。你看現在有這麼多的男同性戀，他們沒有女人，也似乎活得很逍遙自在。

她又歎了口氣說，我總不明白，好像我父母那一代並沒有這樣的問題。那時候也沒有什麼婦女解放運動，但她們從男人那裡得到的似乎比我們更多。

啊！她們那一代也有她們的問題，伊芙琳泛泛地說，好像在安慰她，但更像是在嘗試說服她自己。

瓊望着櫥窗外面逐漸加深的暮色，街上行人的步伐好像也快起來。店裡的顧客多了起來。冷空氣隨着進進出出的客人鑽了進來，她感到背上和腳上都有點冷。一個三十幾歲，衣着時尚的女郎過來買了許多不同的乳酪，雖然她一向喜歡乳酪，但在好幾種刺鼻的味道一下子全鑽進鼻子裡來的那一刻，引起心中一股說不出的厭倦，她突然感到她已在這個臨時崗位上過了大半生，不禁打了個寒慄。

六點一刻下班後，她匆匆忙忙地趕去附近的小超市。她知道他喜歡吃魚，就買了兩塊新鮮的阿拉斯加野生三文魚。又買了一點生菜做沙拉。酒和乳酪家裡還有，不用買了。附近的那家法國麵包店烤麵包的香味引人食欲，她很久沒有吃脆皮的法棍麵包了。櫃檯的人龍很長，已經過了她和駱約好的時間，他一定等得不耐煩了。匆匆爬上樓梯，果然他已等在門外，他總是那麼準時，明天得記着去配一條鑰匙給他。

門外的駱，繃着臉，看來不太高興，一見到她就說：

How was the weekend orgies? How many handsome young men you slept with?

為什麼他總喜歡那樣冷嘲熱諷。他的樣子一點也不像在開玩笑。

啊！數不清了。她一面開門，一面漫不經意地回答說。有時候，她覺得他真的很缺少幽默。

房間裡很冷，她做的第一件事就是扭開電暖爐。三藩市的天氣比洛杉磯真的差多了。

過來，她拉着他的手在沙發上坐下。他的手很冷，她把它握在手中輕輕地揉着。

對於這種溫柔，駱有點不知所措，為剛才像孩子那樣發脾氣感

到不好意思。

有酒沒有，今晚吃什麼？

瓊跑到廚房裡拿來了一瓶酒和酒杯，依偎着他坐下，一杯酒下肚，氣氛也暖和起來。

我買了魚，你來做好嗎？瓊問道。

在吃飯的時候，她告訴他周末伊芙琳生日派對的情況。當他聽到咬也咬不動的半生牛排時，不禁大笑起來說，這就是你了，這也不是第一次了，樣樣都計劃得很周全，而結果總是出漏子。

吃過飯，瓊說想出去散步。

他們沿着 Scott 街向下走，一直走到 Union 街，還有 4 天就過聖誕了。一個商店的櫥窗裡把一盆一盆的聖誕紅堆砌成一棵聖誕樹並配上了各種顏色的燈飾，倒也別出心裁。櫥窗裡的節慶氣氛也渲染到街上行人身上，即使在寒冷的空氣裡，也令人感到心頭溫暖。他們在一家意大利餐館門前停下，讀着聖誕夜的菜牌。瓊說，幾乎忘記告訴你，聖誕夜我的朋友珍和約翰開派對，請我們去，你沒有其他約會吧？

又是一個珍，怎麼你的朋友都叫珍？

我有 3 個叫 Jane 的朋友，在她們出生的年頭大概是很流行的名字。他們是去年結婚的，兩人都是出生豪門的 WASP，你不能想像那次婚禮的豪華。他們包下了 Pacific Heights 一家古色古香的豪華賓館，招待來自東岸的親朋好友。婚禮就在賓館大廳舉行，上百個客人，香檳，魚子醬和無數的其他美食，幾個樂隊通宵達旦輪流演出。他們是典型的雅痞夫婦。但比普通的雅痞又高出許多。約翰的家族本來就很有錢，擁有很多事業，他就在其中一家名列美國 500 家大公司的企業任高層管理之職。珍也是一家大公司高級行政人員，真是郎才女貌，又年輕又有錢，開寶馬跑車，每天晚上都到外面吃飯，你

還沒看到他們的房子呢，他們擁有雅痞們夢想擁有的一切，說着歎了一口氣，是很令人羨慕的一對。

他們經過一家電影院，海報上的標題 *James Joyce's Women* 倒是很令人好奇的片名。瓊說好久沒有進戲院了，今晚太累了，明晚我們去看場電影吧。他牽着她的手又沿着來路往下走。三藩市海灣就在他們腳下。天上有一個很大的月亮。兩旁的樹傳來陣陣香味，混合着海洋的氣息，就像還帶着日間太陽溫暖的初秋的夜裡，但只有幾天就是聖誕夜了。

5

瓊累了一天，一下班就回家。房間裡亂糟糟的，早餐的碗碟還留在桌子上。床也沒有鋪，被子掉在地上，床單要換了。一個星期的髒衣服堆在角落裡的椅子上也沒有時間去洗，在這個一覽無遺的小套間裡根本沒有迴旋的餘地，眼前的凌亂，就是她目前生活赤裸裸的寫照。她歎了口氣，想着手整理一下，又不知從何着手。她把昨天剩下的紅酒倒了一杯，喝了一口。坐下不久就覺得房間裡的寒意侵人。在扭開暖氣時，想着，這個月的電費單大概不得了，想到錢她就很煩，單單公寓的房租和水電費就佔了她薪水的一半以上，每個月都入不敷出。聖誕節又要買禮物，今年她連一張聖誕卡還沒有寄出。每天晚上都疲倦不堪，第二天早上起來時，總覺得頭一天的疲勞還沒恢復過來。疲勞一天又一天地累積起來，總有一天會把她拖垮的。她需要一個假期，離開這個城市，讓自己放鬆一下，就像在日內瓦時那樣。那一年是一個長長的假期，每天早上醒來總是充滿精力，生命是那麼清新。歐洲回來後，好像整天在忙，又忙不出什麼名堂來。她渴望能夠睡一個長長的覺，但是疲勞好像跟定了她。

她以為駱的來到會改變這種情況，但事實上什麼也沒有變，只是把她原來已經不夠支配的時間又佔去一部分，在她原來就不很穩定的生活上添加了另一種不穩定。她看了看桌上的鬧鐘，還有半個鐘他就來了。她希望他不來，讓她有一個單獨的晚上。但寒冷的公寓裡孤寂得可怕。

電話鈴響起來，把她嚇了一跳。聽筒那邊傳來裘蒂的聲音。裘蒂也是像她一樣的三十來歲的單身女人，她們不時結伴出去看電影上飯館。駱來了之後就把裘蒂忘了，她感到有點自疚。裘蒂問她晚上有沒有節目，要不要去看場電影。她說今晚不行，接着談到一些其他事情。這時門鈴響了。她去開了門回來又和裘蒂談剛才沒有談完的事。

他知道她，一拿上電話筒總要好半天才能放下。他心不在焉地翻着床頭一本 T.S. 艾略特的詩集，這本詩集他在瓊日內瓦的床頭就看到過。在大學裡他也迷戀過這個詩人，並且能背誦整篇的〈荒原〉。他和瓊曾經熱烈討論過這首詩，尤其裡面的東方思想。但結果，他們的一個共同結論是他們更喜歡的那首詩是 The Love Song of J. Alfred Prufrock。

瓊打完了電話，問他餓不餓。

我換件衣服就走。身上的毛衣都沾上美食店裡的味道了。

他看着瓊脫掉毛衣，又脫掉裡面的襯衫。她的胴體大概是她最令他動心的部分，尤其是她堅挺的乳房。但為什麼他總感到他們之間有一層無從打破的隔膜？

瓊感到他冷冷的眼光落在她身上，不禁打了個顫抖。房間太冷了，小小的電暖氣不夠驅散凝聚的寒意，周圍摸到的東西都是冷冰冰的。她連忙套上一件毛衣，穿上褲子，對看來已等得不耐煩的駱說，走吧。

他們沿着 Lombard 街走了一段路，找到了一家意大利餐館。店裡冷冷清清，只有兩檯客人，他們叫的 Pasta 煮得太爛。兩人都有點心事，悶悶地為填飽肚皮而吃着。一下子就吃完了。回到瓊的公寓裡。瓊說她累得要命，明天早上她有健身操課程，一早要起床，不如早一點睡。

他坐在老楊公寓的客廳沙發上。從早上回來後就沒有出去過。老楊字條也沒有留一個，也沒有電話打回來。大概因為這幾天他天天在外邊過夜，一直沒有看到他。他看了幾份報紙，從中文報紙翻到英文報，不論是香港的消息，歐洲的消息，美國當地的新聞都同樣的沒有意思。時間真難以打發。他覺得自他請長假以來，他的大部分時間都在等待中消耗掉。過去幾天他等瓊下班，現在他等老楊回來，他想找他談談，也許對自己有所幫助。早上離開瓊的家後，他想立刻定下去紐約的行程。但已快到聖誕，接着是新年，他想見的人肯定都度假去了，到了紐約後還不是一樣要等待。

幾個月前，他離開日內瓦時，對未來的轉變將會帶來的新生活，多少有點寄望，現在這種幻想已經完全離開了他。瓊是不是也是這樣？他回想他們兩人之間的關係。他懷疑這次重拾前緣是不是一個過錯，與瑞士那段無憂無慮的日子相比，一切都變得那麼平凡，兩個人都處在生命的轉捩點上，都在為前途彷徨。

6

聖誕夜，他按照瓊的吩咐，6 點半來到她家，瓊說珍叫她早一點去幫忙。瓊正在換衣服，試了好幾件都不滿意。她說不能穿得太隆重，要在隨便中又顯現優雅。結果選了一件黑色真絲印花的連衣裙。她穿黑顏色的衣服的確很好看。她看了一眼駱身上的藏青色上裝，

雖是裁剪很貼身的法國名牌，但好像已有些年月了，從桌上一堆禮物中抽出一個扁平的盒子遞給他，說給你，聖誕禮物。

他感到有點意外，一點也沒有想到要給她送禮物，自然也沒有想到她會為自己買禮物。他訕訕地打開盒子，裡面是一條開司米的鮮紅色圍巾，摸在手中又輕又柔和。瓊走過來替他圍上，領着他到鏡子前面，鏡裡人的臉孔在紅圍巾的渲染下，顯得特別精神。旁邊化了妝的瓊也美艷驚人。他心中有點感觸。

約翰和珍住在 Russian Hill 的 Vallejo 街上，兩邊都是風格一致、顏色各異的維多利亞木房子，每一棟都是依山而建，帶着花園，粉刷得整整齊齊，瓊說這一帶住的都是有錢人。

他們是第一個到達的客人。來開門的是一個金頭髮、高個子、三十來歲的男人，瓊替他介紹，原來眼前這個穿着很隨便的男人就是男主人。約翰很熱情地和他握手，一面說，進來，快進來，外面一定很冷。他們隨着主人走進了熱氣開足的客廳。要不要來點香檳？他問他們。

美國人有一種 Easygoing 的性格，令陌生客人會覺得很自在，不像歐洲人那麼令人感到拘束。約翰替他們倒了香檳，閒聊了幾句，然後喊道，珍，客人來了。沒有聽到回音，說了聲對不起，她大概還在換衣服，我到樓上去看看，你們隨便坐一會。他們坐在這個由於大而顯得空曠，由於空曠而顯得輕靈的客廳裡的奶油色皮沙發上，喝着香檳，此刻有一份寧靜，一切是這麼舒適優雅。光亮的橡木地板上是一張很大的波斯地毯。客廳前搭了一個日光浴甲板，下去就是一個小花園。從客廳的落地大窗看出去可以看到三藩市海灣和金門橋。

瓊對這棟房子很熟悉，有一年約翰和珍去度假，找她替他們看家和照顧那隻波斯貓，有兩個星期她就住在這裡，睡在他們客房的

Queen Size 床上。她從來沒有一個人享有過這個大的空間。他們的廚房就比自己現在住的地方還大。她想，假如駱看到了主人房裡那個 King Size 大床來……有一刻，瓊想像着自己是這個房子的主人，但很快地回到現實中。她知道自己只是一個來自東岸的小康家庭的平凡人，她絕對不可能享有這對 WASP 夫婦擁有的豪華。事實上她的要求並不高，她只想找一份比較好的工作，找一個丈夫，有一個家，她自信可以把自己的家安排得妥妥當當，但連這個平凡的夢想似乎也如此遙遠。

這時珍下來了，已經打扮一番，女人總不能像男人穿得那麼隨便。

瓊說我們來早了。本來以為可以幫幫忙，想不到一切已經準備好了。

珍和駱說法語，她的瓜子臉、瘦長的身材使他想到柯德莉·夏萍。她說大學第三年到法國留學了一年。

客人陸續來到。兩個主人忙着招呼客人，瓊也在酒吧檯上幫着替客人倒酒。

駱站在酒吧檯旁邊，慢慢啜着香檳，冷眼看着接二連三進來的客人，都是三十來歲的 Baby Boom Generation，一下子客廳裡就擠滿了人，他站在一個角落裡，沒有人理他，這些比他年輕 10 年充滿自信又極之樂觀的 Golden Boys 的價值觀，顯然有異與他念念不忘的 60 年代，不免覺得有些落寞。

約翰領着一對年輕夫婦過來，介紹他們認識，他們今年夏天去歐洲旅行了一個月，跑了不少城市。他們很喜歡巴黎，1920 年代，有一些美國作者自我放逐到巴黎，寫了許多的文學作品，這些作品已成為許多大學裡的經典課程。他們這次去就是為了追尋這些大師的足跡。但是，他們對法國人卻沒有什麼好感。他們說，在德國旅

行時沒有碰到語言上的困難，但是在法國卻到處碰壁，明明會講英文的人，也不講，他們的結論是，法國人不夠友善。

　　瓊顯然在這種場合很自在，不時聽到她響亮的笑聲，眼睛發亮，明顯已有幾分醉意了。她從一堆人走到另一堆人中，想像自己是這個宴會的女主人，最後她跑到駱身邊，因為她突然看到他孤獨地站在客廳的一個角落，他在人多的場合總是這樣落落寡歡，她感到把他忽略了，挽着他的手臂說，來，我要你見一見丹尼，我以前的男朋友。她曾經告訴他，在商學院時和一個男同學有過一兩年的來往，結果還是分手了。

　　他們寒暄時，瓊又跑開了。駱開始時還有點矜持，每一次面對一個陌生人都是這樣，然後大概香檳喝多了，被冷落了，他發現自己對着丹尼大發議論，説什麼現在的人越來越功利主義。接着又説這完全來自美國的清教徒主義傳統。結果不知怎麼又扯到了巴勒斯坦人和以色列的問題，他們顯然不在同一個觀點上。丹尼聽了一會，找了一個藉口離開了。

　　駱想自己真的老了。他太嚴肅了，畢竟這是一個節慶的日子，為什麼不談一下輕鬆的事情，為什麼把每一件事都看得這麼認真呢？他不應該喝那麼多酒。他打開落地的窗門，走到陽臺上。在夜間潮濕冰涼的空氣中站了好一會兒。遠處的金門橋上往來的車輛還是密密麻麻。終於他感到了背脊上一陣寒意，才回到客廳裡。

　　在客廳的一角，瓊在和一群人正談得興高采烈。原來談的是去Lake Tahoe 滑雪的事，珍的爸爸在那裡有一棟別墅，新年裡一家人都會在那裡團聚，過兩天他們就去。瓊接着談她在歐洲的滑雪經驗，大家又開始比較哪一個地點最好，法國、瑞士還是意大利？

　　珍請來的鐘點女傭開始把一盤一盤的菜端出來，放在已經鋪了白檯布的兩張長餐桌上。瓊過去幫忙，是雞尾酒會上常見的小吃，

魚子醬、大蝦、乳酪，還有日本刺身。

駱感到自己置身在 Scots Fitzgerald 的小說裡，豪華熱鬧的場面，一切是這麼令人心醉。眼前這些人都是天之驕子，他很少見過這樣的豪華。他一直以為美國人都是一些只懂得吃漢堡包，喝可口可樂的沒有文化的老粗，但眼前的這批雅痞不單出生良好，而且受過高等教育。他們樣樣都要追求最好的、最新的、最時尚的、最大、最快、最高級的，什麼都要加一個最字才過癮，他們是生活在最字中的一族，他們精益求精的欲望，使這個世界以無比瘋狂的節奏運行。想到這種驚人的速度，駱就感到累了。

有人在客廳的鋼琴上彈了起來，是輕快又帶着點憂鬱的爵士音樂。

之後有人跳起舞來，瓊和丹尼是其中一對，空氣裡彌漫着熟悉的大麻味道。

突然之間駱感到一陣厭倦，已經兩點鐘了，酒帶來的興奮過後，他感到一種無名的憂鬱。消除這種令人不快感覺的最好辦法無疑是再喝一杯，索性來個大醉。他已不記得有多久沒有真正醉過。但他不想再喝了，不想第二天爬起來的頭疼。他找到了瓊，她已經醉得差不多了，老遠都能聽到她的笑聲。瓊還不太願意走，說她沒有醉，還堅持自己開車。他也不知道她怎樣把車開回去的。一回到屋裡，瓊抱着他要做愛，他把她推開。她有點不解地望着他，然後哭了起來，折騰了好半天才安靜下來。

7

早上 8 點多他就醒來。聖誕日的早上，大部分人還在夢中，街上只偶然傳來幾部車子開過的聲音。昨晚酒喝多了，頭腦發昏，胃裡也很不舒服。瓊還在她的醉鄉裡。房間裡有一股混濁的氣味。他

渴望一些新鮮空氣，穿上了衣服，走出大門。街上出奇地冷清，難得看到一兩個行人。在街角上他看到了一家 24 小時營業的餐館，看看時間還早，瓊肯定還在熟睡中，就進去叫了一杯咖啡，一面喝着一面想着昨晚宴會裡發生的一些情景，一切好像已離他很遠。

他回到公寓時，瓊正好從浴室出來。他問道，Are you okay?

瓊答道，還有點頭疼，不過我已吃了藥，等一會就好了。你為什麼不叫醒我。我們最好早點上路。你能不能先泡一壺茶，等我把頭髮吹乾。

他們默默地吃完簡單的早餐。瓊說我們走吧。他拿起自己的小背包，裡面放着三四天的替換衣服。

瓊把車鑰匙遞給他，你開車吧。

他們沿着 Lombard Street 直開，一下子就到了金門大橋。這是一個難得的好天氣，橋下的海在陽光下閃耀，灣對面的小城，也浴在陽光中。很快地他們就上了北上的 101 號公路。他記得當年就在這附近上了一號公路南下的。瓊好像還沒睡醒，一路上默默無言。開了一個多鐘頭，他們就到了 Sonoma。這是一個小鎮，鎮中央是一個廣場式的花園，周圍幾條小街。瓊說她餓了。他們找到了一家餐館坐下，隨便叫了一些東西。吃完了，瓊說，我覺得好多了，我們可以去參觀葡萄園，這裡的 Buena Vista 是加州最老的酒莊。

大概因為時間還早，酒莊裡沒有什麼遊客。在石頭建成的酒窖裡，在醉人的酒香下，他們從掛在牆上的一幅幅圖片中追溯了葡萄園的歷史，怎樣從法國進口了第一批葡萄樹苗，怎樣幾經波折才發展到現在的規模。一張老照片中有幾個留長辮子的華人在開墾土地，原來當年葡萄園也雇傭了許多進口的華工。

他們試了好幾種紅酒，也只是聞一聞酒香，入口漱一下就吐出來。昨晚喝多了，舌苔不對勁，今天不是品酒的日子。但是替他們

倒酒的年輕人很殷勤，瓊還是買了兩瓶 Carbernet 和一瓶 Pinot Noir。

　　從 Buena Vista 出來，他們循着一條小路開往 Napa Valley 盡頭的 Calistoga。在這個以溫泉出名的小城附近都是著名的葡萄酒園。等他們找到一家有溫泉的旅館時，已經快 4 點，兩人都感到累了。瓊說要休息一下，躺倒床上轉眼就睡着了。他在床上翻了一下旅遊資料，也跟着進入夢鄉。一覺醒來竟不知道身在何處。太陽已經下山了，他喚醒瓊，匆匆換上泳衣。旅館是圍着一個露天溫泉游泳池建造的。他們先在池邊的 Jacuzzi 裡面泡了一下，讓不斷湧出的泡沫按摩了一會，然後跳進了大池，大池裡冷冷清清只有兩三個肥胖的老年人。

　　他在泳池裡游了兩圈，水的溫度太高了，一動就熱得不得了。他靠着池邊停下來，只讓頭露在涼涼的空氣裡。灰藍的天空越來越深，剛才幾顆淡淡的星星越來越明亮。泳池周圍亮起燈來，老人們離開了泳池，大概已快到晚飯時分。瓊游了過來，靠着他站着。他指給她看頭頂的獵戶星座，北斗七星，他們看了好一會，然後隨着夜間的空氣越來越涼，從池裡升起的水蒸汽也越來越濃，把頭上的星星掩蓋了，把他們包圍起來，這個池子成了他們兩個人的世界。瓊轉過身來抱着他，他感到她堅挺的乳尖，她的小腹緊緊地貼着他。他有點緊張，瓊輕輕地咬他的耳朵問道，你怕什麼？然後他放鬆了，好像整個人飄浮起來，只聽到水波拍着池邊的聲音，此外一片靜寂。過了一會，一陣風吹來，吹開了一些霧氣，又可以看到天上的星星在眨眼。瓊勾着他的頭頸說，我想不到會這麼美，像夢幻一樣。

8

　　第二天早上他們按照計劃，繼續北上。寬大的山谷慢慢變得狹小，他們已離開了葡萄種植區，進入山區，眼前都是紅杉，有些大到

要十幾人才能環抱，可能都有兩三千年的樹齡。中午時分，他們又看到了海。太平洋在他們前面展開。瓊說我們回到了老的一號公路上。

中午時分他們來到建在海角上的小城門多西諾，找到旅館，吃了點東西，就到街上蹓躂。小城是一個旅遊點，有不少家庭旅館，很多的小店，除了賣紀念品，還有許多的陶瓷、玻璃、木刻等藝術品，都是當地藝術家的作品。旅遊書上說這裡有一個古老的中國道觀，他們找了好久才找到，原來是一座關公廟。這座小小的武帝廟倒有點意思，完全是用木頭蓋的，1850年左右建成，但已殘舊無比，大門也鎖着。據書上說門多西諾以前是一個伐木工業城，全盛時期有過不少人口，因此有六七百個中國移民在此從事各種行業。後來伐木工業衰落，這個城市一度變得很荒涼。60年代，一些藝術家來到這裡，發現這裡的環境美好，房子又便宜，就在這裡住下來，慢慢開發成現在這個樣子。瓊說這裡的藝術家，他們過着簡單與世無爭的生活，大部分是以前的嬉皮士。你喜歡不喜歡這樣的生活，她問道。他回答說，不知道。一方面這種不需要為別人工作的自由自在很吸引人，有點出世的味道，但與世隔離的孤獨生活是否能持久，他懷疑，從遠處看，風景如畫，但等你投入進去，可能並沒有這麼理想。

他們找到了一條小路走下海角，不久就到達退了潮的海灘，走過一堆礁石，又看到另一個小海灣，之後又是一堆延伸到海裡的礁石，繞過去卻是另一個很大的海灣，海灘上有些巨大的浮木，也有不少被海浪沖上岸的海藻，周圍變得越來越荒涼。他們默默地走了不知多久，各自沉醉在帶着鹹味的潮濕海洋空氣中。

他們追尋來時的腳印，走向回路的時候，又開始漲潮了。十幾隻巨大的海鷗站在岸邊一塊大石上呱呱地叫着。一部分的腳印已被潮水掩蓋了，他們現在要爬過一堆堆的亂石，才能在另一個海灘上找到早先的腳印。當他們回到第一個沙灘時，太陽已帶着黃昏的朦

朧。瓊一直沒有開口。她從駱身邊走開，然後在離海七八米的一塊大石上坐下。

他看着她的背影，看着她坐到礁石上，眼望着遠處的海，好像把他完全忘記了。他在她後面不遠的地方坐下。海浪在一里之外的海面就捲起了浪花。一輪又一輪地向海岸推進，傳來隆隆的浪潮聲，但靠近沙灘時又平靜下來，化為無數的泡沫，然後又像在歎息一樣退了下去。每一輪雄偉的浪潮聲過後都夾帶一陣輕柔的歎息。

太陽在他們後面的山上慢慢沉下去，每沉一分，海就靠近一分。海的顏色也加深了一分。海的某些部分，反映着太陽的餘暉，像灰藍色的織錦。

面對着眼前不斷變化的景色，瓊突然想起她第一次看到太平洋的情景。她到現在還不明白，到底是什麼樣的磁力把她吸引到西岸來的。會不會是因為西岸的彼岸就是東方？

大學畢業後，就在她父親做事的那家大股票公司找到了一份財務分析的工作。她在上城的住宅區租了一個一房一廳的小公寓，每天搭半小時的地下鐵去華爾街上班，在辦公室裡埋頭研究一家大汽車公司的財務情況。最初，她對紐約這個大城市的生活很不習慣。後來她有了一個男朋友，一個並不很突出但卻很細心的同事。她嫌他沒有想像力，不夠性格。但在紐約單身女人這麼多的情況下，有一個男人在身邊也就不錯啦。他們每個星期都有一兩次約會，多半出去晚餐，偶然也會看場電影，一直保持着溫吞水的關係。雖然工作比較緊張，每天早上都有半小時的會議。但能在一家有名氣的公司工作，她應該感到滿足。她第一次有這麼多錢，可以買她所喜歡的東西。那時候的生活就像她那時候的扮相一樣缺乏幻想，一身中規中矩的 Business Suit，顏色保守又有點土裡土氣。但她有一個舒適的公寓，一切都好像很順利，她又能抱怨什麼呢？就這樣過了兩年。

那一年秋天，她的母親因為乳癌擴散，很快就過世了。父親在母親過世後不到半年就和他的女秘書結婚，她和父親吵了一架。

她開始對工作不耐煩，周圍的一切都好像在解體，在慢慢地腐敗，發出一股糜爛的氣息，包括她的生命在內。一種無比的疲倦在侵蝕她。不久她發現左邊的乳房有硬塊，開刀後發現是良性的，但醫生說由於她母親死於乳癌，叫她小心。

有一天下班回家，在公寓樓下停着救火車，行人道上一大堆燒焦了的東西。她想不知道誰家發生了火警。上前一問，才知道就在她那一層，被燒的就是自己的套間，還好發現得早沒有蔓延到別處，釀成火災。消防員告訴她多半是因為壁櫃裡的插頭發生短路引起的。她的衣服鞋子全都燒掉了。房間裡彌漫着令人作嘔的煙味和水跡。

她第一個念頭是回家。但想到父親身邊的女人，隨即打消了這個念頭。她也可以找她的男朋友，但她也沒有。她在附近的旅館住了 3 晚，然後搬到一個女同事家住了半個月。在這個期間她做出決定，辭掉工作，離開紐約。

這一場火就好像告訴她此地已無留戀的價值。一場火倒也燒得乾乾淨淨，燒得再也無所牽掛。

駱看着瓊的背影以及她前面那個隨着天色變得越發深沉的海面，海風更緊了，催着海浪撲向岸邊。他突然感到，他們之間從來也沒有這麼接近過，他們好像被眼前的大洋溝通了。瓊好像變成另外一個人，她坐在那裡一動也不動的姿態，好像已平息了不停要動的衝動，達到了一種禪的境界。

她多麼喜歡海洋，瓊想。潮水已靠近她坐的礁石上，不時飛起的浪花已濺到她的腳上，她喜歡海水的鹹味，海風吹在面上的感覺。

從紐約到加州，她獨自開了三天三夜的車，經過了中部的大平原，西南一望無際的荒漠，累了就在車上小睡，餓了就停在加油站邊

上的速食館吃一個漢堡包，一直開到大海邊上才停下來。她坐在海邊整整兩個小時，看着太平洋，所有的辛酸在海的包容下一下子都消失了。她一直有一種想法，她的命運在東方。向西走是為了更接近東方，前世她一定是一個亞洲人。現在一個東方男人就在她身後，看着她，她願意懷一個他的孩子。

駱眼看着海潮已經在衝擊瓊所處的那塊礁石上，她還是端坐不動，好像無視於周圍的變化，眼看她就要被海水包圍起來，心中不免着急。

瓊，我們回去吧！

她聽到他在後面叫她，回轉身來，發覺他就在身後。一個浪潮打過來，他向後連退兩步，總算沒有給打着。她乘潮水退下的那一刹那，跳下礁石，鞋子已深深地陷入被海水滲透的海沙中，再一跳才跳到他身旁。他伸出手膊，把她抱進懷裡。他們擁抱了片刻，然後他攬住她的腰，默默往回頭走。

在沙灘的另一頭有一個老人在釣魚。他一次又一次地揮動釣竿，把線拋出老遠的海浪中，然後轉動軲轆把線收回。

他們走到老人身旁。

瓊打着招呼問道，有沒有收穫？

穿着牛仔褲和長靴，一件厚夾克，頭髮銀白的老人，一面把線收回來，一面説，沒有，但空氣是這麼清新，海是這麼美麗。

瓊點了點頭應道，真的很美麗。

老人説，你們看到鯨魚了嗎？就在那邊，一大群。

他們向水平線望去，在暮色裡遠處的海和天已是一片蒼茫。

這個海域有鯨魚嗎？

門多西諾是觀看鯨魚的有名地點，牠們整天就在那邊噴着水，嬉戲。

我從來也沒有見過真正的鯨魚，瓊説。

牠們正在向南方去，到暖和的海域去產子。牠們每年都經過這裡，一群又一群，總要在這裡停留一兩天，然後才南下。我每年都開着我的拖車，跟着牠們，沿着一號公路南下，看到牠們自由自在地游來游去，噴着水，我就感到很高興。今天太晚了，你們明天來就會看到的。

我們明天一定會來的，再見。

9

昨天晚上沒有拉上窗簾，太陽照到眼皮上他就醒來了，也沒有吃早餐，瓊就催着他去看鯨魚。他們又跑到昨天的海邊，潮水已經浸沒了他們昨天走過的海灘。他們沿着沙灘後面的高地走了一段，一路搜索鯨魚的蹤跡，剛剛升起的太陽把接近地平線的那片海洋照得閃閃發光，但海面一片平靜。他們瞭望了很久也沒有見到噴水的鯨魚，也沒有老人的蹤跡。他對一臉失望的瓊説，鯨魚大概已經游向南方了，我們回去吧。

吃了早餐，他們又繼續上路。路越來越狹窄，彎彎曲曲地在海和山之間遊走，有的地方很險，山上奇形怪狀的大石和紅土好像就要向海裡傾瀉。瓊聚精會神地開着。駱想起了 20 多年前，從三藩市經一號公路南下的那番經歷。

在 Haight and Ashubury 住了一個禮拜之後，他終於忍受不了太陽永遠躲在雲霧後的陰陽怪氣天氣和亂哄哄的環境，事實上，這個花的兒女發源地的節慶已到了尾聲，當初的精神已經消失，他在 Diggers 辦的圖書館裡碰到的一個在那裡幫忙的年輕人告訴他，有點意識的人都已離開，到深山野嶺過更接近自然的原始生活，剩下的

人過着做一天和尚撞一天鐘、缺乏內容的日子。毒品、暴力、疾病開始蔓延。

他雖然參與了一段嬉皮士生涯，但他錯過了兩年前的黃金時代。他只是一個旁觀者，他從來不是真正的嬉皮士，或許他更傾向於必逆一代作者更有內涵的追求。於是他又背上了背包，重新上路。大公牛送他上了去金門橋那條公路的巴士，依依不捨地和他告別。

在加州，只要找對地方，截順風車真是舉手之勞，下了巴士不久他就搭上了兩個年輕人開的車。車子一過了金門橋，太陽就伸出頭來，天氣也變得暖和起來。他們很快就開上了一號公路，沿着太平洋海岸南下。一路上經過好幾個浴在陽光中的美麗小城鎮。載他的車到了 Carmel 就停下來。他在三藩市時已聽人說起過這個小城。這裡住着很多的有錢嬉皮士，大多是藝術家。這真是一個名不虛傳的美麗小城，整整齊齊的街道，粉刷得美奐美輪的木頭房子，院子裡種滿了色彩繽紛的亞熱帶花草，真是一個鳥語花香的世界。他在附近走了一圈，考慮是否要在這裡停下。

但時間還早，他知道 Big Sur 已離此不遠。多少次他聽到了其他嬉皮士提到這個地方，就好像 Haight and Ashbury 一樣這也是嬉皮士的麥加。他知道亨利 · 米勒在這裡住過。Lawrence Ferlinghetti 在這裡的山上有一棟小屋，凱魯亞克在那裡住過，他也讀過他那部以 Big Sur 命名的小說。這是一個他多麼熟悉多麼嚮往的名字，眼看就要到了，他真有點急不及待。

回到公路上，等了不久，一輛哈利電單車就在他身邊不遠的地方停下。那個穿着黑皮夾克的大漢，點上了一枝煙，吸了兩口，向他看了一眼，然後搖了一下頭。他最初還有些不解，隨後意識到他是搖頭的對象，就趨前問道，Big Sur？那人點了點頭，也不言語，示意他坐上。他還未坐穩，「轟」的一聲，車子就騰雲駕霧飛馳起來。

不一會，他就感到眼睛開始流淚，兩隻耳朵被寒風颳得發痛，背上的背包變得越來越沉重。他想時速肯定超過了 100 里，這些 Hell Angel 真是玩命的。也不知道過了多久，迎面開來了三四輛由同樣扮相的大漢駕駛的電單車，對方大概打了一個手勢，他的電單車立刻減速，停了下來。那人示意他下車，隨即掉了個頭，轉向三藩市的方向駛去。他喘了口氣，連忙放下背包，舒展一下僵硬的四肢。這時在他前面一點的地方有一輛車停下來，放下一對年輕人。男的長得不高，身體卻很結實，一手裡拎着一個水手帆布包，一手抱着一個捆紮好的睡袋。女孩背着背包，嬌小玲瓏，有一張漂亮的臉孔。他走過去和他們搭訕。Hi，你們往哪個方向去。

Big Sur。

我也是，但我不知道在什麼地方，是不是可以跟你們一塊走。

男人倒也爽快，說聲 OK 並伸出手來說，我叫 Jack，這是 Marion。

過了一會兒，有一個年輕人開着一部老爺車經過，把 3 個人一起接上車。大概開了 20 多里，傑克叫停車，說到了。

原來 Big Sur 只是在一號公路下面的一個荒蕪的海灘，有一條從山上沖下的激流入海的地方。他不禁有點失望地問道，這就是 Big Sur 了嗎？傑克說，這條公路上延綿幾十里，都是 Big Sur，這是我熟悉的一部分，山上有不少嬉皮士公社。我們要先上山找一個朋友，你要不要一起去？

他想道，去見識一下也好。於是他們沿着溪流邊上的一條羊腸小徑往上爬。在這個季節亂石之間的激流都乾涸了，只剩下一絲流水。已到中午時分，驕陽當頭壓下，山路也越來越陡。他和傑克走在前面，遠遠落在後面的瑪麗安叫了起來，傑克，等一等我。他們停了下來。傑克告訴他，他在三藩市當水手，剛出了一次海回來。他的朋友以前也是水手，走遍了世界，現在和女朋友在山上住下來，過

着簡單原始的生活。

　　瑪麗安氣喘喘地追上他們，傑克也不讓她有喘息的機會，背起帆布袋又向上趕路。大概又走了 40 分鐘，他們看到幾間簡陋的小屋。傑克說就要到了。他們繞過房子，在不到一百碼的地方，山坡被開發出一塊狹長的平臺，上面紮着一個小帳篷，旁邊的地上種了一些粟米、馬鈴薯和蕃茄等作物。一個穿着粉紅色紗裙，深棕色頭髮長到腰際的女孩正在採蕃茄。她上身全裸，古銅色的皮膚反映着加州的太陽。在她旁邊站着一個全裸的兩三歲的金頭髮男孩。

　　Hi，Pan，傑克老遠就叫起來。潘回過頭來，杏臉上有一個很俊俏的鼻子，加上幾點雀斑，使她更顯得俏麗。兩隻堅挺的乳房，在陽光下渾身散發出健康的色彩。

　　瑪麗安抱起小男孩說，已經長得這麼高了。

　　傑克介紹說，這是駱，我們在路上碰到的。

　　你們大概口渴了吧，她替他們一人倒了一杯水。

　　Jim 不在嗎？

　　潘說，他到東部去了。你是知道他的，總不能在一個地方呆太久。有一天早上，他說要到丹佛去找一個朋友，捲起了睡袋就走。他說過兩個星期就回來，現在已經兩個多月了，也沒有一點消息，有人說在紐約的 Village 看到他，也不知道他什麼時候會想到回來。

　　傑克若有所思，沉默了一下，問道，你一個人還能應付嗎？

　　還可以，潘答道。現在菜園子裡已開始有收穫，有個鄰居每星期烤一次麵包，上面不遠的地方有一個公社，養了一群山羊，做些乳酪。基本上這裡的人都試圖自給自足。有人下山時也總會替我帶些茶啊，油啊，糖啊等東西。這裡的生活很簡單，唯一的問題是水，現在是旱季，好幾個月沒有下雨了，山溪裡的水越來越少了，大家都要小心用水。

你一個人住不怕嗎？他問道。

啊，這裡的人都很和善，有什麼事他們都會幫忙。不過山上有很多毒蛇，那天我就在帳篷旁邊看到一條響尾蛇。

為什麼不打死它。

哦，你不去碰它，它不會來犯你的。不過我怕的是孩子，不懂事，前天我託人下山買了一枝血清，以防萬一。

我看 Jim 這一去也不知道什麼時候再回來，你會一直呆下去嗎？傑克問道。

我也不知道，潘有點遲疑地回答，這裡的冬天還是很冷的，靠這個帳篷是不行的。

談了一會，傑克說，我還要到上面一點的地方看另一個朋友，等會再回來。瑪麗安放下小孩說，我跟你一起去。

兩人走後，他和潘在一塊大石上坐下。海洋就在他們腳下，伸延出去，一直到天邊，海水在陽光下閃耀。

他告訴她，面對着海他永不厭倦。他是在海島上長大的，不過那個小島太多人了，那時候他夢想到一個無人的小島去，像魯賓遜一樣，過那種以海天為伴獨立於人群的生活。他對海的情感是複雜的，他喜歡海又恨海。他恨海是因為海把他困在一個小島上，但海洋又帶給了他很多幻想，那時候他讀了許多 Joseph Conrad 的小說。中學畢業時，他去報考了一間航海學校，想做一個海員，周遊世界；最後在視力檢查時，被發現是色盲，他想去航海的夢又幻滅了。大學時代，他讀到了《在路上》，他的幻想又被書中的主角奔馳在遼闊的美洲大陸兩岸間，瘋狂地追求生活的真諦，而感動得流淚。他住的那個小島面對的就是一個大陸，一個同樣遼闊的國度，但絕不容許他像凱魯亞克那樣地馳騁在它的土地上。

潘耐心地聽着，不時點點頭，好像表示她也了解，一面撫弄着在

她懷裡睡着了小孩。她說你多麼像 Jim，你小時候一定是一個孤獨的孩子。

他也不明白為什麼突然之間他變得這麼健談。他好像找到了一個傾訴的對象，幾千里的孤獨旅程累積起來的心酸得到了同情。

他說，真想不到我會追尋着凱魯亞克的腳跡，橫貫了這個大陸，想到自己就在 Big Sur，如在夢中。一談到他心目中的偶像，他變得很興奮。他想潘的男朋友可能就像這本書中的人物一樣，是一個被一種無法控制的激動驅使着到處流浪的人。

他變得很抒情，他說太陽、海水，夜裡依偎着情人，看着星星，聽着海濤聲，多麼美好。他想到三藩市嬉皮士店裡張貼的一張在日落的海灘上一對面對面相擁而坐的赤裸情侶的海報。

潘說，也沒有你想像中這麼浪漫，你知道凱魯亞克曾當過火警警報員，獨自一個人在深山野嶺中生活了好幾個月。這裡的生活是很寂寞的，尤其是當你是一個人的時候，在半夜醒來，雖然是夏天，還是感到寒意侵人，聽着山裡的狼嘯聲也是特別淒涼。

突然之間他想把她抱過來，他想像他們兩人在星空下，聽着海濤聲，做愛。他發現潘在看着他，若有所思，好像已洞悉了他心中在想什麼，他的臉孔紅了起來。他看到一旁水桶裡的水已經不多了，就說我去幫你到溪裡接點水來。

等到接了一桶水回來時，潘說，傑克和瑪麗安看了朋友回來，見你不在，走了。他聽了急忙背起背包，就想追上去，心中埋怨道，說好一起去海灘的怎麼把他扔下了。

潘有好像有點不解為什麼他這麼急着想離開，若言又止，結果只是說，Come back。

他在小徑轉角的地方回身，潘還站在那裡向他揮手。

在這麼多年後，他還記得潘臉上的幽怨神色。

走到半路，他追上了傑克和瑪麗安。傑克看到他，有點詫異地說，我以為潘把你留下了。你知道她很寂寞，她需要一個男人的照顧。他想到了潘茫然若失的表情，幾乎想立即轉身回去。但海的吸引太大了，他想還是先到海邊去吧，過幾天再回來找她吧？

10

沉默了好久的瓊突然說，我們快到了，你替我留意一個寫着 Howard Creek Lodge 的標誌。果然開了不到十分鐘，就看到了標誌。車子開進了一條泥路，慢慢下坡，轉了個彎，眼前出現了一棟很大的木頭房子，前面的園子裡種滿了金蓮花。一頭狗叫了起來，一個胖胖的中年女人迎了出來。

房子裡有一股柴火的煙味。客廳壁爐裡還剩下半條未燒完的大木頭。薩莉帶他們到他們訂的房間。房間很大，裡面都是實木的古董家具，窗簾和牆上的佈置都帶着三四十年代的味道。從視窗望出去可以看到一條流水淙淙的溪流。整個佈局令人感到順眼和舒適。薩莉說你們先休息一下，反正我總在屋內，有什麼需要，隨時找我。

薩莉走後，瓊在床上躺下說，我也真的累了，那條路彎彎曲曲，還真不容易開呢。瓊很快地進入夢鄉，駱翻了一會兒書，也睡着了。等他們醒來，房間裡只剩下最後一絲陽光了，他感到有點悵惘，把大好的時光錯過了。瓊說我們到附近走走吧。他們走出大門，沿着山谷走了一段路。附近有三四間像薩莉那樣的木頭房子，之後是一片林地。走了一會，天開始暗下來，一下子冷起來。

他們回到住宿的地方，壁爐裡的爐火，劈里啪啦地燒得很旺。薩莉請他們坐下喝點東西。她到廚房裡拿了瓶白酒出來，瓊喝了一口說，這是當地的酒嗎？薩莉看了看瓶上的標籤說，是很普通的酒，

叫 Riesling。我覺得還可以，我們平常就喝這種酒。駱嘗了一口說，想不到這裡也有。我以前在德法邊境，萊茵河邊的阿爾薩斯念書，當地是法國著名的白酒產地，那裡的 Riesling 好像比這裡的乾一些。

想來一定不錯，薩莉說，我是說住在法國，我從來也沒有去過歐洲。

瓊答道，是，歐洲比美國密集多了，開幾小時車就換一個國度，不同的風俗習慣，不像這裡。但這裡也很美，很幽靜，完全在大自然中。

她的確也很嚮往那種歸隱的生活。她想，也許她和駱也可以在法國南部的鄉下買一個被棄置的小農莊，將它改建成一個 B&B。這也是逃避上班族生活的一個選擇。

我和我先生一來到這裡就愛上它，用全部的儲蓄把它買下來，花了 7 年功夫才把它修建成現在這個樣子，但總有很多做不完的事。這些年來我們沒有一天假期，什麼地方也沒有去，為了這個房子，我們也犧牲了很多。

駱想，她看來的確很累。這絕對不是喜歡熱鬧的瓊所要的生活。

他們出去的時候天已黑了，黑得伸手不見五指，滿天的星斗燦爛無比。公路上沒有一輛車。10 分鐘後他們來到了 Fort Brag，在沿着一號公路建的一排房子中，找到了薩莉為他們訂的那家兼營餐館的旅館。進門的酒吧間有幾個人在吧檯旁邊喝酒。他們走進了裡間的餐室，這是一個很大的房間，一邊放了大大小小十來張桌子，另一邊是一套五六十年代的老式沙發，一角還放着一架大鋼琴。看來像人家的起居室，吃晚飯、坐着喝咖啡聊天的地方。大壁爐裡的火熊熊地燒着，在黯淡的燈光下，壁爐裡的柴火為周圍的家具和佈置帶來了另一種在不停變動的柔和光澤。

一個中年婦女迎上來。

瓊對她說，我們打電話訂了位子，看來我們是唯一的顧客。

過年的時候比較清淡，這樣你們可以隨便選擇你們喜歡的桌子。

他們在靠壁爐旁的一張小圓桌坐下。

這間屋子很漂亮，瓊總不會忘記讚美一下。

這裡原是一家酒館，世紀初的時候，Fort Brag 是一個伐木的城市，山上砍下來的木頭都從這裡運出去，全盛時期這裡有過十幾家這樣的酒館。

現在看來倒冷清呢，他說。

伐木工業搬走了，現在我們主要靠遊客，而冬天不是遊客季節。60 年代這裡住滿了嬉皮士，把這裡搞得亂糟糟的。他們像一群蝗蟲那樣來到又像蝗蟲那樣不知飛到什麼地方去了，但有些人留了下來。理查留了下來。他是一個詩人。他買下了這棟房子，自己敲敲打打，花了好幾年時間，總算裝修好。等會兒理查下來，他會告訴你們那年代的故事。她停了一下，問道，你們想吃點什麼？我們有新鮮的海鱸，還有中午煮的奶油蘑菇湯。

瓊說，好像不錯，就要這兩樣吧。有沒有當地的酒？

女人進廚房拿出一瓶門多西諾的 Pouilly-Fume。

瓊看一看標籤點頭表示可以。

女人為他們倒了酒後就說，我去替你們弄晚餐。

看來裡裡外外都是她一個人在打理。

酒杯中的酒淡黃中帶點綠色。入口並沒有想像中的煙熏味，不知 Fume 這個字的來源為何？

瓊說，你可以想像這裡在世紀初的情景嗎？酒館裡伐木工人粗獷豪爽的笑聲，像水一樣灌進肚皮的威士忌，酒家女的吵鬧聲，和 Country Western 的歌舞聲。然後一切都消失了。經過幾十年的沉寂，又來了一批人。

正說着，播音機裡放起了 60 年代的舊歌，披頭四、保羅·安卡、

西蒙和加芬克爾，每一個歌星，每一首曲子，都引起人無限的緬懷，那些歌詞是多麼浪漫動人。

瓊説 60 年代想來這裡也有過一番熱鬧。

駱想到了 1968 年，60 年代已是 20 年前的事了，這是一段他也曾參與過的歷史。

他們喝完了湯，在等下一道菜的時候，一個瘦長身材的男人從樓上走下來，穿過大廳，經過他們桌前，向他們點了點頭，由於燈光暗，看不真他臉上的表情，他在大廳另一頭的火爐裡添加了一大段木材。對着爐火坐了一會兒，又走了。

瓊説，他一定是那個詩人和主人了。

詩人沒有停下來和他們聊天，他多少有點失望。他很想聽一聽詩人的故事。

詩人大概很害羞。

或許他不想打擾我們，瓊説。

駱想或許詩人已經不寫詩了。或許他已經厭倦了告訴陌生人他的故事。60 年代的人都沉默了。在巴黎他認得一個美國老作家，抗戰時隨着美國將軍史迪威撤退到緬甸，寫了一部暢銷書。麥卡錫時代，他自我放逐到巴黎。老年時他找到了另一個他關心的題材，寫了許多反核詩，這是荒野裡的吶喊，沒有人願意出版。

駱跟着傑克和瑪麗安來到了 Big Sur 海灘，這是一個蔓延幾十里的荒蕪海灘，只有東一叢西一叢的灌木。他們在一條小溪旁邊安頓下來。海灘上到處是從山上被洪水沖下來或是被海浪打上岸、帶着根莖的樹幹，這些被日曬雨淋，被激流和海浪打磨過的大大小小的枯木，有着不同的形狀，活像經過藝術家加工的雕塑。

天一黑下來，原本冷冷清清綿延幾十里的海灘突然之間熱鬧起

來。遠遠近近，東一堆西一堆地點起了篝火。放眼看去至少有十幾堆。每一堆燃燒着巨大枯木的篝火，都有一群人圍繞着，先是疏疏落落，後來人越來越多。他和傑克和瑪麗安加入了其中一堆，大多是像他一樣也是千里迢迢來到這裡朝聖的，反正都是天涯淪落人，相逢何必曾相識。火焰的影子在曬成古銅色的臉上跳躍，每一個人的眼睛裡都閃着兩朵青春的火花。有人彈起了結他，有人捲起了大麻，一加侖又一加侖的大瓶廉價加州紅酒，從一雙手傳到另一雙手，當你舉起瓶子仰頭往喉嚨裡灌酒時，你不知道醉眼看到的滿天星斗是真的還是假像。一對對的男女在依偎和擁抱下離開找尋兩個人的世界，他們或許早已相識，或許是今日才萍水相逢。坐在他旁邊的人不時在變動，有些人離開了又回來，有些人是從別的篝火堆過來串聯的。他聽到旁邊的一個女孩向同伴誇口說，今天晚上已和 10 個人做過愛。畢竟這是做愛不打仗的年代，任性地做愛是一個反文化的潮流。然而，最年輕的夜晚也會在不知不覺間變老的。在大麻和酒精的安撫下他好像睡了片刻，等他醒來時，篝火旁只剩下寥寥數人，傑克和瑪麗安早已不知去向。夜已深，再也沒有人往篝火裡添加木材，當火焰暗下去的時候，天上的星星變得特別明亮，他找到了一直總陪着他流浪的獵戶星座。在鑽進睡袋時，不知從什麼地方傳來了幽怨的笛子聲，在這個狂歡過後的荒蕪海灘上顯得特別淒涼，那個吹笛者又有什麼情懷非要在這個半夜裡傾訴。他想到了就在附近山上的潘，半夜醒來在寂寞的夜裡聽着山上的狼嚎。笛子在長長的一曲後又歸於沉寂，只剩下太平洋的海浪一波又一波地沖上海灘的聲音。

瓊看着凝視着壁爐火焰一言不發的駱，她總猜不透他在想些什麼，就像是古老國度的一個謎。她喝了一口酒，酒還是不錯的。她不明白他為什麼總在折騰。他有一份許多人夢想以求的工作，一個

舒適的公寓，如果他能夠安定下來，他們會有一個不錯的生活，之後，她會為他生兩個孩子。

他們離開餐館時，雖然還不到 10 點，但似乎已經很晚了，周圍是靜悄悄黑漆漆的一片，天上的銀河明亮得像一條嵌滿鑽石的腰帶。海風已經很緊。

11

第二天一早他們就醒來了，客廳裡沒有人，但已有一壺熱騰騰的咖啡在保溫爐上。餐桌上放着麵包、各式果醬，還有雞蛋和煎餅。為他們準備早餐的人，大概又回到了溫暖的床上了。他們沉默地吃完早餐後，瓊說，我們再到海灘走走吧，說不定能看到鯨魚。

他們穿過公路，找到了一條通往海灘的小徑。這裡的海灘更加荒蕪。就像那天傍晚在門多西諾一樣，他們沿着海走了好久，就是沒有看到鯨魚。

回旅舍的時候，他們碰到一個年輕亞洲人，手中持着一個大網不停地左右張望。他們相互打了個招呼。駱問道，你在捉什麼？

蝴蝶。

在冬天還會有蝴蝶嗎？

我要捉的是一種隨着季節遷移的季候蝶。牠們成群結隊遵循着不同的路線，從墨西哥中部一直遷移到加拿大南部，總共有 4000 公里路程。牠們看來弱不禁風，卻像燕子、鱔魚一樣是長途旅行家。牠們的整個生命都在路上。

我以為蝴蝶像蟬一樣只有很短的壽命，一到冬天就死了。

你說的不錯，一般成年的蝴蝶最多只有五六個星期的壽命，整個漫長的遷徙過程要通過四代才能完成，這種叫做 Monarch 的美洲

大蝴蝶在天氣暖和時，一批又一批地飛往加拿大。在那裡有一種花的花粉，它們特別喜歡吃。前3代都在路上成長死亡，第4代，卻可以活上七八個月，冬天來臨時，它們一口氣又飛到南方，在那裡繁殖下一代。

你幹嘛捉牠們。

在他們眼前出現一隻橘色黑紋白點黑裙的大蝴蝶。那人提了網追過去，只見他一撲就把蝴蝶套進網中，隨即提着網來到他們身邊。你們剛才問我為什麼捉這種蝴蝶，喏，就是為了這個。他把蝴蝶從網中小心翼翼地拿出來，用大拇指和食指夾住翅膀，另一隻手從衣袋裡摸出一小片印有號碼的薄塑料標籤，在一隻翅膀後端夾上，然後將蝴蝶放到附近的金蓮花上，動作仔細又熟練。那蝴蝶一動也不動，停了好一會，像在思考到底發生了什麼事情，然後好像想通了，振了振雙翼，翩然飛走了。

瓊被這個情景完全迷住了。

那人說，我們有一個帝王蝶項目，專門研究這種蝴蝶的移徙路線。他從袋裡拿出一張名片遞給他。

吉田長雄
聖塔芭芭拉自然歷史博物館研究員

啊，你是日本人。

我父母來自日本，我是這裡土生土長的。你呢？

我從香港來的。

這時瓊說，你也是從聖塔芭芭拉來的，怪不得我說在什麼地方

見過這種蝴蝶呢，現在我記起了。

你們到過聖塔芭芭拉？

我在那裡念了兩年 MBA。校園裡有一棵樹，一到冬天就密密麻麻掛滿了這種蝴蝶。附近的一些樹上也是。

那是兩年很開心的日子，她想，遠離家庭，重新回到大學，在氣候怡人的南加州海濱城市，跟一群年輕人過着逍遙自在的生活。那些沒有掛慮，沒有壓力，不需上班的日子。那些彩色的蝴蝶就像那些彩虹的日子，回想起來像夢一樣的神奇。

這時天邊又出現一對大蝴蝶，一前一後，一高一低，你追我逐地飛過他們眼前。瓊從吉田手中搶過撲蝶網說，我替你捉去。她舉起網來，向前追去。從晨霧中探出頭來的太陽，為周圍的色彩都增添了光輝，深深淺淺的綠色樹林，藍的天空，灰色的房子，園裡一大片紅黃相間的金蓮花。瓊躍向天空的姿態美妙而敏捷。

一個念頭在他腦中一閃而過。渺茫的青春就像飛翔的蝴蝶一掠而過。能夠捉得住嗎？能夠貼上標籤嗎？

在網接觸前一刻，兩隻蝴蝶一東一西地分開，飛遠了，瓊的努力成空。

吉田走過去。突然之間又飛來兩三隻。瓊追了過去，連番揮舞，結果給她撲到了一隻。她興奮地喊着笑着。

瓊和吉田蹲在一叢金蓮花邊上。吉田教她如何把標籤貼上，朵朵金蓮花漂浮在像蓮葉一樣的小小葉子上，葉子上滾着露珠。她的一臉笑容，好像她捉到的是幸福而不僅僅是一隻蝴蝶。

他感到有點憂鬱，那種眼看人家沉醉在歡樂中卻無法分享的旁觀者感到的憂鬱。

為什麼人總要生活在過去中，他想。他從來也沒有捕捉住他想要的。到底他在追尋什麼呢？他自己也不知道。

標籤貼好了，蝴蝶飛走了，或許會一直飛到聖塔芭芭拉。

你想做蝴蝶開心呢？還是做撲蝶人開心？瓊突然問道。

吉田不知道怎樣回答這個無厘頭的問題，傻笑了一下，然後說做蝴蝶總比做蜜蜂自由自在吧。

駱想，鯨魚和蝴蝶都是到處為家，不停流浪的生物，牠們好像都能以此為樂。

他對瓊說，是上路的時候了，還有 400 里路呢。

早上出門時，他們已把行李放到車上。他們上了車向吉田揮手告別。

開了一個鐘頭，他們經過一個小鎮，瓊說她餓了，想找一家旅遊書上介紹的餐館吃飯。駱說沒有時間了，隨便買些什麼找個地方野餐吧。他們在一間雜貨店買了兩份牛肉三文治，開車找到了一個無人的海灘，對着大海坐下。太陽暖洋洋地照在身上，使人懶得不想動。瓊閉起眼來，在他身邊躺下，好像睡着了。他注視遠處的水平線，希望會有鯨魚出現。天是藍的，海水是綠色的，有一個時期，他的生命就像眼前的景色這麼分明，但現在好像變得太複雜了。過了一會兒，瓊突然歎了口氣說道，我真希望有一個更長的假期，這兩三天的旅遊太匆促了。你說我是不是應該把我現在這份工辭掉？那麼我就可以輕鬆一下。我們可以去夏威夷玩一下，那裡真是天堂。

瓊見他沒有搭嘴，又說道，我這份工作真的沒有什麼意思，名義上我是經理，實際上樣樣都要向老闆請示，薪水又少得可憐。

駱說，你為什麼不一面做一面找呢。你好像總在換工作。

瓊沒有做聲。

我以為拿 MBA 學位的人很吃香。

現在有 MBA 的人太多了。我回來後寄出了上百份 CV，沒有一次成功。

你有沒有想過箇中原因。

你是什麼意思。

沒有什麼。

過了一會兒，瓊說我是想有更多的時間陪陪你，你不能過幾天再去紐約嗎？

這個約會早在一個月前就定下，對我十分重要，會決定我今後的去向。

瓊說，走吧，還有 300 里路呢。

他們回到車上，還是由瓊駕駛。她喜歡開車，開車使她鎮靜。開了一會兒，剛才的心煩意亂才平伏下來。她看了一眼身邊已在微微打鼾的男人，頭歪在一邊，頭頂已經微禿，臉上也有了一些黑斑，好像一下子老了許多。他們在日內瓦的那段瀟灑日子好像已經是很久以前的事，再也回不去。

駱睜開眼睛，發現太陽已經隱沒在雲層後。他們已經離開海岸線，車子行駛在一個寬大的山谷裡一條筆直的公路上，兩邊都是葡萄園。灰黑色的土壤裡豎立着一排又一排的鐵絲架子，架子上的葡萄藤還稀稀落落地掛着一些枯萎的葉子，一片凄涼，畢竟是冬天。瓊的兩手扶着軚盤，好像在沉思中。他伸了一個懶腰，問道，我睡了很久嗎？

有差不多一個鐘頭。

天色慢慢暗下來，兩人都不想開口，在漸漸加深的暮色中，這種沉默的壓力也越來越大。他記起了在他睡去之前的談話。他感到她在惱恨他。也不知為什麼，和她在一起久了，就會覺得很煩。她的煩亂不寧會傳染給他，到了一定程度他再也不能忍受，他就想離開，逃走，就像很久以前他從家裡逃出來一樣。他知道她想把他留下，20 年前他沒有留下。20 年前他很崇拜這個國家，他幾乎讀遍了當代

所有美國作家的小説。那時候單純的他極有可能為了一首歌，一本書或一個女孩子，為了一些浪漫的想法在這個大陸留下來。20 年後，他失去了天真，這個國家也變了，各個方面都令他感到不耐煩，再也沒有可能像那一首老歌的歌詞那樣，把心留在三藩市了。不知道是不是因為在歐洲住久了，產生了這種抵觸心理，而瓊就變成了這種心理的 Collateral Damage。憑良心説她是一個不錯的女孩雖然有很多的弱點三十歲的人了很難改變但每一個人都有他的毛病他不應如此挑剔，可能最重要的原因是，如果他接受了她也就等於認同了整套膚淺的美國生活，這是他不能接受的。

他對自己説，我想這麼多幹嗎，明天就要離開這裡，天曉得他們什麼時候再見。他們兩人的關係總缺少應有的熱情，兩個人都是那麼理性化地對待這一段交往。或許從頭到尾他都沒有愛過她，即使分手也沒有什麼好感傷的。

12

他們接近三藩市時，天空已經變成深紫色。從城市裡開出來的汽車，一輛接着一輛，連續不停的車頭燈像一條巨大的火龍，下班的人都在趕着回家。他們抵達索薩利托時已可以見到灣區高樓大廈的燈火。有一霎那間，他以為車子正在駛入紐約。那一年他從西北部回到東岸，在剛開完音樂會的 Woodstock 被一部小卡車載上，開車的老年人問他有沒有到過帝國大廈，他説沒有。結果老年人一直把他送到曼哈頓，在美洲大道把他放下時塞了兩美元給他，關照他一定要上帝國大廈頂樓看一眼。站在燈火輝煌的大道上，他感到一陣迷茫。

那已是多少年前的事了？明天，明天他就要離開三藩市，這短短的兩個星期，又好像是一段很久以前發生的事情。明天他將飛往

紐約，在那裡他要見幾個人，他們會派給他一份新工作嗎？他們或許會派他到非洲去。他沒有和瓊提到這件事，因為她不會明白他為什麼要到那些艱苦的崗位去。這離她想要的生活太遠了。

瓊看着灣區的燈火，感到了一種難以忍受的孤獨感。那個城市像一大塊水泥向她壓下來。明天她又要開始回到日常的生活。他們短短的共同旅程是一種徒然的追尋，她並不是沒有作出努力，結果還是要回到現實中。他們並不是沒有過心靈溝通的時刻。在一頓豐富的午餐過後，從做愛後的甜睡中醒來，發現大好秋陽已經只剩下一點點的淡淡憂鬱，在天色開始暗下來令人感到有點猶猶豫豫的傍晚，他們喝着紅酒，依偎着躺在床上翻開艾略特的詩集，讀着 Let us go then, you and I, When the evening is spread out against the sky...

此際，旅程就要告一段落，她有點前途茫茫的彷徨，腦中又浮現了艾略特的詩句 There will be time, there will be time / To prepare a face to meet the faces that you meet. 我們還有時間嗎？還有時間猶豫一百遍嗎？或構想出一百個幻景再重新訂正嗎？的確，我們還有時間，一百次的猶豫和決定，在一分鐘內就可扭轉。為何她會感到這種無名的憤怒，她對自己說，瓊你必須控制情緒，不能讓自己被打垮，Life is too short to drink bad wine。

突然之間，他們的共同旅程好像提前抵達了終點。他們各自想着各自又要面對的現實生活。在那一個短短的旅程中，曾經有一刻，他們很接近。現在在這個夕陽西下的時刻，他們沉默猶如陌生人。

他們回到瓊的家門口時已經快 9 點了。一路上的沉默把他們之間的距離越拉越遠。

下車時，他說，我想我應該回去了，回去還得整理行李。

瓊看了他一眼，問道，你明天是什麼時候的飛機。

下午兩點。

我想我不會來送行了，在機場道別總是那麼 Pathetic，今晚留下吧，以後也不知要多久才見面。

　　他沒有說什麼，幫瓊把行李提下車。

　　公寓裡一片凌亂，寒冷的空氣裡混着一股霉爛的味道。床也沒有鋪，廚房裡還剩下那天早餐的殘餘和髒碟子。

　　瓊說，開了足足 5 個鐘頭車，我累死了，你看看廚房裡有什麼可吃的。

　　冰箱裡只剩下幾隻雞蛋，一些乳酪和麵包。

　　他炒了一碟蛋，兩人馬馬虎虎地吃了，也沒有講話的精力。

　　吃完飯，瓊說她有點頭疼，坐在床上翻一本過期的雜誌，只聽到紙張在陰冷的空氣裡傳來「刮刮」的聲音。他跑到廚房裡把碗碟洗了，出來時瓊已經鑽進被窩裡，好像睡着了，但也可能在裝睡。他本來想和她談談，這一來也只好作罷。那張床實在太小，他不得不緊貼着她躺下，她仍舊一動也沒動。她大概還在生他的氣，他有點難過，為什麼不能好好地分手呢？但不久也在疲倦中進入夢鄉。

　　夜半，他感覺到頸後有人在吹氣，就像輕柔的和風，他懷疑是否在夢中，等到他感覺到瓊的手輕輕的撫弄時，他轉過身來，把她抱入懷中。瓊柔軟又堅挺的乳房緊緊地貼住他，像一對小動物在那裡蠢動。他突然想起了一首舊歌詞：我的青春小鳥一去不回來。

　　他感到兩人的呼吸越來越急，最後瓊爬到他上面。

　　在高潮來臨的一刻，他抓住她堅挺的乳房，把她拉到自己懷中。

　　畢竟他在她身上還是捉到了一段失去的青春。

　　一早他們就醒來了。瓊說，今天 10 點才上班，上班前她想把積下的髒衣服拿到洗衣店洗掉。她的聲調是如此冷漠。

　　他幫她把床單除下來，沒有床單的床很難看，床褥上這裡一灘那裡一灘黃褐色的斑跡，都是瘋狂的情欲後留下的痕跡。

瓊打開窗簾，早上的霧還沒有散開，照進房間的是那種魚肚一樣的灰白慘淡的光線，房間裡看來比昨天晚上更亂。瓊想這就是我的生命寫照了，煩躁又再一次地佔據她。為什麼一切都這麼複雜，總理不出一個頭緒。是我自己把生活弄得這麼複雜嗎？她把床單揉成一團，猛力塞進帆布袋裡時，腦中又冒出艾略特的一句詩：我能把宇宙揉成一個球嗎？她恨不得把自己也揉成一團，塞進洗衣機裡好好地洗一下。

駱已經穿好外衣，站在一邊等她。

他從衣袋裡摸出鑰匙交還給她。他幫她提着兩袋髒衣服和被單下樓時說，我可以陪你到洗衣店，斜對面就有個巴士站。

太陽已經穿過薄霧，Lombard 街上的來往車輛很多，正是人家上班的時刻。

瓊的車子在街角上那個自助洗衣店前停下來。他們剛下車，他就看到來自 Marina 的一輛 23 號巴士開過來，正好被紅燈擋住。

啊！巴士來了。他在瓊的嘴上輕輕一吻，把手中那袋髒衣服塞到她另一個臂彎裡，掉轉頭就跑去追巴士。

瓊怔怔地看着那個穿着第一天開始就幾乎沒有換過的橄欖綠奧地利 Loden 短大衣的背影。他就這樣走了嗎？匆匆忙忙，什麼也沒有講，就好像他不過是回一趟他的同事那裡，今天晚上他們還會見面，他們還會在一起煮晚餐，她怎麼這麼快就習慣了他的存在。但她隨即意識到，晚上他已在幾千里外的紐約，一個在許久以前她匆匆逃離的城市。他連什麼時候再見也沒有說，好像急着想逃離她。

駱在袋裡摸出足夠的零錢付車費後，從車窗向後望出去，瓊還站在她的車旁，一手抱着一袋髒衣服，他好像看到她臉上那種無可奈何，帶點苦笑，帶點怪責，又有點驚異於這種毫不浪漫的告別的表

情。連他自己也覺得行動的突然，難道他真的是為了要趕上這輛巴士嗎？

他為自己的行為感到慚愧。他想等過幾天紐約的事情有了頭緒後，再打電話給她吧，反正三藩市和紐約之間不過是幾小時的飛行時間。

13

郵差來送信的時候，他正好在陽臺上，看到他背着郵袋向這棟孤立的屋子走來，有點詫異。這幾年來，他難得收到帳單以外的郵件。郵差把信遞到他手上時，他一眼就認出她的字跡來，雖然他們之間失去聯絡已快有 10 年。她告訴他，偶然碰到了他的一個老同事，獲得了他在普魯旺斯的地址。她已經結婚多年，並有了兩個孩子。丈夫有很好的收入，所以她無需工作。他們就住在離她以前的公寓不遠的 Marina，出去就是海邊，可以看到金門大橋。她和孩子每天都到海邊散步。信中還附了一張照片，她手中抱着一個大約兩歲的男孩，身旁站着一個五六歲大的女孩。女孩很像她，瓜子臉，大大的眼睛，有兩個迷人的酒窩。她還是那個樣子，好像一點也沒有老，臉上的微笑似乎帶着做媽媽的驕傲。他不知道她為什麼心血來潮，在隔了這麼多年後寄來這封信，是為了告訴他，你看，我很幸福，你原本可以分享這份幸福的。

他有一股衝動，提起筆來就寫回信，告訴她，他過着與世無爭的平靜生活。他住的地方離最近的小村還有一里路，有的時候整整一個星期也不和別人交談。他就像伏爾泰一篇小說中的主角，大部分的時間用在種花植樹上。只是每隔一段時間，他會到一些遙遠荒涼的地方旅行去，一去幾個月。

信寫到一半，激動的心情平靜下來。他覺得回不回信也無所謂了，於是擱下筆來，回到園子裡，拾起鋤頭，繼續那永不會完成的鋤草工作。過了一會兒，在一鋤又一鋤之間，他聽到自己的心跳聲和喘氣聲，身體到底不如以前了。他倚着鋤柄，瞭望遠處重重疊疊，最後在煙霞中消失的山嶺，突然想到一本沒有完成的小說。那是關於一對雙胞胎兄弟不同境遇的故事。做父親的在 1949 年離開上海時決定把長女和最小的兒子留在上海。把女兒留下來是為了看家。上海還有兩棟房子，房子底下還埋着些金條。至於為什麼在雙胞胎中留下一個，卻是令人莫名其妙，可能是一個偶然的決定。兩兄弟由於這個決定落入完全不同的處境和命運中。當做紅衛兵的弟弟在全國各處串聯時，哥哥卻在新大陸的東岸奔馳到西岸。當弟弟在一場武鬥中死去後，小說就中斷了。他不知道為什麼一些虛構的角色，卻一直盤踞在腦海的一角；與他生命平行的另一個自己，就好像是一個他沒有實現的人生。他也不知道為什麼再也沒有寫下去。

人的際遇就是那麼渺茫不可測。一些人突然離開家鄉，拋棄一切，來到一個陌生地方，然後住下，整個人生道路完全改變了。他不禁想起潘，那個他只見過一面的女孩。當年如果他因為她，在加州留下來，現在自己又會變成怎樣一個人呢？他不記得在什麼地方聽人這麼說過，一切本該如此，不可能既是這樣又是那樣，錯過了不一定是由於你糊塗，得到了也不一定由於你明智。

他再也沒有見到潘。他在 Big Sur 海灘上過了幾天，白天懶洋洋地曬着太陽，企圖去理解傑克借給他的那本《西藏度亡經》的深奧哲理。但生命是這麼燦爛，死亡是如此遙遠和枯燥，讀了不到一半就放棄了。之後他和一群人去了洛杉磯，十幾個人幾部車，都是萍水相逢的人。只不過是因為一個年輕人在海灘上愛上了一個金頭髮女

孩子，他請她和她的一群朋友到他在比弗利山莊的豪華別墅裡。他父母離異了，他一個人住在那裡。在那裡可以看到整個洛杉磯連綿不絕一大片燦爛的燈火。從荒蕪的海灘，一下子來到這個金粉世家，就像夢一樣，那天晚上，酒櫃裡的酒都被喝完了，在沙發上，床上，厚厚的地毯上到處都是一對對赤裸裸的男女。他從來沒有見過這樣的狂歡。第二天中午，狂歡的人陸陸續續醒來後，整個別墅已是天翻地覆，主人大概很後悔，請他們走人。

在這群人中有一個來自加拿大魁北克的中學教師 JP，趁暑假開車來加州參加這個花的兒女的盛宴，在加州呆了一個月，錢快用完了，現在要回家了。他 offer 想回東岸的人，一個 free ride。這是一個難得的機會，想到《在路上》的主角和他的朋友開三天三夜的車從西岸回到東岸的情景，他又怎能拒絕一口氣吞下幾千里公路的誘惑？反正到了東岸後他又可以再回來，再回來找潘，橫跨這個大陸可以是這麼容易和即興，他把自己幻想為《在路上》書中的英雄。他和另一個好像整天都在被大麻 stoned 狀態下的美國人接受了這個邀請。那天晚上車子開過了死谷，手伸出窗外，外面是一股熾熱的風。然後在黑暗的沙漠中出現了一條銀帶，那是拉斯維加斯，一個 24 小時開放，連大門也不需要的地方，大路兩旁火樹銀花都是在眨眼招手的霓虹燈。許多年後，他有一個誇張的回憶，他們在一家賭場停了下來上廁所，每一個小便池的上方都裝上了一個吃角子老虎機，賭場不會放棄任何賺錢的機會。但當時對於他們這三個窮光蛋來說，這個紙醉金迷的天堂地獄無疑是沙漠中的幻象，可能他們停也沒有停就開了過去。

三天之後他們來到了蒙特利爾。JP 住在市郊，到什麼地方都要開車。美國人羅傑很快地找到一份散工，將一部分工資交給 JP 做伙食費和房租。他一直沒有找到打工的機會，覺得很無聊，很想立刻

啟程回東岸，但口袋裡只剩下不到 30 美元，必須先賺點錢。他決定南下到多倫多碰碰運氣。

多倫多的一個朋友替他在鄉村俱樂部的餐廳裡找到了一份管吃管住的跑堂工作。原本他只想做上兩個星期，賺一點錢，再重新上路，回加州找潘。鄉村俱樂部的環境很好，顧客都是彬彬有禮的中上階級，工作清閒，當他記清楚所有雞尾酒的名稱後也就駕輕就熟了，閒來他還跟着 barman 學調雞尾酒。兩個星期很快就過去了，回西部的願望慢慢淡化，雖然還是不時想起了潘，幻想和她在 Big Sur 山上，在漫天星斗下做愛。轉眼一個月過去了，雖然陽光還是這麼燦爛，楓樹的葉子邊緣已在變紅。他盤算着還有一個月，就到他回法國的時候了，大學在 10 月底開課，再回加州時間已經不夠了。在這裡再打一個月工，就夠他在法國幾個月的生活費了。他驚奇地發現加州海岸的回憶已變得這麼遙遠。

他歎了口氣，繼續鋤草。這棟屋還是他在 10 年前從非洲回來後買下的，他在非洲只呆了一年，他忍受不了日日面對那些受盡饑荒、疾病、戰爭煎熬的眾生而自己又無能為力的自責而辭職了。房子由於沒有人住，年久失修，已殘舊不堪。看中它的主要原因是屋前屋後坡地雜草叢中的 20 來棵，從樹幹看來，每棵都在百年以上的橄欖樹，但由於沒有人打理，就像殘舊的房屋一樣，顯得了無生氣。

那一年他去西班牙的馬略卡島旅行，去探訪蕭邦和喬治桑的故居。在路過一個山谷時看到了那許許多多的橄欖樹，受過上千年風雨、冰霜和乾旱的錘煉，每一株都盤根錯節，龍盤虎踞，各有姿態，好像一棵棵碩大的盆景，就是這樣他迷上了橄欖樹，當他有機會成為幾十棵橄欖樹的主人時，他毫不遲疑地把房子買下了。

在房子修建好後，他的全副精力都用在打理這些橄欖樹上。先是清除周圍叢生的草木，之後是壟土加肥，第二年就抽出新枝來。

村裡的一個老農民教他如何修剪，一兩年間年老衰弱的樹變得生機勃勃，又逢第二春。橄欖樹的枝葉茂盛，並長出橄欖來。老農在適當時候替他採集，然後送到合作社榨油，現在每年都可以嘗到自己的橄欖油。

已將近黃昏，陽光變得異常柔和，周圍寧靜無比。一陣風吹來，本來綠油油一片的橄欖樹一陣哆嗦，翻出葉子下面的銀灰色，就像月光下，千百萬條小魚在海面跳躍。然後風靜止了。

一切是這麼真實寧靜和諧美好，但他心中已被激起千道波痕，畢竟不能平復下來。

他想，大概又到他背起背包去流浪的時候了。

初稿 1984 年 12 月於法國南部，定稿 2012 年 12 月於廣州。

幻

從日內瓦到巴黎的高速火車已開上最平坦、時速超過 200 公里的那段軌道上。在夏日的陽光下窗外的田野一片又一片，井井有條就像車廂裡那樣乾淨、明麗。一切都是那麼平穩、安祥；甚至單調的行車聲也給人這種感覺。

他看了看手錶，還有兩個半小時就到巴黎了，這個他曾以年輕人的熱情擁抱過的城市，現在對他來說已經失去了新鮮感，只剩下一種含糊的說不清的感情，就像太多的人和事在時間和空間的變遷中已混沌得分不出輪廓，理不出頭緒。明天他將從這個城市，飛到一個隔別了更久的國度，在一個高原上追隨一批朝聖者，圍繞着一座海拔 6000 公尺的大雪山走一圈，一個不太合乎他年齡的冒險。

她就坐在離他三四行外斜對面的座位上。他並沒有立即發現她，或許他的思維已遨遊在那即將開始的另一個旅程上，或者驟眼看來，她並沒有特別吸引人的地方，或許他們之間那三四行的距離恰好是一個既不近也不遠，既可忽視也可以注視的距離。如果不是他也坐在靠走廊的座位上，他們之間沒有被椅背阻隔視線；如果不是他的座位恰好在車廂的這一半，對着行車方向，而她卻坐在另一半背着

行車方向的座位上的話，他們之間可能只會在上車下車之間匆匆地打一個照面，不會像現在這樣，在有意無意之間成了他視線的焦點。

不知道為什麼，短頭髮、帶點男孩子氣息的女人對他總有一股吸引力。他在思維間斷的一時空白中開始打量眼前這個身材嬌小30來歲的女郎，內心突然湧出一種似曾相識的感覺，而且這種感覺越來越強烈。難道是前世的緣份？他想。他試圖從記憶的深層發掘出一個相同的形象，卻又毫無結果。他的思維又漫遊到一些遙遠的細節中。他記起在大學裡讀過的一本小說。那是一個法國新小說派作家的作品，講的好像就是一個人行走在兩個城市之間的火車上的思維。火車把兩個城市、兩個女人、兩種生活連接起來。

當他的注意力又回到眼前女人身上時，他突然有一個想法。他應該把她的形象記下來，這樣或許以後他會記起她是誰。如果他是畫家的話，他可以為她來一個速寫，在幾分鐘內就可以把她的形象捕捉下來。現在他只能用文字把他觀察所得記下來。如果他能把她生動地描寫出來，她也就可能存在了。

他從衣袋裡找到了一張銀行通知單，就在後面空白的地方寫起來。她是一個剪着短短的淺棕色頭髮，年齡在三十至四十之間的女人，身材瘦弱，那種男人用一隻手臂就可以環抱的腰身。臉色有點蒼白，在寬大黑色的長袖薄毛衣下面顯得平平的胸部，黑色的長褲，平底鞋子，一張不能說漂亮卻很有個性的瓜子臉；眉毛像她頭髮一樣的棕色，但看不到她眼睛的色彩。

寫到這裡，他的神經輕輕抽動了一下，覺得這段文字，與眼前的女人一樣似曾相識。他放下筆來，又重讀了一次。一下子想起來了：這段文字就像他許多年前寫的一個短篇小說中，對男主角在旅途中邂逅的一個女郎的描述。他曾經再三重寫這一段，所以印象很深。

寫那篇小說的那年他正好四十歲，那篇小說也是為他四十歲而

寫的。這是一個尷尬的年齡，在踏入中年人應有的步步為營狀態時，又難以忘懷年輕人的放浪和任性，就像散發着芳香而入口苦澀的咖啡。但這個女人絕對不可能是 16 年前小說中的女郎。如果是的話，那麼她應該是已經年近五十歲了，除非他的小說創造了一個不朽的、永遠停留在同一個年紀的女人。這不過是藝術家的構想。同是小說中主要人物的他卻早已開始衰老。最明顯的跡象是，年輕時視力極佳的他，現在卻要配備兩副眼鏡，一副用來閱讀，一副為了看遠處。有的時候他感到生命就在尋找和調換兩副眼鏡之間迴旋。不戴眼鏡之時，一切都在迷迷朦朦之間。

理智告訴他，她不可能是小說中描寫的那個人物，但是從內心深處，他又感到他們確實在過去的某一個空間曾經有過那麼一次刻骨銘心的相遇。為了證實這種想法他又恢復了對女人的觀察，繼續記下他的觀察所得，仿佛這樣就能把她全面顯示出來，就像一個考古學家對待一尊從沙漠中發掘出來埋葬了幾千年的女神像一樣。

然後他們的目光碰上了，就那麼一剎那間，兩個人都立刻回避了對方的注視。她與他之間那 3 公尺左右的距離是一個恰到好處的差距。他發覺如果從滑到鼻樑下半部，那副用來閱讀的眼鏡之上看她，她擁有一個很美的輪廓。但是為了把她看得更真切一點，他從口袋裡摸出了另一副用來看遠處的眼鏡戴上，因而發現她比最初估計的年齡要大。生活中無數的挫折積壓成的疲倦已在眼角堆積起不少的皺紋。她大概在懷疑他在寫些什麼，為什麼每寫一段就抬起頭看她一眼。他現在已經毫無顧忌地看着她，好像一個畫家在把對方當作一個藝術品的時候擁有了那種專業性的特權。或許他想讓她知道他在寫她，或許她也知道他在寫她。女人常常有一種很敏銳的直覺。

她的鼻子從正面看來，很秀麗，鼻樑挺直，有點像亞洲人的鼻子。纖長的手指托着下巴。棕色的短頭髮只到耳際，露出兩隻小巧

的耳朵。她的眉毛的顏色只比她短頭髮稍微深了一點。大概是因為被咄咄逼人的眼光弄得很不自在。她從身旁的手袋中翻出一本平裝書來，又摸出一副眼鏡戴上。這樣一來她巧妙地扭轉了被別人看的劣勢。現在他們處在平等的地位上。她可以把她的書本擋在眼前，也可以從書本後看他，只要她願意這樣做的話。戴上眼鏡的她突然顯得蒼老了，有點像一個很平庸的小學教師。從鼻子兩側垂到唇角的兩條法令紋很明顯。她的嘴巴太小了。也許是小嘴巴與她的瓜子臉型相稱，但是他還是喜歡大嘴巴的女人，因為即使在她們不笑的時候也令人有笑口常開的感覺。而小嘴巴的人卻像母雞的嘴，有點勢利，好像那嘴裡講出來的話也比別人尖酸刻薄。

　　他歎了口氣，脫下眼鏡。火車在高速中滑行，時光歲月在平穩中被吞噬，只留下一條軌道，一些皺紋。16 年了。她現在的樣子卻接近了小說人物應有的年齡。但他為什麼反而覺得失望呢？16 年間似乎發生了許多事情，又似乎什麼都沒有發生。或許應該這樣說，他想要的都錯過了。而所經歷過的都不是他刻意追求的。生活是這麼淡而無味，然而一切似乎已成定局。16 年前的邂逅只有那兩三分鐘的時間，有如驚鴻一瞥，如今在這個高速火車上，他有整整兩個小時可以追溯和補充那個在一刹那間消失了的形象。

　　他的眼睛似乎在和她玩着捉迷藏的遊戲。每一次他以為捉住了，又被她輕而易舉地逃脫，在短暫的目光交流中傳達的是她的或者他的懷疑、試探或等待，他也說不清。然後她似乎專心一意地閱讀起來。過了一會兒，大概被書中一個情節觸動了，突然笑出聲來，察覺到他在看她，她脫下眼鏡，有點不好意思地迎着他的目光又笑了一笑。她這麼一笑使她的嘴唇綻開了，就像一朵盛放的花朵，隨着整個臉孔舒展開來。那是一個天真的微笑，沒有帶一點苦澀。同時他也看到了兩個深深甜甜的酒窩。突然之間她變得年輕了許多。她的

心中被什麼東西抽動了一下。她大而深邃的眼睛裡似乎反映着兩滴晶瑩的露珠。在這個距離他看不到她的眼珠是什麼顏色，但假如他的記憶是正確的，它們應該是帶着淡灰的天藍色。就是她，就是她。那個埋藏了很久的形象，一下子復活了。他心中有一股突如其來的一剎那的絞痛，好比失而復得的喜悅立即被得而復失的絕望所代替。定下神來後，他這麼想或許 16 年前的故事可以有一個像童話一樣的美麗結局。像美國電影一樣。她就在眼前，她身邊的位置空着。他只要上前，問她一聲是不是可以坐下，然後把一切都告訴她，一切就是這麼簡單。在他的一生中他錯過了無數的機會，現在上蒼賜給他一個彌補的機會。但他並沒有把他的想法付諸於行動。這不是像上次那樣一出現就消逝的機會。他還有整整兩個小時來考慮怎樣進行這件事。他必須考慮得周到。他應該怎樣告訴她整個故事呢。他自己必須先整理出一個頭緒，不然的話到時候結結巴巴言不達意。最重要的當然是要問她是不是到過紐約。因為小說中的人物就是在那裡相遇的。如果她説沒有，他又怎麼辦呢？他自己也不能確定 16 年前的相遇是真正發生了，或純粹是一個小説家的幻想。但是有時候印在白紙黑字上的虛構卻比虛幻的人生有更真實地存在。如果她是她的話，那麼在 16 年後再見到他又會有什麼想法呢？他和當初的他差別那麼大，她可能根本把他當成陌生人。

　　不久前他和一個認識多年的女同事約了喝咖啡。他們雖然在同一個辦公大樓裡，見面的機會卻不多。只是偶然在走廊裡或者飯堂裡碰到，匆匆交談幾句。M 已經結婚多年，有一個快十歲的女兒。M 拿出幾張照片，説是上個周末在整理抽屜時翻到的。那是 16 年前，大概是他開始寫那篇叫〈黑洞〉的小説前不久拍攝的。那時他和她以及另外十幾個同事為了一個大型國際會議出差到一個現在已經四分五裂的東歐國家。一張是一夥人合拍的，兩張只有他們兩個，還

有一張是他一個人的。照片的色彩還是很鮮明，好像是不久以前拍攝的。看完了照片，他們彼此打量了一下，也不過幾秒鐘的時間，隨即交換了一個心照不宣的微笑。自然也不免說了一些時間過得真快的話。那天晚上回家後，他又把給他的這幾張照片仔細地看了一番。他發現那個時候雖然已接近四十歲了，竟然還是那麼年輕，臉上沒有一點黑斑或皺紋，頭髮還是濃密烏黑。當然她比他看起來更年輕。照片上的她笑得很野，很輕狂。他想起下午他們交換的那個似乎會心的微笑，可能有些不完全相同的內容。從三十九歲踏入四十歲那年他有一種劇烈的危機感。總覺得他過的並不是他所要的那種生活，對於將踏入的四十歲又有一種無名的恐懼。五十歲那年，他回顧過去 10 年來的經歷，發覺並沒有想像中的那麼糟糕。他懷疑等他到了六十歲是否又會帶着懷念，回顧又消失了的 10 年。或許在各方面都每況愈下的情況下，懷念是逃避無可奈何的變化最容易辦法。最近他常常想到在他生命中出現過的一些女人。有些曇花一現，打個照面就消逝在茫茫人海中，然而隔了幾年在腦際浮現的面目還是那麼鮮豔。也有些曾經和她很親密的女人，卻又不知道為什麼分開了。在見面時，整個人都改變了。

　　6 月在那個巴爾幹半島國家的首都是一個迷人的月份。醉人的不僅是林蔭大道上盛開的椴樹花在初夏柔和濕潤空氣中散發的濃鬱香味，還有異國風情的小酒館裡的烤肉味道，入口清涼的白酒和熱辣的李子酒。他們按外幣計算的出差津貼在那個通貨膨脹失控的國家裡換來一疊疊要用數票機才能數清的當地貨幣。在當地人眼中，他們顯然是一群天之驕子。每天下班後，他們這一夥十來個人就拉隊到市中心，就像一群無憂無慮的大學生一樣尋歡作樂。雖然他們之間有些已經結了婚並且有了孩子。但是遠離了日常的家庭責任，就像度假一樣自由輕鬆，也不免逢場作戲。於是大家都沉醉於無處

不在的椴花香味中，在酒精與食欲的相互刺激中，讓幽怨而又快樂的茨崗小提琴旋律把人牽引到令人昏眩的興奮中。就是在這種浪漫氣氛的催生下，兩個單身的同事從同事變成了情侶。在那次出差不久後就結了婚。

　　當時在單身之中只剩下他和 M 還沒有固定下來，因此順理成章地被看成可能的一對。同事之間也有意無意地想促成這件好事。一個星期天的晚上，或許是因為出差快要結束了，人家都有一種把節日推向高潮，縱情取樂的願望。在那家常去的飯館裡，他們坐滿了有幾張餐桌合併的長凳，放杯盡興地，大盤小盤，大杯小杯，痛飲痛食。那天晚上 M 顯得特別漂亮，她穿着一條米色的短裙，上身一件薄得幾乎透明的粉紅色的短袖襯衫，更襯托出她已經曬得古銅色的皮膚。她似乎特別高興，兩隻眼睛水汪汪的特別動人。兩個茨崗小提琴手顯然也注意到她是全餐館中最漂亮的女士，常常來到她身邊，特別起勁地為她演奏。餐館裡所有人的目光都集中到 M 身上。坐在她身邊的他似乎也分享了這項榮譽。茨崗音樂就像李子酒那樣熱辣和令人興奮。李子酒醉人，灌入耳朵的音樂更容易上勁。本來他已經處在「酒不醉人人自醉的」狀態中，這一來就更覺得輕飄飄了。不知是誰講了一個色情笑話，大家都捧腹大笑。M 臉上浮起紅潮，醉容可掬地，笑着笑着就倚到他身上。直到餐館打烊的時間，一群人感到還未盡興，於是又轉移陣地，到一個開得更晚的露天小酒館去。一直到了凌晨一點多，大家都醉得差不多了，才結束了這場宴會。

　　M 和他住在同一個旅館。兩人結伴走在被清道夫沖洗得乾乾淨淨的冷清清街道上。天上有一彎細細的蛾眉月。他的腳步有點輕飄，藉着酒意挽着她的腰。她是那麼纖小，而又充滿了活力。看到他腳步踉蹌倚在她身上，她又吃吃地旁若無人地笑起來。那種充滿挑逗性的笑聲牽動了他的神經。他把她抱進懷裡。她的嘴唇和她的身體

一樣同樣柔和又具有彈性。她的整個人在擴大。一下子整個城市，整個世界只剩下他們兩個人。他們在擁抱和熱吻中走走停停，不知走了多久才回到旅館。她的房間在走廊盡頭。在經過他房間的門前，他順勢把她拉進了自己的房間……

那節火車似乎在大地上畫了一道長弧，西斜的太陽照到女人的臉上。她從口袋裡摸出一副墨鏡戴上。戴上墨鏡的女人總有一種神秘感，而這種神秘感又是觸動震撼的機制。或許他情願讓她留在那一篇小說裡，而不想她活生生地從文字裡跳出來。他害怕這種真實會帶來太多的失望。至少在她還留在小說中的時候，她有一種虛幻的美麗，不完整的，有遺憾的悽楚的美麗。或許是一個沒有結局的夢，有了結局就是終結。白紙黑字的紀錄比短暫的生命有更永恆的存在，這是所有創作者的願望。

在那篇小說中，他安排了兩人在一刻好像是永恆的照面後，隨即分道揚鑣，各自走上上蒼已安排好的道路。如今在這個真實和虛構之間的境地，他自己或上天又為她和他安排了什麼樣的命運呢？她當然不可能是她。一個小說中的主角當然不可能復活。但是她可能成為另一篇小說中的主角。如果他是另一篇小說作者的話，他又會安排一個怎樣的結局呢？

女人從座位站起來，向他走來，突然間他有一種守株待兔者的興奮。他不必採取任何主動，完美的結局即將出現。她會停下來，問他在寫些什麼，用什麼文字創作。那麼他就可以順理成章地把整個故事告訴她啊。然而她走過去了，一點也未停留，連眼角也沒有掃他一下。她的目標顯然是車廂尾的洗手間。她從洗手間回來時，他感覺到她的手似乎輕輕地在他的頭髮上拂了一下。或許是她的衣袖不經意地碰到了他的頭髮，或許是她走過時扇動了空氣，或許純粹是他的想像。總之等他抬起頭來時，她已經回到她的座位上了。

在虛和實之間有一個神秘的空間，一個充滿細微差別的灰色地帶。一個真實的作品，往往限於作者本身的局限，常常死死板板平平無奇。太過虛幻的作品，雖然耐人尋味，但往往失之於輕虛。或許很多人都需要一個恰到好處的想像空間。

M現在是一個賢妻良母和很稱職的同事。她有一幢漂亮的房子，一個聰明伶俐的女兒，一個很實在的丈夫，一份收入很不差的工作。她似乎很滿足於這個平凡的現實。隨着年齡，她的樣子也變得一樣平凡了，當初那股很吸引他的野性現在從她身上一點也找不到蹤跡。多年前的她，只是一個虛幻的存在。

他似乎也生活在同一個優越的平凡空間，但每隔一段時間，他需要出去旅行一下，呼吸一下另一種空氣。在旅行之中他似乎走進另一個虛幻的世界中。在那個醉人的6月晚上的第二天早上醒來時，他發現只有他一個人躺在床上，頭痛欲裂，唇舌枯焦。那個應該是情意綿綿的晚上到底是怎樣結束的，他完全記不起來了。在他把她擁進房間之後，他依稀記得兩個赤裸裸的身體在相濡以沫中互動，但他也不能肯定這的確發生過。總之在那關鍵一刻，他喝下去的李子酒的威力一下子發揮出來，以後發生的事情，他完全不能確定。在辦公地方碰到M，她也好像是宿醉未醒，面容憔悴。會議已快結束，工作加倍忙了起來。雖然一夥人還會一起出去吃飯，但已經沒有那股勁了，似乎節口的氣氛一下子消失了，大家都顯得有點無精打采。他一直想找個機會問問M到底那天晚上發生了一些什麼。但又不知道怎麼問。他為自己醉酒感到不好意思，也感到內疚。一直到出差結束他們都保持着這種平常淡然的工作關係，好像他們之間什麼也沒有發生過一樣。他一直在想，他做了些什麼，說了些什麼話，或許是他什麼也沒有做。但顯然M對他已經沒有以前那麼熱情了。他們之間有一種不知為什麼的尷尬。

出差回來後不久，他被派到另一個歐洲城市的支部支援三個月。回來後，他們更生疏了，比普通同事之間的來往還少。那對在出差時期進入情人關係的同事就在這個時候結婚了。他們當初一起出差的這一群人自然被邀請參加了婚禮。他與 M 在這個場合會面，自然免不了有點尷尬。原本很接近的人，一下子就從他生命中消失了。兩年後 M 自己也結了婚，之後有了孩子。他自然再也沒有機會提起以前的事情了。那天晚上到底發生了什麼事對他來說一直是一個謎。一個他永遠不會忘記的謎，帶着某種淒楚色彩的永遠遺憾。那對因出差而成就了婚姻的同事，婚後關係並不怎樣。男方常常酗酒。但是由於有了兩個孩子，女方還是諸多容忍。這段婚姻總算維持了多年，直到去年男的因胃出血過世。從酒精開始的一段婚姻也因酒精結束了。出殯的那天他和 M 都去了。兩個十六七歲的女兒都長得亭亭玉立。又是另一代了。

　　他發現坐在他斜對面的女人已經脫掉了太陽眼鏡，突然意識到車廂的光線已經暗下來，看一看手錶，已經快 10 點了。火車不到 12 分鐘就抵站了，不覺心中一驚。在這個緯度，6 月是一年中白天最長的月份，但是陽光終於也會消逝的，似乎不久之前他還以為有整整的兩個小時，有充分的時間來考慮怎樣去與女人交談。然而那兩個小時不過是一個幻覺。即使給他一年的時間，結果還是會一樣。他看着手錶上的秒針移動還剩下 5 分鐘，4 分鐘。他的整個生命就是在這樣的懦弱等待中流逝。火車已經在減速。可以看到大城市近郊的醜陋建築物。他的心在慢慢地沉下去，懊悔和絕望像夜色一樣侵入心中。

　　火車到站了。她背着一個簡單的行李向他那邊的出口走來。他也在這時候站起來。她停下來，意思是讓他從座位挪到走廊上。他笑了笑，用手勢招呼她先走。他就跟在她後面。車門還未開。走在

最前面的人都停下來，他就站在她身後。她比他矮半個頭，可以看到短頭髮之下後頸的毫毛。她的身上發出一股淡淡的香味。他有種情不自禁碰她一下的願望。在一時的衝動下。他輕輕拍了一下她的肩膀。她回過頭來，有點驚愕地望着他。

他說：「你笑起來很可愛。」

她笑着說：是嗎？很多人都這樣說。這是因為我有兩個酒窩。

車門打開了。前面的人開始下車，在走廊裡的人也開始移動。下了火車，在長長的月臺上，在匆匆忙忙的人群中，他傍在她身邊。現在他打開了一道門，他心中盤算着：從這裡走到山口大約要走 3 分鐘，他必須在這段短暫的時間裡，把他的故事告訴她。時間急促，他再也沒有思考和遲疑的餘地了。

「你很像我認識的一個人。一篇 16 年前的小說中的主角。你知道我在看你嗎我在寫你嗎？我想繼續一個 16 年前未完成的故事，一個也在旅行途中發生的故事。」

他講得很快。她的腳步也很快。他有點語無倫次。但她也沒有不耐煩的表示。但他們已經到了火車站內，火車站內人更多了。抵達的人與要離開的人混雜在一起。在這個巨大的鋼筋玻璃建築下，有一間咖啡館還保持着上世紀的原來形式。

「你有時間喝杯咖啡嗎？」

她遲疑了一下，看了看手錶，說：太晚了，我還要趕回家。家在半郊區，還有一段路呢。

「我們會再見嗎？」他問。

或許。她笑笑說，誰知道呢。

他們已經走到地鐵的入口處。她從口袋裡摸出車票，向他揮揮手說再見。他想跟着進去，但沒有車票，只好排隊買票。前面有兩個年輕的英國遊客在用不鹹不淡的法語向賣票員問路線。也難得有

這麼耐心的售票員，不厭其煩的解說。他在極不耐煩中等到兩個遊客問清楚路線後，已經過了六七分鐘。他想即使現在趕下去，她也一定走了。他有一種失落感。他想他在女人方面常常不夠運氣，但是他畢竟做了嘗試，把球交給了對方了。對方沒有反應也不是他的過錯了。但是另一個念頭又爬上腦際：或許還是他的過錯，他應該在火車上一開始的時候就坐到她身旁。那麼他們就足足有兩三個小時的時間可以交談。他怎能要求一個與她才講了三四分鐘話的女人和他一見如故呢？就這樣他在人海之中失去了另一個機會。他連她的電話號碼也沒有問。這麼想着，電梯已經把他帶到地鐵的月臺上。他發現她還站在等車的人當中。是她要等的車未到，還是她有意在等他呢？

他迎着她走去。他說：「我們又再見面了。這證明我們的確有緣分。」他說。他已經不能再浪費時間了，直截了當地問：「你到過紐約的 Guggenheim 美術館嗎？那個像蝸牛殼一樣的建築物，沒有樓梯，只有一個迴旋上升的走廊。」她點了點頭。

他接着說：16 年前的那篇小說中的女人，那個和你很像的女人，和他駐腳在同一幅畫前，同樣地被那幅像魔咒似的黑白畫面迷惑住了。然後兩人打了照面。在那一剎那間他感到他們曾經有過一次邂逅是在前世，然後他們得遵循着別人早已為他們安排好的道路，一個向上走，一個向下走。他們的命運交叉而過。

他停了嘴，看到她眼睛裡的迷惑。

他說，你真的不想找個地方喝杯咖啡，你不想知道故事怎樣結束，你甘心讓這個故事沒有結尾嗎？

她沉默了一會，然後輕輕歎了口氣，搖搖頭說：太晚了。

他想她的意思是說再重新開始已太遲了或是時間已經太晚了呢。但他已經把球交給他了，或許以後後悔錯過機會的是她了。地

鐵來了。他們上了車。他告訴她過 3 站他就要下車。在車廂裡，慘淡的燈光下，那種悶熱的氣味中。他們站在一起，在隆隆的車聲中，他們沉默着。他們靠得很近。他可以聞到她身上的香水味，不用戴眼鏡，他也可以看得很清楚她的臉孔。她的確已不是很年輕，但也不是很老。介乎小說中的年齡和 16 年後應有的年齡之間。

地鐵靠站了，又湧進一些人，把他們迫得靠得更近。車子開動時車廂晃動了一下，他用手扶她，她倚到他懷裡。他腦海裡一片迷糊。她的身子嬌小柔和，就像 16 年前 M 的身體一樣。她身上的香水也是這麼熟悉，是 6 月裡盛開的椴樹花的香味。她是那麼真實，而又卻像是夢中的存在，一個完全虛構的角色，在曇花一現之後，又將消失。兩個在旅途上偶然相遇的人，又將各自走上自己的路。太晚了，太晚了。他就要下車了。

40 號公路

長途客車從早上開始就在這條筆直的公路上行駛。

這是一部老爺賓士巴士，好像已有二三十年車齡了，但車子還是這麼厚重結實，沒有一點虛華，讓人一見到就有可以信得過的感覺，再開上 20 年也沒有問題。車裡貼滿了世界各地旅遊雜誌、冒險俱樂部和旅行社的標籤，看來這部巴士也成了 RUTA 40 神話的一部分。

前天晚上你離開門多薩的時候乘的是那種可以半躺着睡覺的雙層豪華夜車，坐在上層，總有些飄飄浮浮的感覺，一點也不踏實。第二天中午才到達巴里洛切。這個湖濱小城是你南下巴塔哥尼亞的第一站。人家都說這裡湖光山色有多漂亮，附近就是滑雪勝地。本來想多住兩天的，但等你在青年旅舍放下了行李到街上走了一圈後，就覺得不值得多留。這個城市就像瑞士的任何一個小城，整整齊齊的房子乾乾淨淨的街道，有一個小廣場，建得有點像瑞士農舍的市政府就在那裡，還有一個像城門那樣的鐘樓，一座小小的教堂。城市中心是兩條長長的並行商業街，街上都是賣遊客紀念品的商店和巧克力糖果店。那些沒有到過瑞士的人或許會感到小城有它的一份魅力。可是在瑞士住過的人，會覺得一切是這麼人造的虛假，就像

國內一些城市的仿古風景點一樣。你在街上轉了一圈後就決定第二天早上離開，當即找了一家旅行社，訂了第二天早上7點的巴士票，繼續南下的旅程，前面還有很長的路呢。

你來到巴士站的時候天空還是灰濛濛地隱藏在一片霧氣中。

你上了車，找了一個靠窗的位子坐下，乘客們魚貫上車。你看到了那對四十來歲來自加拿大的夫婦，昨天晚上在青年旅舍，你跟他們坐在一張桌子上用餐，男的原籍巴勒斯坦，女人來自越南，這是一個很奇異的結合，想來他們各自都有過一段不尋常的經歷。他們是幾年前在旅途上結識的，現在每年都要用一個月的假期作一次長途旅行。這時你看到了那個臃腫的意大利老頭，很艱辛地想爬上車來，最後還是司機拉了他一把，才氣喘喘地上了車。他掃了車廂一眼，發覺已沒有一個可供他一個人坐的雙人座位；情況很明顯，以他的噸位，如果不能一人擁有兩個座位的話，那麼不單他受苦，坐在他旁邊的人也會叫苦連天。你看他走過來時，連忙站了起來，把座位讓了給他，他點點頭，表示謝謝。你在後面一點的地方，隨便找到了一個走廊位子坐下。

那個頭頂已禿光，面孔圓圓，活像一尊阿彌陀佛的意大利老人，你在門多薩的青年旅舍已經見過。那天，你乘夜車抵達門多薩的時候才早上5點多。你在旅舍接待處填表時，意大利老人從房間裡走出來，向接待員抱怨說心跳得厲害，睡不着。

他的英文表達能力不太行，當他知道你在巴黎呆過會講法文時，就一見如故地和你交談起來。你記得你們之間的一段對話：

你身體不好，還一個人旅行！

老伴已經去世，孩子們有自己的家庭，孤零零一個人在家裡等死倒不如去旅行。在路上的感覺很好，每天都在發現新的東西，結交來自世界各地的朋友。

難道你不怕嗎？譬如會突然之間得了急症。

今年八十歲的他，年輕時，想來是 50 年代吧，在巴黎留學，白天上課，晚上在那個現在已經拆掉的 Les Halles 大街市打工。巴黎是個美麗的城市，哦法國女孩子是多麼熱情漂亮！他回味無窮地說道。他令你想到一部 60 年代的電影，比利‧懷爾德導演，傑克‧萊蒙和雪麗‧麥克雷恩主演的 *Irma la Douce*，背景就是他生活的那個年代的浪漫巴黎。電影裡的人物都是在大街市裡謀生的各式人等。你想，那時候的他應該是一個年輕英俊很吸引女孩子的 Casanova 吧。

後來你們和一些年輕人一起去參觀門多薩的葡萄園，這個歷史悠長的城市在一次大地震中完全被摧毀了，現在都是廢墟上重新建造起來整整齊齊的新建築，沒有什麼特別，不過當地的葡萄酒是不錯的，尤其是純粹用 Malbec 這種葡萄釀的紅酒，給你留下很深刻的印象。老人對葡萄酒似乎很有研究，他告訴你這個來自法國的品種，在適應了門多薩的高地氣候後，與原來的品種已有不同，釀出來的酒也別具特色。

想不到的是，他也來走這條 40 號公路。

坐在你隔壁窗口位上的男人戴着一副寬大的太陽鏡，雖然不算胖，個子也不小，看來很結實。他長得一副馬臉，兩鬢灰白，已有點脫頂，大概有六十多歲了，皮膚也就像在這個高原上旅行的人那樣曬成了古銅色。他穿着格子襯衫、黑色風衣、橄欖綠的休閒褲，看起來不是很開朗的人。你剛才問他旁邊的位子是不是空着的時候他只是那麼點了一下頭。巴士開動了半個鐘了，他一直望着車外。他大概是那種沉默寡言的人，不太樂意有人坐在身旁。有些人走上路，就是為了尋找一份孤獨。你也不好意思去打擾他。

昨天晚上沒有睡好，不久你就在有規律的震動下睡着了。等你醒來，那個人還是看着窗外，你看了一下表，車子離開巴里洛切已經

快兩個小時了，而窗外還是那一成不變的景色，遠處的雪山、藍天上飄着淡淡的白雲，及眼前無盡的荒涼美洲大草原，偶然之間穿插着一些灌叢和一兩顆孤零零的大樹。公路兩邊有很多用鐵絲網攔起來的大片荒地，但看不到有人居住的跡象。偶然在被圍起來的牧場裡可以看到小群的牛羊，幾匹馬。不時會見到在鐵絲網上掛着整張的獸皮，大概是野生原駝在黑夜被美洲獅追擊時，沒有看到鐵絲網，撞了上去，被箍住，脫不了身，最後成了老鷹的食物，在飽受風霜雨雪和太陽暴曬後只剩下了那麼一張皮，孤零零地掛在這個看不到人煙的地方，令人感到特別淒涼。

外面的景色越來越荒涼了，整條公路上好像就是這麼一部車在行駛。公路已有一部分鋪上了瀝青，有的時候可以見到一段並行的被廢置的老公路，當車子在老的公路上行駛時，可以見到旁邊新的公路正在修建中，一些頭帶黃色塑膠帽子的築路工人拿着鐵鍬和鐵鏟，跟在巨大的鏟泥機後面鋪路。現在車子正行駛在碎石鋪成的一段老公路上，路面顛簸得厲害，速度就慢了下來，迎面開過來的一輛越野車揚起一股灰塵，夾着碎石，劈劈啪啪打到車上，司機連忙把手掌頂着擋風玻璃，以免它被砸壞。當公路全部鋪上柏油後，Ruta 40 的原貌就會完全消失了。你想到 60 年代走過的 66 號公路，現在不知道還在不在。你有多少年沒有去過美國了，你已記不得了。

終於車子在路邊停了下來，大概有人忍不住了，向司機提出了要求。

坐了幾個小時車，沒有人不想活動一下，車一停就都下了車，各自找個地方方便，吸煙的人點上了他們的煙，也有些人就和旁邊的人談起來。公路上難得有車經過，眼之所及這條大路都是屬於你們的。你站在路中央，眼前的公路一直伸延到水平線上，頭上是萬里

晴空。一個多月前你抵達秘魯的第一天就碰到了一場百年一遇的暴雨，山洪把你想去的印加聖地馬丘比丘的通路全都沖毀了，你只好南下。想不到一踏入2月一直就是這樣舒適晴朗的好天氣；想來北半球現在正處於風雪交加的嚴寒中。

你請站在一旁的年輕人替你拍張照，以後面的公路為背景。拍完照，他問你從什麼地方來，你們就攀談起來。小夥子長得高高瘦瘦，挺英俊的。他告訴你，他是德國德累斯頓醫院的實習醫生。你說你知道這個在二次大戰末期，被盟軍完全炸毀的文化古城。他說醫院與布宜諾斯艾利斯醫院有一個交換計劃，他想出去看看世界，多學一種語言，就報名參加了，來了已快一年，在下個月回國之前，想在阿根廷走一圈。

想不到路上還碰上這麼多上了年紀的人，他說。你想，他大概有點不能理解，眼前這個已經兩鬢銀白的亞洲人，為什麼還像年輕人那樣背着背包一個人走在路上。

他接着説：我的父母就從來不想去旅行，起先是因為他們住在東德，沒有走動的可能，後來東西德合併了，他們拼命地賺錢，終於在退休前三年，用多年來的積蓄，買下了一棟房子。這是他們一生最大的願望。父親退休後，我和他説，你現在有時間了，也有些錢了，可以到什麼地方度度假。他總是説我在家裡挺好，我不需要到其他地方去。家裡有一個小花園，他在那裡種果樹，種花草蔬菜，在家裡敲敲打打，想把房子弄得更漂亮一點，一天到晚忙個不停。奇怪的是我的母親也是一樣，他們很滿足他們現在的生活，對外面的世界沒有一點好奇心。小小的房子就是他們的世界。

你再上車時，你的鄰座還沒有上來，不久他也上來了，你站起來讓他坐到他的坐位上，他説了一聲謝謝。巴士開上公路，他又把臉朝向窗外，完全忽視了你的存在。你從隨身小背包中拿出那本旅程

中你總帶着的唐詩來，但在車子的震動下，看不了兩頁就已眼花繚亂，於是你也一樣把眼光投向窗外，事實上也沒有其他的事可做。

過了一會，你終於忍不住了，自言自語地説：很單調的景色。他回頭看了你一眼，沒有搭嘴；過了一陣，好像覺得，不應該拒人於千里外，回了一句：這裡給人一種空曠的感覺，草原以及遙遠的雪山，雖然單調卻能夠為人帶來寧靜。

他的英語不太流利，有點口音，但你聽不出他來自什麼地方。

你正在琢磨他這句話時，他又説道：當你的心靜下來，只要仔細地去看，你還是會找到很多的東西，在單調中慢慢你了解到其中的許多微細差別。有一個印象派畫家莫奈，他在同一個景色前面，在不同的光線下，就畫出了許多幅不同的傑作。

你説：他一定是一個很有耐心的人。

過了一會兒，他又問道：那麼，是什麼原因把你帶到這麼遠這麼荒涼的地方來呢？

你想了一下，回答道：阿根廷導演，費爾南多．索拉納斯拍過一部叫《旅程》的電影。這部公路電影給我留下很深刻的印象。不知道你有沒有看過？

對方搖搖頭。

你説：《旅程》的主角，一個十六歲的男孩，一直跟着再婚的母親生活，為了尋找親生父親，他從家鄉烏斯懷亞一直走到墨西哥，追蹤着父親的足跡，從南到北跨越了整個拉丁美洲，一路上看到了許多光怪陸離的現象，最後他雖然沒有找到父親，卻在旅程當中成長了。這一部在哥倫布發現新大陸 400 周年拍攝的電影，也是對自己文化的反思。導演以魔幻主義和寓言的方式，呈現了拉美國家的處境，通過主角對他父親的追尋，也在探索被殖民了 400 年的拉美國家自己的身份。

聽來很有意思，你的鄰座説，的確，由於西班牙的性移民政策，白種人和印第安人的混血，許多拉美人不知道到底自己是什麼血統，他們應該擁抱或拋棄哪些傳統。

你接着説：之後，我就一直想走這條富有神話色彩的公路，Che Guevara 和 Butch Cassidy and the Sundance Kid 都在這條路上留下足跡，他們的傳奇引人遐思聯翩。

過了一會兒，你見對方沒有搭話便問道：那你又是為了什麼來走這條路？

他沒有立即回答，好像在思考一個問題，然後説道：我常常在想，我們偶然看到的一本書或一部電影會對一個人的前途可能發生的影響。幾年前我看了 *The Motorcycle Diaries* 這部電影就動了到阿根廷走走的念頭。不久前我又讀到了英國作家 Bruce Chatwin 的一本書。

你是説那個寫澳大利亞土著 walkabout 的 *The Soundlines* 的作者？

對，就是他，他的第一本書是 *In Patagonia*。我在一個朋友家偶然翻到了這本書，被書裡的氣氛和傳奇人物迷住了，尤其裡面一個夢想在巴塔哥尼亞土著之間做皇帝的法國人的故事，一口氣就把它讀完。正好我有一段空閒時間，就決定來這裡了。

你説：真的，有的時候一本書或一部電影會決定了一個人的命運。

他説：看來你很喜歡電影。

你説：大概沒有人會不喜歡電影的。電影是一個夢，像小説和旅行一樣，它帶我們穿越時空。我年輕時喜歡讀小説，就像很多人一樣，現在書看得少了，看電影更多一點。我也喜歡在路上的那種既在動又處於靜止狀態的感覺，就好像坐在電影院裡看一部電影一樣，世界在你面前展開，你卻安坐在那裡，讓你覺得自己既在前進，又有時間回顧過去。路給人靈感，路上我常常會遇到一些意想不到的人物和事情。

這樣說，你一定特別愛好公路電影。

你想你大概碰到一個行家了，看來他對電影挺有研究的。

的確，大概是由於我喜歡旅行吧，我年輕時最喜歡的一部小說是傑克·凱魯亞克的《在路上》，這是公路小說中的經典。那時候我住在一個小島上，整天夢想着到一個遙遠的大陸去旅行。

你知道這部小說最近被搬上了銀幕了嗎？

它一上演我就去看了，但結果很失望。沃爾特·塞勒斯以前的兩部公路電影，《中央車站》和《哲古華拉少年日記》都拍得不錯。但這部片子就很糟，一點也未能引起我的共鳴，或許我的期望太高吧。

那麼誰是你最喜愛的公路片導演呢？

你毫不遲疑地答道：對我來說無疑是希臘導演安哲羅普洛斯，只要看他拍的片子的片名，你就知道旅程對他的電影有多麼重要。

對，安哲羅普洛斯是不錯的，我也喜歡他，那你認為他哪一部電影最好？

很難說，他的電影是一個整體。我比較喜歡《流浪藝人》《塞瑟島之旅》《養蜂人》《霧中風景》。很多導演拍過公路片，但是沒有一個能像他那樣走得這麼遠。

你的鄰座沒有立刻答嘴，他在講話之前好像都要先思考一下。然後他說：

現在的人談到公路電影，一般都認為這種以公路作為背景的類型片是美國人發明的，最早的一部是 1969 年由鄧尼斯·霍普執導，他和彼得·方達主演的《逍遙騎士》；後來的公路電影大都以這部片子為範本，這往往是一個自我尋找的旅程，沿途所遇到的事件、景觀和人物，或許為主人翁帶來更多的孤獨和疏離，或許給他一些啟發，令他發現自己。他歎了口氣，接着說，但是這條路也往往會把他帶上絕路。

你插嘴説：其實公路片早已存在，並不是從這部電影開始的。根據這種公式也拍攝過很多很爛的電影。

他沒有理會，繼續道：從這個觀點來説，安哲羅普洛斯的電影只有《養蜂人》和《霧中風景》可以説是嚴格上的公路電影。

這時候，巴士突然停了下來，車門打開，一張年輕亞洲女孩的臉冒了出來，她和司機嘰嘰嘎嘎地不知道説了些什麼。最後司機大概同意了，下車打開了行李箱。折騰了一會兒，女孩跟了他一起上了車，在那對來自加拿大的夫婦右前方坐下。大家都好奇地望着這個不知道從什麼地方冒出來的女孩。

巴士又恢復它通向水平線上的單調旅程。你接起剛才的話題。

你説的不錯，安哲羅普洛斯的電影不全是狹義上的公路電影，但這並不重要。他的電影人物都是在不停的流離失所中，彷徨在歷史的旅程中，他們是邊境上的難民，是被放逐多年回到故鄉的人，都是一些在時空中失落再也找不回自己的人。

你停了一下，看到他沒有接話又繼續説下去：他的電影以歷史為框架，結合了有形的旅行和內心的旅程，以路途反映人生和人的漂泊。是時間和空間的無限交織和蔓延。他吸收了希臘古典文學裡的精神，作品中總流露一種悲劇性質，為公路電影加入了歷史深度，與當初美國的公路電影類型片，自然有很大的出入。

他説：看來你是安哲羅普洛斯的粉絲。他的語調有點嘲諷的意味。

你不加理會，一本正經地説道：我想我喜歡他的電影可能還有另一個原因。希臘是一個多苦多難的國家，這個國家和我自己的國家一樣地古老，我們一百多年來的歷史，也是同樣地動蕩，被人侵略佔領，內戰，貧窮，飽受獨裁者的折騰。即使一個最平凡的人，當他的生命和一個不平凡的時代糾結起來，他的故事也就成為一首史詩了。我感到遺憾的是中國的導演未能多拍幾部這樣的電影。

巴士在一個加油站停下來，大家魚貫下車。你看了一下手錶，已到中午時分。這裡有一個簡單的咖啡館，賣一些三文治和蛋糕等食物。你看到車上一對年輕阿根廷男女拿着熱水瓶，手裡持着一把插上吸管的木頭茶壺，去咖啡吧拿水，你也想在你的塑膠水瓶中泡點茶，就跟在他們後面。你問他們喝的是不是馬黛茶，他們説是。你説你還沒有喝過呢，他們就把茶壺遞給你，你吸了一口，帶點苦味，有點像苦丁茶的味道。

　　他們跟你介紹馬黛茶對身體的種種好處，説這裡的人都喜歡喝這種茶，就像中國人每天非茶不可。你告訴他們你在秘魯和玻利維亞旅行時一直喝着古柯葉茶，在海拔 4000 米的高原上，很管用。這種葉子在街市裡，隨處可以從山裡來的土著那裡買到而且很便宜。後來過邊境時，有人告訴你，在阿根廷是非法的，你不得不把一大包的古柯葉送了給司機。現在你想入鄉隨俗買一些馬黛茶代替。那個留長頭髮有點像 Che 的年輕人説，他們從玻利維亞邊境就已經搭上這部車了。他們想走完全程 5000 公里的 40 號公路，一直到烏斯懷亞這個最南方的城市。

　　回巴士時，你看到正在抽煙，看來有五十歲上下的司機就和他交談了起來。

　　你問他：到烏斯懷亞是不是還有很長一段路？

　　不遠了，剩下不到 1500 公里，今天晚上在 Perito Moreno 過夜，明天有些人可能去 Cueva de las Manos 看巖洞裡 9000 多年前留下的壁畫。巴士就繼續開往冰河國家公園的門戶 El Chalten。那是一個爬山中心，有一個很好的青年旅舍，很多人會在那裡停留幾天，去看雄偉的雪山和冰川；從那裡南下里奧戈耶斯省就是 40 號公路起點，也是終點的 Cabo Vírgenes，去烏斯懷亞的話還再乘船穿過麥哲倫海峽到火地島。

他如數家珍地說了一連串你在旅遊書上見過的地名，你只有一些模糊的概念，就問道：整天在這麼單調的公路上開車，不會感到厭倦嗎？

他丟掉手上的煙頭，凝望着眼前的公路好一會，之後說：當你習慣了走在這條路上的自由自在感覺後，就很難改變了。這部車就像是一個家一樣，已經有 20 多年了。

你可以想像，他不是沒有機會轉到大的汽車公司去做，去開其他的路線，開更新更豪華的車，但他都拒絕了，繁忙複雜的都市令他煩厭，他喜歡這樣的荒蕪的景色。

你想，又是一個喜歡孤獨的人。你可以領略他每一次抵達目的地那種走到大陸盡頭面對汪洋大海的淒涼感觸。

他又說：這 20 年來我看到了很多的變化，以前這條路都是碎石路，路邊是沒有圍欄的，現在很多的地，給外國人買下和圈起來了，都是一些腰纏萬貫的大公司總裁，說是為了要保護生態環境，聽來好像很有理想，但事實上他們卻是用最卑鄙的方式從對市場一無了解的當地土人手中，半搶半騙地買回來，就像幾百年前，那些白種人不擇手段把整個美洲大陸佔領了一樣。那些天真的原住民，怎麼能是這些老奸巨滑跨國企業老闆的敵手。他輕輕歎了口氣。

你打量眼前這個黑頭髮，棕色皮膚的中年人，你想估量一下他的血液中到底有多少美洲印第安人的基因。不像在秘魯和玻利維亞到處都可以看到會講自己語言穿民族服飾的土著，在阿根廷，血統純正的原住民已變成了稀有動物。

司機上車後，你看到了那一對來自加拿大的夫婦，他們身邊站着在半途上車的亞洲女孩。你好奇地走過去打招呼。原來那個短頭髮，瓜子臉，穿着牛仔褲套頭毛衣有點男孩子氣的女孩子來自越南。在路途上你碰到過不少獨自旅行的日本女孩子，也碰見過一兩個來

自香港的獨行女俠。但你絕對不會想到她會是一個越南人。

她說：在路上已經 4 個月了，身上沒有多少錢，所以一直搭順風車，晚上就在荒郊野外紮營。

她的同鄉問道：難道你不怕嗎，不會感到孤獨嗎？

她笑了一笑說：開始時的確有點怕，但我喜歡冒險的感覺，後來我結交了許多朋友，有很多人請我回家去住，並把我介紹給他們在別處的親戚朋友。

來自加拿大的夫婦，尤其是那個越南太太，似乎已把她置於他們的保護之下，邀她晚上一起到青年旅館，他們會替她付房租。這樣你至少可以洗一個熱水澡，越南太太說。她大概令他們回想到自己年輕時的窮遊經歷。

巴士又恢復了行程。路上還是一樣的景色。

你睡了一會兒，做了一個稀奇古怪的夢，等你醒來，你的鄰座，還是在看着窗外，不知道他在想些什麼。你伸了個懶腰，他回頭看了你一眼。過了一會，他說道：我們剛才談到公路片，我倒想起了一個也喜歡拍公路片的伊朗導演。

你指的是阿巴斯吧？你說，的確，他的電影多半也都是在路上拍的，他也是我曾經喜歡的導演之一。

他問道：你不覺得阿巴斯的電影更合乎公路電影的定義嗎？公路片的一個特點是主要人物必須在路程中發生變化，最後有一種覺悟，或根本的改變。

你說：假如這樣狹窄地去理解公路電影的話，就不免流於教條主義了。對我來說，凡是與旅程有關的都可以說是公路電影。

你為什麼說曾經也喜歡阿巴斯？他問道。

你回答道：阿巴斯最初的電影，紀錄片色彩比較濃，大概是因為一開始他是拍紀錄片的，他喜歡以農村為背景，用非專業演員或

小孩做角色，帶給片子某種自發性，令人感到真實。紀錄片和故事片被混成一體，在樸實中又顯得深遠。但後來他的電影變得太過理智，更像一部小說，可能因為他最初是一個作家。

不，他原本是學畫的，也做過其他許多工作，如攝影家和影評人。

是嗎？你有點懷疑。

對方說話不多，但每一句話都有分量。你不禁猜測起他的身份來，可能是一個出來找靈感的作家、一個畫家、哲學家、大學教授，或只是像你一樣為了愛上了在公路上的感覺，隨便找一個藉口就背上背包的人。無論如何，他是一個很有學識修養的人。他講起話來的神情，很有自信，知道他在做什麼。他會有發生疑問的時候嗎？當他沉默不語時，他是這麼莫測高深。你總覺得在什麼地方曾經見過他。

你為什麼說他的電影像小說呢？

你想了一下回答道：反正他後來拍的片子的電影味道越來越淡，越到後來越是這樣。通常他都是先有了一個前提，之後圍繞着這個前提，構建整部電影。一開始他就創造一個懸疑，在電影中留下一些伏筆，這裡那裡給你一些模棱兩可的指示，引導人往不同方向去探索，把人的好奇心吊着，即使整部電影沒有高潮起伏的情節，觀眾還是被吸引住，之後劇情會有一個轉折，到了結尾才給你一個意想不到的答案。就像愛葛莎·克利絲蒂的推理小說一樣，開頭總有一個人死去，每一個在場的人都可能是兇手，到最後是一個完全出人意料的結尾。不到最後一分鐘，你猜不透電影的情節。

你不覺得他的電影的內涵比一般偵探小說更深入嗎？很多影評人認為他的電影富於哲理呢。你的對話者好像對你的比較有點不以為然。

我不否認在他的電影裡面有許多哲學方面的討論，譬如他獲得

康城金棕櫚獎的那部《櫻桃的滋味》吧，很明顯地是這樣一部電影。片中的角色談到了道德、自殺的合法性、生命的意義和死亡。他用一種諷喻的方式講故事，借用對白來傳達自己的觀點，有時候你在銀幕上甚至看不到人物的影子，只聽到他們漫長沉悶的對話。你真的需要聚精會神，很細心地去體會。

你對阿巴斯的評論是不是有欠公平？他問道。

你說：平心而論，他是一個很用心的導演，每一個場景都是很細心地堆砌起來。但我還是覺得他後來的電影失去了自發性，不太能感動人。不過這也可能是我個人的看法吧。各人有各自的敏感度，即使專業影評人，對同一部電影也會有不同的評價。

你發覺一直是你在滔滔不絕，在你發揮得差不多時，他又會提出一個問題，引你繼續發言。在他的太陽眼鏡上好像隱藏着一部小型攝像機，把你的談話都拍了下來。你懷疑自己是不是很幼稚，活了這麼大的年紀卻好像一個未經世故的文藝青年在那裡信口開河。對方似乎是一個很理智的人，不像你常常為了一些小事情，譬如說，一本書，一部電影，或一個空泛的概念，而激動起來。太陽鏡後面的他一定在偷偷嘲笑。你突然感到面紅耳赤，你不太會表達自己，尤其是在你衝動時，你的話常常雜亂無章，沒有邏輯。為了怕不能說服對方，你不斷在重複自己。由於缺乏自信，結果自己把自己也弄糊塗了。

而對方是這麼冷靜。他好像在估量你。你想你應該扭轉這種劣勢，自己少講一點，多提一些問題，聽聽他的想法，從他問你的問題來看，他也似乎對電影的創作了解很深。但一時之間，你又不知道問他什麼。

沉默片刻後，卻又是他向你提了一個問題：你對阿巴斯和安哲羅普洛斯的電影有沒有做過比較？他們兩人都獲得過康城電影節的金棕櫚獎。

你想了一下回答道：其實得獎的兩部電影都不是他們最好的作品。他們有一些相同的地方，譬如說兩人拍的電影的情節都是慢慢展開，不像節奏很快的美國導演。但基本上，他們是很不同的，阿巴斯影片中的人物總在不停地講話。你能想像一部沒有對話的阿巴斯電影嗎？而安哲羅普洛斯剛剛相反，他的人物都是沉默寡言很木訥的人，在他常用的長鏡頭中，可以沒有對白，只是拍攝人物的表情和姿態，非要很好的演員才能勝任，有時候人物就像一張照片被定格下來。他充分運用了畫面本身的傳達能力。他的電影會給你一個視覺上的震撼，在腦海裡停留很久。

你欣喜找到了一個對話者，滔滔不絕地又發揮一大輪。對方卻越發沉默起來。

突然之間巴士前面一陣騷動，坐在意大利老人後面的越南女孩察覺到他在大聲喘氣，說不出話來，連忙跟司機說了。司機把車停下來，問車內有沒有醫生，年輕的實習醫生走上去，首先打開了他座位的窗門，替他把了脈，問有沒有帶藥。老人指一指身邊的小包，實習醫生把包打開，找到好幾種藥，他逐一看了，從一瓶藥裡摸出兩粒，餵他吃了。過了一會兒老人的呼吸恢復正常。虛驚一場後，巴士又繼續它的行程。

你有點感觸，對你的鄰座說：你看那個胖胖的意大利老人，又是心臟病，又是高血壓和糖尿病，每天要吃好幾種藥，行動又不方便。看到他這麼辛苦，都會想，為什麼不安安靜靜留在家裡，跑到這麼遠的地方來。你想，他怎麼回答？他說：到了我這個年紀，不論什麼時候什麼地方都可能突然之間去見上帝，我倒希望能有一天心臟病爆發，在路上突然死去，對我來說這是一個最好的結局。他的話令我想了很久。

你的鄰座說：這倒是一個很好的電影題材，尤其是對於一個喜

歡在電影裡討論生和死的導演來説。這一個平常人看來很淒慘的結局，其實很悲壯。有一天到了他的年紀，我想我也會做出這樣的選擇。反正都要死了，還有什麼可怕呢？躺在床上，苟延生命，倒不如一直旅行下去，直到倒下，在旅途上完成人生的旅程，還有什麼比這個更適當。

你説：我也是這麼想，可惜我不會拍電影，不過這也可以是一個很好的小説題材。

你們都陷入沉思中。過了一會兒，你覺得死亡的主題太過傷感，又恢復關於電影的討論。

你説：剛才，我並沒有批評阿巴斯的意思，但他後期的作品更像是風格的演習，好像他拍電影的目的就在於此，你往往要等到看第二次才看出苗頭來，而一般的觀眾是不會去重複看一部電影的。安哲羅普洛斯的電影卻可以從不同的層次來欣賞和解讀，即使只看一遍，看到了最表層的東西，你也可以感受到畫面引起的情感波動。然後你看到了第二層，第三層，先是直接的感覺最後才是深層的意義。此外，阿巴斯的電影都是現時現刻的路程，格局比較小，而安哲羅普洛斯是時間和空間的旅程。他的《流浪藝人》是一幅反映 1939 到 1952 年間希臘政治社會變遷的宏偉畫幅。

他説道：你説的不錯，古希臘用兩個字來表達時間 Chronos 和 Kairos，前者是順序的時間，用在歷史學上，就是編年史；而後者指的是發生一些特別事情的一個適當的時刻，阿巴斯的電影的確比較注重在一個短暫時刻內發生的事情，他的人物常常會有一種頓悟，他也希望把這種頓悟傳達給他的觀眾。而安哲羅普洛斯的人物大都背負着一段過去，所以他的電影更具有沉重的歷史感。

你想了一下，回答道：也不完全如此，安哲羅普洛斯常常在同一個空間裡納入好幾個時間片段，混合了現在和過去，跳越了時間

的順序。他的另一個特點是在他的許多電影中,邊境是一個重要的元素。邊境是一個謎,是一個不可知的因素。邊境也是公路的盡頭,是夢想之終結,是面對現實之處。

沒有等對方搭嘴,你又接着說:他們兩人都喜歡拍風景,在兩個人的電影裡,風景都發揮了重要的作用,在阿巴斯的電影裡,你可以看到樸素的農村,青翠的山頭,美麗的橄欖樹園。但安哲羅普洛斯的希臘並不是我們想像中碧海藍天的海島度假勝地,而是淒風苦雨、霧、雪景,潮濕和寒冷猶如電影裡描述的人物和時代那麼淒涼。對他來說,季節的變化也是很重要的,加強了悲劇意識;在以景託情這方面阿巴斯絕對比不上他。

你的鄰座又沉默了一陣,好像在琢磨剛才那番話。對此你已經開始習慣了。在這個漫長的旅途中,沉默似乎是一個最正常的現象,沉默就像一個標點符號,結束或連結兩段對話。

之後他說:不同的表現手法和導演的個人風格還是有關係的,這是兩種不同的電影,完全可以共存。不過你不能否認阿巴斯一直在試圖創新,比如說他在《十》這部電影裡吧,整部片子拍攝的就是一個女人在 7 天內開着車經過德黑蘭的街道,和 10 個不同的人的談話。有些影評人認為汽車已經成為當今社會不可缺少的事物,它是現代人生活的一部分,汽車是一個反思,觀察和交談的地方。在這方面他開啟了新的創作方式,開了汽車電影的先河,

你說:我看過這部電影,但卻沒有給我留下一點印象。阿巴斯把公路電影這個類型推到了極端。把公路的廣闊世界,壓縮到汽車這一個狹小的空間裡。把一個應該是不停在運動中的情景,變成了一個由固定錄影器拍攝的模糊畫面,令人感到壓抑。

你們的對話顯然已經成為一場辯論,你們各自為自己喜愛的導演撐腰。

你的鄰座默默無言，然後把頭轉向窗外的景色。你感到在這場討論中你已扳回了剛才的劣勢，不禁有點沾沾自喜。

阿巴斯的最近兩部片子你怎樣看？你的鄰座突然回過頭來問你。

你回答道：他是少數幾個留在伊朗的導演，他曾說過伊朗是他的根，他的世界一直在農村裡。不知道為什麼這兩部電影卻都是在國外拍的。是不是國內的環境已不容許他拍新片？在意大利拍的《似是有緣人》我覺得還可以，但老遠跑到日本拍攝的《東京出租少女》簡直是在故弄玄虛戲弄觀眾。我最近看到了一篇關於他的訪談，他對人家對這部片子的批評很不高興，他說，我不需要那些只追求官感刺激，不用腦子看電影的觀眾，還好我不必遷就他們，我有足夠的喜歡我風格的觀眾。

你的對手有點激憤地插嘴道：一部片子的創作不容易，要花多少心血，但一些眼高手低自己不會創作的影評人卻可以三言兩語地把整部片子抹殺。我知道那些影評人，他們都想拍一部電影，但他們都沒有能力或足夠的魄力，結果只能當影評人，對別人的創作加以解讀，他們的酸葡萄心理我很了解。

你看到他激動起來，你想他肯定是一個無條件的阿巴斯迷。你覺得找到了對方的致命弱點了，你乘勝追擊，接着再給他一棒。你說：我認為阿巴斯已經變成了一個驕傲固執孤獨的老人，正如他自己說的那樣，當一個作者離開了他的根，他就像一顆被移植到別的土壤上的樹，再也結不出好的果實來。他證實了自己的話。真的，他老了，已失去了自我批評的能力，只能生活在過去的光環卜。就像許多上了年紀的創作者在表達了一切源自內心的那種不得不發出的激情後，靈感就會慢慢枯竭，為了不再三地重複自己，只能在形式上加以創新，你不認為這個世界不就是因為在不斷追求形式中迷失了自己嗎？

他歎了口氣說道：經典的電影太多了，就好像其他藝術一樣，只能在形式上創新才能超越前人。其實，一個導演最在意的並不是某一部電影是否得獎，而是他的整體作品的獨特性是否在電影史上留下了烙印。你不能否認阿巴斯的創新還是為年輕導演開闢了新的途徑。

你可以感到他聲調中的感傷，有點同情地說：我並不否認他為許多年輕導演帶來很大的影響。

你的對話者說：人是會變的，在一個作者由於種種原因不再能創造時，換一個環境試試也未嘗不可，雖然不一定成功，還是必要的，不應該過於苛責。你不是也說，旅行給你帶來靈感嗎？或許他也正在旅行，找尋新的靈感，新的經歷，更大的視野。或許他需要休息一下，放下一切到處跑跑。

他的語調恢復了平靜，你看不到他的表情，大大的黑眼鏡遮蓋了一切，但他顯然已控制了剛才的激動。

他又繼續說道：你說的不錯，當你看到一代又一代的新人出現，他們作品雖然青澀，卻充滿朝氣，而自己卻只能活在過去的光環下，不免會感到失落，這是許多老年作者的悲哀，但創作是他們的生命，他們不能停下來，就像那個意大利老人一樣，他的肉體不斷地在衰老，卻仍舊勇往直前開發新的道路，追尋的新冒險，停下來也就失去了生存的意義。我多麼希望回到那個越南女孩的年紀，她雖然身無長物，卻擁有無限的機會。對於她來說，死亡是一個遙遠的概念。他的聲調有點悲愴。

你歎了口氣說道：可惜安哲羅普洛斯這麼早就逝世了，有些人年紀愈大創作力越旺盛，假如他能活到葡萄牙導演 Oliveira 100 多歲的高齡，肯定還能拍出不少的傑作。

他說：你可惜安哲羅普洛斯的早死，你有沒有想到這是一種福

氣。死並不可怕，可怕的是那個衰老的過程，對一個作者來說，看到自己的創作能力逐漸消失是最大的悲哀。如果一個人在創作生命最旺盛的時候死去，就有如在做愛的高潮中猝死，還有什麼比這更完美的結局呢？

他的話，使你想到了最近過世的一個作家朋友。

你們兩人都沉默起來，似乎在回想剛才的對話，或許是你們都感到累了。你想，剛才的討論倒很像是阿巴斯的一部電影呢。

這時你發現德國男孩和越南女孩不知在什麼時候坐在一起了，兩個人談得好像很投機。這兩個年輕人會結伴走一程路嗎？這種旅途中的邂逅是多麼浪漫，是生命中最好的回憶。你希望他們之間會發生一段美麗的愛情。

天色慢慢暗下來。西斜的太陽把最後的光輝留在蒼茫的草原上，天邊是一抹豔麗的紅霞。在這個時刻，旅客總有些說不清的感受。你想，公路其實是一個幻覺，人生也是一樣，我們相信一條公路會把我們帶到目的地，但旅程本身就是目的地。有的時候你想寫一部公路小說，用文字把你的旅行經歷加以故事化。譬如說可以為這條 40 號公路寫一篇小說，這條路吸引了不少追求冒險經歷的人，車裡的每一個人都有他自己的故事，他們來自不同的國家，有不同的背景，不同的心路歷程。為了完成一份心願，如今都聚集在這部曠野裡行駛的巴士上，未嘗不是一種緣分。此刻，一切是這麼平靜安寧，如果巴士平平安安到達目的地，有些旅客之間可能一句話也沒有交談就各自分手了，但是如果突然在下一刻發生了事故，他們的命運就交纏在一起了。

天際最後一刻的燦爛消失了，草原慢慢地融入天色，從淡淡的紫色逐漸加深。你們倆都保持沉默，好像要講的都已講完，眼前的暮色比千言萬語包含了更多的意義。司機打開了收音機，電臺上正在播放帶着爵士味道的探戈音樂，是你熟悉的 Piazzola，小小不起眼

的 Bandoneon 竟能拉奏出這麼纏綿的幽怨。你回想起剛才你們談到的幾部公路電影，主角的命運在電影結尾時總有一個意想不到的轉折，大都以悲劇告終。《逍遙騎士》中兩個主要人物在公路上被人開槍射殺；《養蜂人》的主角把蜂窩全都踢翻了，結果被蜂螫死。

生命中最好的時刻已經離去，黑夜已經在眼前，年輕時你也不是沒有夢想過拍一部電影的。有很多著名的導演早期都是影評人。但你很早就放棄了這個念頭。你缺乏那種動力，總是選擇容易的路，從來沒有勇氣接受挑戰。在放棄拍電影的夢想後，你也不是未曾試圖振作，想創作一部好的公路小說，但這麼多年來也總未能完成。現在，你只是一個眼高手低不入流的影評人，談到別人的創作總令你傷感。此刻面對着黑夜，旅程已快到終點，你想假如你的生命不過是一部自編自導自演的電影，那是多麼大的浪費啊，你又會為那個主要角色安排一個怎樣的結局呢？他會不會像一個已輸掉大部分賭注的賭徒，妄想挽回他錯過的一切機會，把剩下的生命孤注一擲？

你有一種採取一個果斷行動的衝動，但你又懷疑這是不是採取行動的最適當時機。

就在這個時候，你仿佛聽到你身邊的人說：我想我應該在這裡和你告別了，在車裡的時間太長了，不禁感到幽閉。我對車已經感到厭倦，我想換個環境，到車外呼吸一下新鮮的空氣，感受一下兩隻腳踏在地上的感覺。他從身上摸出一張名片遞給你說：或許我們還有再見的機會。還沒有等你反應過來，他已站了起來，你趕緊也站起來讓他。

你看着他走到司機旁邊，不知講了什麼。司機有點遲疑，答了幾句話，大概在勸他，最後還是把車停了讓他下了車。你不禁懷疑他為什麼選擇在此時此刻，在前不着村，後不着店的公路上下車，沒有一個正常的人會這樣做的。他是想領略一下一個人走在公路上的

感覺嗎，或者他想一個人靜靜地思考一些問題，要不，他想在這個漆黑的曠野裡躺下來，看看頭上的星星？他會不會想去自殺呢？

車子重新開動時你在車頭燈下看到他臉孔，他已把太陽鏡摘下，一張似曾相識的臉孔，然後一下子就在曠野的黑暗中消失了。馬達的隆隆聲和車輪的震動又恢復了單調的節奏。有一刻，你懷疑這個人是否真實地存在過，或許這只是你看過的電影中的一個場景，或許他完全是你的幻想，包括那些對話，不過是你在構思中的小說的一部分。然後你意識到手中還拿着剛才他塞給你的名片，你湊着車廂裡微弱的燈光看上去，首先認清楚的幾個字母是 KAIROS。

後記：

也斯過世後，黃勁輝兄來信告訴我，也斯離世前曾談及集十位本地文學與電影越界作家，出版一本電影小說的心願，邀我參加。

他給我的提示是：每人寫一篇約 10000 字小說，與一位電影導演或一個地方電影（如意大利電影）或一個時期導演（如法國新浪潮導演）回應／對話／受其啟發。

由於我特別喜愛在路上的感覺，我立刻想到以公路電影作為主題，與一位導演進行對話。我選擇阿巴斯・基亞羅斯塔米（Abbas Kiarostami）是因為他是我比較熟悉的，而且當前還健在，還有作品不斷面世的一個有爭議性導演。我又加入另一個我喜歡的導演安哲羅普洛斯作為對讀，並結合了三年前我自己在南美的一段旅行經歷作為背景，完成了這篇帶有阿巴斯電影風格的小說。

由於當初對電影小說的要求有些誤解，所以把重點放在兩個主要人物對電影的討論上，希望讀者讀來不至於感到太沉悶。

2013 年 5 月 10 日於巴黎

白朗峰上那一朵雲

　　走到第 5 天，原來的 6 人只剩下了 3 人。前一天約塞因為膝蓋痛，雖然能堅持下去，但恐怕把大家的行程拖慢了，決定中途放棄。第 5 天早上，Rose 和阿倫也因工作關係要提早回去。

　　方吾站在避難屋後的草坪上，眼前就是白朗峰，峰頂有一朵白雲，輕飄飄有如夏日女人頭上的一頂紗帽，你不知道她從何方來，也不知道她往何處去。

　　最先發起要走白朗峰一圈的是美曉。她今年四十歲，走上這麼一圈一來完成了她多年的願望，另一方面也標誌她在人生路程上的一個重要里程碑。喜歡登山的人都知曉 TMB 就是 Tour du Mont Blanc 的縮寫，也就是白朗一圈。圍着白朗峰走一圈不是像登喜馬拉雅山那樣的壯舉，只要身體不差，有些爬山經驗的人都能做得到，每年 7、8、9 三個月份，有不少從世界各地來的人，來走這麼 180 公里的一圈。

　　美曉認識方吾和安得大約在同一時期，有五六年吧，那時候她已對瑞士丈夫那段十數年的婚姻生活感到無望，兩人在性格、文化、興趣各方面有太大的不同，因此開始了自己的社交活動。後來，她

和安得好上了，也就自己搬出來住。八歲的兒子跟父親的關係很好，決定留在父親那邊，美曉只是在周末把他接過來住。

安得今年五十二歲，由於常常運動，看來比真實年齡年輕。他個子很高，比美曉高出一個頭，戴着副眼鏡顯得文質彬彬。四十八歲那年由於銀行改組裁員，他被迫提早退休，之後就沒能找到一份合適的工作。他對此總是耿耿於懷，還好理財是他的本行，他把離職時拿到的一筆數目不少的錢作了投資處理，前幾年股票市場高漲的時候他賣掉了一大部分，改為投資房地產，又逢大漲，所以生活上是沒有問題的，只是做慣銀行工作，不免斤斤計較精打細算。安得一生最大的遺憾是有一個殘疾兒子。孩子出世時由於臍帶絞着頸部，缺氧而至腦部受損。安得是自視很高的人，發生這件事之後，他根本不能接受自己兒子是低能兒這個事實，脾氣變得很壞，常常和妻子吵架，不久後兩人就離了婚。

美曉有一個時期的確很愛安得，安得的個性與神情頗類似她的父親，她父親和母親在她六歲的時候就分離；從小寄居在姨媽家的美曉知道自己總有一份拋不開的父親情結。她喜歡成熟的男人，安得就是這樣一個男人。神態和記憶中的父親形象很相像；他對什麼都感到興趣，任何領域的知識都知道一點，他好像總在告訴她許多新的事情，比起她以前只讀完中學的丈夫，安得就顯得特別博學廣聞，她很期待有一個能啟發她使得她不斷成長的男人。但隨着時間的消逝，兩人個性上的許多矛盾都顯現出來，當初的一股熱情也就慢慢地冷下來了。這一兩年來他們每個星期也不過見上一兩次面。如果不是日內瓦是這麼小的城市，他們有共同的愛好，周末去爬山的話，並且在性關係上還配合得好的話，或許她和安得這段關係也早就結束了。

另一方面，美曉也覺得需要中國文化的滋潤，這幾年來，她雖

然一直閱讀中文書，但是說中文的機會並不多，和安得在一起用法文交談，總有一點詞不達意，言不盡興的感覺，所以當一年前有人發起一個華人聯誼會，她也就熱心地參加了；在一些華人的活動之中，在大家都講中文的場合裡，她感到很自在。也就是這樣，她和方吾的見面機會越來越多，有時候三個人會一起去爬山。最初美曉是很坦然的，她把方吾當作朋友，一個認識了很久的好朋友，但發展到目前這個微妙複雜的關係，是她未曾意料到的。

當美曉邀請方吾一起走白朗一圈時，他有一點遲疑，他也想走這一圈很久了，這是一個難得好機會，另一方面他又不想日日夜夜夾在美曉和安得之間，雖然他知道他們倆的關係並不是很好，但他還是她名義上的情人，這會令他感到很難受的，最後在美曉堅持之下，他終於同意了，同時又找到了約塞，Rose 和她的男朋友阿倫一起去，Rose 和約塞都是他剛到日內瓦認識的，20 多年的朋友了。

第一天　反着走的 TMB

一般走白朗一圈都是反時鐘方向，但是安得有一種拗執的脾氣，總要持相反的意見，他認為順着時針方向走，不會碰到那麼多人，而且會有更多的陽光。他把每日的路程擬了出來，看來一切都安排得很好。在出發前大家碰了一次頭，並討論了一次路程，方吾對安排策劃這類事情感到很煩，有人作主就最好了，其他人與安得也不熟，客客氣氣，只有美曉對安得的建議不太贊同，但他是這麼自信，而且他又是大家公認的策劃者，大家最後也都順從了。在參考了天氣報告後，決定在 9 月 8 日星期四出發。

出發前一天方吾總覺得有點心神不定。這一陣他的精神狀態並不很好。三個星期前，他和一些朋友去爬了一個周末的山，第二天

走了 1500 公尺的下坡路。他一直沒有買到合腳的鞋子，每次走下坡路的時候，腳趾頭會碰撞鞋尖，每次趾甲都會瘀血變黑，那 1500 公尺的下坡路真是像一場惡夢。由於腳痛不聽指揮，連累到膝蓋，回來黑了三個腳趾甲，膝蓋痛了三天，即使在三個星期後，也好像很虛弱，沒有完全恢復，對於背上一個八九公斤的背包，連續走上 8 天上山下山的路，實在沒有太大的信心。但美曉鼓勵他說，沒有問題的，我們能走的你也一定能走，她對他的信心令他感到安心。

　　從日內瓦到 Chamonix 有高速公路直達，一個半小時的路程：阿倫開一部車，美曉、安得乘方吾的車，他們在 10 點半左右抵達安得所選擇的 TMB 出發點 Argentière。早上的霧散了之後，天氣很好，頭一個鐘頭他們都在樹林裡走，路很平坦，走了一個多鐘頭，他們就坐下開始野餐。安得就像法國人一樣，總怕會餓死，帶了很多吃的東西，他的背包比別人的重四五公斤，還好他個頭大，背負得起。下午的那段路開始上坡，要爬山 500 公尺，但對他們來說還算輕鬆，只有安得抱怨背包太重。5 點多鐘就抵達目的地 Col de Balme 的 Refuge 避難屋。這種 Refuge 是爬山者的營地，當初只是用山上石頭搭起來讓山區的牧羊或牧牛人避風雨或過夜的小房子。裡面只有簡單的床鋪和燒火的火爐。後來爬山的人漸多，為了照顧到這些人的舒適安全，才在爬山的主要道上每隔一定的路程，蓋起一座座 Refuge。簡陋一點的只有一個通鋪，好些的則有幾個人一間的小房間，有熱水澡，還有用直升機運來的食物和飲料，有點像青年宿舍一樣，價錢也合理。美曉已訂了 6 個人的鋪位，大家脫掉了沉重的登山鞋，換了便鞋，就在 Refuge 的陽臺上，飲着冰冷的啤酒，享受黃昏不冷不熱懶洋洋的太陽。看着下面山谷裡的一片青翠的景色，心曠神怡地漫談起來。

　　一過 9 月，太陽不到 7 點鐘就下山了，山上颳起了涼風，山中的霧氣也升起來。大家開始覺得冷冷的，於是轉移陣地到室內裡面。

安得說:「我們先把行李拿上去吧,我剛才問過,正好有一間 6 人鋪位的房間。」方吾和約塞放下背包就下去了。房裡人太多不易走動,Rose 和阿倫正在鋪床,美曉和安得不知為什麼事情吵了起來,Rose 下來時看到方吾,問他說:「我以為美曉是你的女朋友,她是安得的女朋友嗎?」方吾苦笑一下說:「有的時候是,有的時候不是,他們分開了好幾次。」Rose 說就像她和阿倫一樣。

美曉與 Rose 和阿倫已見過幾次面,但和約塞才是第二次見面。約塞個子不高,皮膚深棕色,留着長長的頭髮,戴一頂貝雷帽,但頭頂已經開始禿了,尖瘦的臉上有兩隻特別大的眼睛,有點像 Che 的形象。第一眼很難看得出他是哪一國人,他曾被人當作西班牙人、南美人。他平常話不多,但一打開話匣子,卻會滔滔不絕,字句像機關鎗一樣又快又密集。他最喜歡別人問起他的家世。他是在莫三比克出世的,祖父那一代就從印度的 Goa 移民非洲,那時候 Goa 還是葡萄牙殖民地,莫三比克也是。就這樣在莫三比克獨立後他選擇了葡萄牙籍,但卻又是在津巴布住了好多年。說起他的家世就好像沙蒙盧西迪的家庭傳奇一樣曲折離奇,他會越說越興奮,這些方吾都大致聽過,美曉和安得卻聽得津津入迷。

餐室已飄浮着食物的氣味

在約塞談他的家庭史的那段時間又陸陸續續來了不少登山的人。餐室裡這邊一桌那邊一桌都坐滿人,熱熱鬧鬧,談着一天的行程。他們 6 個人剛好坐了一桌,安得說我去拿點東西就來,回來時手裡提着一瓶香檳酒,原來今天是美曉的生日,他多背了一瓶有一公斤的香檳來為美曉祝賀。美曉當然很感動,忘記了剛吵過嘴,吻了安得一下。大家舉杯慶祝美曉生日快樂青春常駐。喝完了一瓶香

檳已到吃飯的時候，大家興致都很高，方吾又叫了一瓶紅酒。在山莊的晚飯基本上都差不多，先是一盤湯，湯可以盡量喝，主要是補充體內因白天出汗而流失的水份和鹽份，隨後是一盤意大利粉，為明天的路程作準備，接着是肉和菜，再後來是乳酪和甜點。雖然不是很精細的菜，總之營養是夠充足了。

一瓶紅酒喝完後，阿倫又叫了一瓶。美曉是他們之間最年輕的一員，又是她的生日，她就像一個公主一樣受到幾位男士的殷勤招待。她問他們記不記得在四十歲那年做了些什麼事，他們的四十歲是怎樣過去的。她要安得先開始說，安得想了一想說，四十歲是他過得很開心的一年。那時候他已經和妻子離婚，銀行派他到中東一個國家開設個辦事處，讓他獨當一面，離開了巴黎一切煩心的事，他認識很多人，有些後來變成很重要的人物。在高薪之外，還有生活津貼，有許多女孩子圍在身邊。總之，那一年在記憶中是一個十分美好的年份，可惜好景不常，第二年就被召回巴黎，他不無遺憾地說。

輪到約塞說了，他今年四十八歲，也屬猴，與方吾同歲，他不勝感慨地說，四十歲那一年發生了幾件大事，首先是他父親過世，他幫着母親搬回到 GOA——他們的老家，替她在海邊買了一間房子。那是一個忙忙碌碌的年份，他去了莫三比克，又到了印度，後來又到英國去看那個精神衰弱的女朋友，把她從一個邪教教派那裡接出來，但不久之後他們就分手了，當時他感到整個世界都在他周圍崩潰，現在回頭看看也沒有什麼大不了。

阿倫只比美曉大兩歲，四十歲不過是兩年前的事，他當然記得很清楚，那一年他已經和 Rose 在一起生活 3 年，他辭掉了在大學裡當數學助教的工作，幾乎像每一年一樣他又換了一份新的工作，他和同事的工作關係總搞不好，那年夏天他和 Rose 去走了一個半月的絲綢之路，那是他第一次和 Rose 作這麼長時間的旅行。

他問 Rose 説：「整個旅程，我們每天不是為這件事，就是為那件事爭吵，你記不記得？」約塞聽到這裡不覺笑了起來，插嘴説：「和 Rose 旅行的確不是一件容易的事」。他們從巴基斯坦進入中國境內，這是 Rose 想走很久的一段路，她記得還在中學的時候，那時候她還住在 Valais，在她家隔壁那條街就住着那位著名的瑞士女旅行家 Ella Maillart，在那時候她就把她寫的遊記全看了，不知怎的，亞洲對她有無窮的吸引力。她三十四歲那年就去了中國一次，帶着她五歲大的女兒。那時候她和方吾住的地方不過隔一條街，為了預備這兩個月的行程，6 個月前她就要方吾教她中文，他們幾乎每星期見兩次面。她是很希望方吾能和她一起去中國，她想，和一個中國情人一起去中國是多麼好，不過方吾那時有一個巴黎女朋友，每逢周末，不是他去巴黎，就是他的女朋友來日內瓦，他和 Rose 的關係總是保持在好朋友的距離上。結果是去年才和阿倫了結了走絲綢之路這一心願。

對於阿倫來説，這是他第一次去亞洲，無異是一個很大的文化衝擊，在這方面他很感激她，Rose 是一個想到做就立刻去做的人。她比他大七歲，年齡上的差別一眼就可以看出來，人家總以為他有戀母情結。其實並不是這樣，他的童年生活並沒有留下什麼會導致他有這種情結的陰影，他以前的女朋友都比他年輕，他與 Rose 保持這麼長的關係也是當初他所意想不到的，或許是他們性格上能彼此互補吧。Rose 是一個精力充沛的女人，一天繁忙的工作下來，她到晚上還會有許多文化活動，或許他們在一起這麼久的原因之一是因為他們在性關係方面很好。Rose 認為也可能是這樣，作為精神分析師，她對佛洛依德的學説是很崇拜的。雖然阿倫並不認為自己是個吃軟飯的男人，事實上他的確住在她那裡，日常的生活費用也完全由她負擔，他也不理會別人有些什麼想法。但為了證明自己是獨立和有主見的人，他常常為一些小事和她吵起來，他們之間每天都在

上演 Psychodrama，有時候感到很煩，有時候卻覺得這樣一來，生活中無異是添了一些辛辣味，更刺激口胃。事實上每次吵架後，他們做起愛來特別熱烈，或許就像方吾所說的那樣他們前世就冤家，今世在還債，不過不知道是誰欠誰的債，還要還多久？那次走完絲綢之路回來後，他在法國南部的一所大學找到一份工作，和 Rose 分開了 3 個月，結果又是他辭掉了那份工作，回到日內瓦，回到她身邊。

　　Rose 說：「四十歲那年已是那麼遙遠，我要認真想一想才能想起那年發生了些什麼事情。」那一年她的女兒十一歲，她那時候的男朋友是一個剛和妻子分居的飛機師。那是一個相當平靜和幸福的一年，想到丹尼，她心裡不覺一陣絞痛，丹尼是她這麼多年來的男朋友中最喜歡的一個。她轉過身來問方吾：「你還記得丹尼嗎？」方吾依稀記得這個人，他在 Rose 那裡碰過幾次，有一次，他們兩個人一起乘他和約塞合買的一條帆船，一起在萊蒙湖上轉了一圈。但就像 Rose 所說的，這已好像很久以前的事了。

　　Rose 悲傷地說：「一個月前我接到丹尼妻子的一張卡片，告訴我丹尼去世的消息，後來我打電話去和未亡人談了一陣，才知道是因為心臟病突然過世的。那天早晨他起床時感到有點不適，但早前已經約了人去登山，他一向身體很好，也沒有太在意，那天上山的路其實很好走，海拔也不過 1500 米，但到了山上就突然感到呼吸不順，心痛了一陣之後就死了。」Rose 的眼睛有點濕，聲音也有點沙啞：「他們飛機師五十歲退休，他才五十三歲，退休不到 3 年。」方吾說，他好幾個朋友在五十歲左右過世，不是癌症就是心臟病，五十來歲對男人來說是相當危險的年份。有一個朋友就是周末到辦公室加班，離家時還是好好的，他太太等到晚上還不見他回家，才發現他心臟病突發死在辦公室，事前一點徵兆也沒有。Rose 說：「心臟病也有遺

傳的因素在內。」

　　美曉看了安得一眼，發現他臉色有些灰白，手裡不停地撥動他面前的刀叉。年初時，安得去檢查身體，醫生發現他的心律不整，這幾個月來一直在服藥，照理來説，這並不是很嚴重的問題，但是醫生告訴他不要做太激烈的運動。最近一次檢驗，好像也很正常，但是還是要他繼續服藥。他本來已不放在心上，但大家這麼一説，不免感到自己的心突然跳得很快。美曉在心中嘀咕着，Rose 為什麼把這種掃興的事講出來，她絕對不會在目前的男朋友前當眾談她過去的男朋友，不過 Rose 顯然也不知道安得的心病。事實上如果不是她問起 Rose 四十歲那年是怎樣過的，她也不會想起那年正好是她和丹尼認識的那一年。她和丹尼的關係也只維持了一年左右。那的確是她很快樂的一年，她買了她的第一間公寓，開了自己的診所，有了自己的病人，和丹尼的關係也很好，他的性格平和，很有教養，不太會和別人爭吵，他有一份收入很好的工作，在金錢方面也很大方。但是最後終於因為孩子的緣故又重新回到妻子的身旁，這令 Rose 很悲傷了一段時期。好在她是事業心很強的人，工作外又參加很多活動，不久又找到了一個新的男朋友。有一次約塞對方吾説，Rose 換男朋友就像阿倫換工作，他已記不得她有過多少男朋友了。這次和阿倫吵吵鬧鬧，卻已在一起生活了 5 年。

　　最後輪到方吾談他四十歲那一年的事。Refuge 管理人過來告訴他們要熄燈了，方吾看了看錶已經 10 點半，餐室裡只剩下他們一桌了，大部分的人明天都要早起趕路。他們回到那間 3 個上下鋪的房間。美曉、安得和約塞選了上鋪，他和 Rose、阿倫都在下鋪。臨睡前，方吾想到四十歲那年的事，他三十八歲到四十歲生日前的那一段時間是他一生中最自在的年份。他有一份收入很好，有聲望的工作。他買了一間很大的公寓，開一部銀灰色的跑車，直到他四十歲

7 月生日的那一天，他活得開開心心，他是單身貴族，人長得還算英俊，他當時有 4 個女朋友，有一個還是有夫之婦，他也不知道是怎樣安排的，其中有兩個為他懷了孕，結果還是拿掉了。他在一個國際組織工作，那裡單身的女子很多，尤其是像他這樣的人選，要找個女朋友真是很容易，一天到晚，總有很多的節目，不是到朋友家做客，就是在家裡請客，他煮得一手好菜，而且常常能創新，每個星期六早上鐘點女傭就會把一切收拾整潔。

　　但事情來得這麼突然，連他自己到現在也不明白到底為什麼有這種徹底的變化，他記得很清楚，剛好是一個星期天，他覺得需要自己一個人靜靜地過，推掉了一切約會。早上起來是一個陽光燦爛的日子，他慢吞吞地沖了一杯咖啡，吃了早點，翻了翻幾份雜誌，隨手抽出了一張 CD ，放進去，是前些時候朋友送給他的 Verdi 的安魂曲。他有一個習慣，一張唱片放進去後，他總要聽那麼十來次，聽到他感到煩厭才換。那天，這張 Verdi 的安魂曲似乎陪伴了他一整天。中午和晚上他都是一個人，已經很久沒有這樣一個人過一整天了，他覺得這一整天的孤獨似乎給他帶來一種充實感，時間似乎過得特別慢，一些零星的回憶，一些他忘記了很久的人和事情浮現出來。對於自己已經四十歲，他並不是特別悲傷，但有點悶悶不樂。傍晚的時候他出去散步，那是一個很美好的黃昏，他的公寓就在湖邊，那時吃晚飯的時間已到，湖濱散步的人已經散去，這個季節太陽下山很晚，八九點鐘天還亮着，一種特別柔和的氣息從公園的樹木中散發出來，一切是那麼安靜美好，一對天鵝輕輕滑過湖面，他突然感到一種淡淡的悲傷。那天晚上他一早就上床了，夜裡他做了一夢，這是一個他年輕時常常做的夢，他坐在一張考桌旁面對着考卷，但頭腦裡就是一片空白，時間在他腦裡「滴滴答答」，但眼前的白卷還是白卷，任他如何焦急也沒有用。夢醒之後他一身大汗，他已經有好

幾年沒有做這樣的夢了。那一天之後，情況就急轉直下，他請了兩年長假，賣掉了他的公寓，搬到法國南部的鄉下小村莊裡，過起隱居生活。他決定要寫一部小說，一個他已放棄了很久的念頭，不知怎樣就復活了。

美曉也沒有立刻睡著，她想到自己已經四十歲了，她的生活又會有些什麼變化呢，四十歲對一個女人來說尤其是一個重要的年份。

第二天　最長的一天

第二天早上，他們按照預定計劃 7 點鐘就起床了。根據 TMB 的指南，當天要走白朗一圈中最長，最艱難的一天路程，要上坡 1044 公尺，下坡 1368 公尺，行走時間 7 小時，再加上中午野餐一小時，中間休息時間一小時，總共 9 小時。

安得跟大家大致說了一下當天的路程，根據他的樂觀估計，如果他們 8 點鐘出發的話，他們在下午 5 點左右就可抵達過夜的地方。幾個人你等我，我等你，結果出發時已經 8 點半了，走了不久就跨過法國和瑞士的邊界了。由於他們走的是與白朗一圈指南中所載的相反方向，一切都比較複雜。早上的時間比較涼快，應該是走上坡路的最好時間，但他們卻要先下坡 600 公尺，下午再爬山 1000 公尺，然後下坡 1000 公尺。第一段下坡路很好走，約塞走得很快，背包雖然重一些，早上安得看到他的背包裡還有空間，又把一個塑膠袋的東西交給他，拈在手裡也有兩公斤重。出發前一天晚上，他根據安得發給他的行程表和要帶的物品，曾仔細衡量過，把重量減到最輕，兩條褲子、內衣褲、三雙厚襪子、兩瓶 0.75 公升的水，雖然他不喜歡背太多的東西走路，但也不好意思拒絕，還好走的是下坡路。他很喜歡登山，幾乎每隔一兩個周末都要去登一次山，瑞士 Valais 那邊山

谷的登山路徑，他幾乎都已經跑過，他知道自己的能力，一天之內即使要上坡 1500 公尺，下坡 1500 公尺對他來說絕對沒有問題。一般人是上坡每小時走 300-400 公尺，下坡走 400-500 公尺，他都比別人走得快一點。他從來沒有走過 TMB，所以當方吾提到走這一圈時，他毫不遲疑地參加了。但一般他只是走一個周末的路，只帶一個三四公斤的背包，裝些水和乾糧，這次要背着一個 10 公斤的背包，連續爬 8 天的山，對他來說還是第一次，他充滿信心地迎接這項挑戰。

這段路大部分走在樹林中，對大家來說都走得很輕鬆，六個人之中，方吾走在最後面，他和走在最前面的約塞之間大約相隔半公里，走了不到半個鐘頭的下坡路，他就感到腳趾頭碰到鞋尖，那幾隻還沒有恢復過來的黑趾甲，又在忍受新的創傷。他停下來，把鞋帶又是綁緊了一些，走完 600 公尺的下坡路，就到達從雪山上流下的一條湍流邊上。安得和阿倫研究了一下地圖，發現只要穿過湍流就有一條捷徑，可以縮短兩小時的路。山上沖下來的水很急，大約 10 公尺的湍流中只有幾塊半露在水面，看來滑滑的大石可以墊腳。大家都怕在跳過去的時候一失腳就滑到水裡去。在水深及腰的湍流裡是站不穩的。阿倫這時卻三步兩腳很輕鬆地跳到了對岸，而其他人卻還在企圖找一個比較容易過去的地方。跳到對岸的阿倫從背包中拿出一捆繩索，綁在一塊大石上，又輕輕易易地跳回來，把另一端綁在水邊一棵大樹上。有了繩索，大家心理上似乎覺得安全多了，增加了信心。先是 Rose 扶着繩索從一塊到另一塊大石跳了過去，Rose 跳了過去，方吾、美曉和約塞也跟着跳到對岸。安得在跳過去的時候，在一塊大石上滑了一下，半條腿浸入水中，還好藉着繩索反彈之力迅速地跳到另一塊大石上。等到大家都過了河，阿倫才解開綁在大樹上的結，然後又施施然地跳到另一岸。美曉説，倒是你想到帶這一捆繩索，沒有你，我們絕對過不來。方吾也説，這次真的全靠阿

倫了。

　　他們這樣過了湍流，照理是縮短了路程卻迷了路，河這邊是一個混雜着碎片巖的沙石堆高約 100 多公尺的大斜坡，中間有一個小溪流，斜坡兩旁是密密麻麻的矮叢林，不像有路，看來只能沿沙石坡爬上去。方吾帶頭先上去後面跟着美曉和約塞，開始的一段路還好，有些大石塊可以落腳借力，但爬到三分之一的地方，巖沙石碎片中滲出水來，一腳踩上去腳下浮動的沙石向下滾動。走在最前面的方吾怕走在他後面的美曉和約塞吃石頭，趴在那裡一動也不敢動，叫他們快錯開，移向右面靠矮林子那一邊，滾動的石子是登山人的大忌，常常發生被滾石擊中頭部，失手摔下山的事件。比他們起步稍遲，落後他們約 30 公尺的阿倫、Rose 和安得趕快向山坡左邊靠攏，儘量離他們遠一點，他們那一邊的沙石沒有那麼浮動，安得在沙石坡邊緣的矮樹叢中，找到了憑藉，拉着樹根，攀上去，阿倫和 Rose 個子較小，索性鑽到密密的樹叢中。那一邊方吾、美曉和約塞也小心翼翼地爬到樹叢邊上鑽了進去。樹叢密密的，他們又都背着一個大背包，只能各自顧自己，撥開枝葉，低頭扭腰，跨過樹根，在密密麻麻的枝幹和樹葉之間各自為自己開一條路出來，雖然進展很慢，但是心裡踏實得多了，不像剛才兩手兩足全無借力的地方，一不小心，就會隨着沙石滾下山坡那麼恐慌。他們在矮叢林子裡攀登了好一會，總是見不到盡頭。走在前面的方吾突然説，不好，上面有塊像峭壁一樣的大石頭，根本爬不上去，只能繞道。這樣一來，三個人又回到沙石坡那邊了。

　　這時阿倫他們三個已經爬到沙石坡的上面，正在懷疑其他三人在哪裡時，阿倫爬到一塊大石上向下張望，看到三人又從矮樹叢裡爬到沙石上，離山坡頂可以立腳的地方，還有 30 米。阿倫不明就理，對他們喊道從林子裡上，從林子裡上。方吾大聲告訴他有峭壁擋路，

路走不通。阿倫説你們不要動，我把繩索拋下來拉你們上來。靠沙石坡的樹叢邊上盡是蕁麻，混合在一些草裡面，這是唯一可以攀附的地方，有些草的根比較深可以借力，有些草只要一用力，就連根拔起，從表面上根本看不出那一叢可以作為依靠。阿倫的繩索只有 20 公尺，離他們所在的地方還有七八公尺。阿倫説我再爬下來一點，繩索再拋下來時，還在方吾頭上方四五公尺左右。他叫約塞和美曉暫時不要動，小心翼翼向繩索那邊移動過去，離開繩端還有兩三公尺，他剛找到一個可站穩腳的地方，只聽到 Rose 在上頭大聲叫道「石頭」，隨着是沙石滾動的聲音，他趕緊曲身，把兩條手臂護着頭部，一塊巴掌這麼大的石頭把他打個正着，還好是打在手臂上，肌肉上雖然痛了一陣卻無大礙，他又往上爬了兩三公尺，夠到繩端，心中踏實了許多，靠了兩臂的力氣攀着繩索向上爬了幾公尺，只聽到腳下踩鬆的沙石向下滾的聲音，也不敢朝下看。他又向右邊靠攏了三四公尺，使繩端靠近美曉和約塞的地方，然後用兩臂的力氣爬上去。想不到短短的 15 公尺，幾乎花了全身的氣力才爬了上去。

他回頭叫美曉把繩索綁在身上，讓阿倫把她拉上來，美曉開始還想自己試着爬上去，後來實在沒氣力了，把繩索綁在腰上，由阿倫和安得兩人拉上去，到了上面，她腳一軟站不住，倒在阿倫的懷裡。繩索再拋下去的時候，在約塞左邊三四公尺的地方，約塞手腳並用向左邊慢慢移動過去，眼看伸手就可以捉住繩端了，腳下一滑，整個人隨着沙石滑下去，還好他手快，抓住旁邊的一些野草，也還好這從野草的根深入沙石中，緩住了下滑之勢。他已驚出一頭大汗來，手中的草中夾着蕁麻，刺得他的手掌火辣辣的。等他定下心來，小心翼翼地又向上爬了四五公尺，抓到了繩索，由阿倫半拖半拉地爬完了最後的 15 公尺。約塞向下看了看腳下那 100 多公尺的陡峭山坡，想到剛在要不是抓住那一紮草，現在可能性命也沒有了。

Rose 建議找一個平坦的地方坐下來，吃點東西，美曉看看錶已經下午兩點了，早上 8 點鐘以來沒有吃過一點東西，但也不覺得十分餓。只是覺得口渴極了。安得找到一個有樹蔭的平坦地方，大家就地坐下。美曉想到剛才的場景，有劫後餘生的感覺。安得說，他們的運氣比較好，沙石坡的左邊有不少深深埋入地裡的大石，比較容易找到可以站穩腳的地方，但是背着 10 公斤的背包，爬這一段路也夠累了，這 100 多公尺的上坡路，花了他們足足兩個鐘頭，方吾和約塞也是緊張過了頭，不覺得餓。安得卻胃口很好，把背包裡的食物一一拿出來，有切成絲的紅蘿蔔，有他喜歡的塔布勒沙律，還有煮好的茴香根和一包雞腿，都裝在一個個保鮮盒裡，還有一大塊甜蛋糕，怪不得他的背包都裝滿了。他問別人要不要嘗嘗，大家都搖搖頭。美曉和方吾吃了一隻蛋和幾塊牛肉片，其他人也草草吃了。約塞看到安得背包裡裝了那麼多無聊的食物，心中有氣，默默把早上安得交給他的那個有兩公斤重的塑膠袋交回給安得。阿倫催安得快點吃，說還有 1000 公尺要爬，然後再走 1500 公尺的下坡。他們已經比預定的時間遲了兩小時。

他們再開始爬的時候已經 3 點了。太陽很猛烈，到了 1500 公尺以上幾乎沒有樹了。美曉心中歎道，前人的經驗到底重要，選擇反時鐘方向走自然有其道理，至少不必在這個烈日下走這只有石頭的上坡路。走了一段路，他們已經可以望到他們要翻過的山坳，在兩個積雪的山峰之間，是 Trient 冰河。又走了約 45 分鐘，約塞開始抽筋，坐下來休息好一陣子。接着美曉的左腳也開始抽筋。方吾感到左膝蓋隱隱作痛，上山的路還好，他怕等一會向下走 1500 公尺時會吃盡苦頭。他記得他袋裡有一瓶藥油，問約塞要不要，約塞搽了一下，果然覺得好一點，抽筋過去了。安得說抽筋最主要是需多喝水，但約塞帶的一公升半的水都已喝得差不多了，還有好長的一段路，

只好節制地喝。美曉又開始抽筋，她也向方吾拿藥，方吾索性把藥留給他們兩人。他原來走在兩人後面，但這樣走走停停他覺得更累，他想走快一點，縮短受苦的時間，走上坡路，他沒有太大的問題，他的肺活量比較大。阿倫和 Rose 已經走在他們前面很遠，在赤裸裸山頭，你可以看到走在前面的人，安得離他們也有好一段路。約塞和美曉又停下來了，方吾說了聲我先走了，就拋下兩個人相依為命。走在石頭堆中，他想起 Eliot〈荒原〉裡的一句詩，確實字句忘了，好像是只有石頭沒有水……眼前的情景就是這樣。

他慢慢地向上跑，雖然感到背包很沉重和很口渴但感覺上還好。走在前面的安得走不動了，找到一塊石頭坐下來，他的背包實在太沉重了，他也不知道為什麼帶上這麼多東西，剛才約塞把他那包東西交回給他時，他也不好意思再放到別人袋裡，何況他也一向關照別人說，各人負責自己的東西。他感到心跳動得很厲害，有點擔心，但他不能怨別人，路線是他自己定的，當初他想走這一段路對方吾來說會有點困難，但方吾現在已經追上他了，走過他面前時，他想或許他會停下來休息一會兒，但方吾並沒有停，一步一步地，不快也不慢地往上爬。安得歎了口氣，站起來，背上背包跟在方吾後面繼續往上爬，但不久他就發覺方吾的步子比他快，很快地拉長了他們之間的距離。

Rose 原來和阿倫走在最前面，到後來就不夠氣了，這條路太陡了，他們大約已在 2300 公尺以上，根據地圖顯示還要再往上走 350 公尺，已經四點多鐘了，太陽還是這麼猛烈，她感到嘴唇焦裂，所帶的水已經喝完了，阿倫已走在她前面老遠，到底比她年輕七歲，雖然幫她背了一部分的行李，還是比她走得快。她歎了口氣，有時候阿倫待她很好，很體貼，但不知為什麼他們總在吵，是他不好呢，還是她不好？現在又離她走得遠遠的，也沒有想等她。她聽見身後的腳

步聲，看到方吾已經追上來，就在她後面，兩人默默地走了一段路，上山的路令人氣喘，誰也沒有開口說話的興致。Rose 想找一個能躲開陽光的地方坐下來休息一會，但根本沒有這個可能，太陽總是跟得他們緊緊的。她實在走不動了，找到一塊大石，對身後的方吾說休息一會吧，還有沒有水？方吾點了點頭也找了個地方坐下，卸下背包，拿出水瓶來，看剩下還不到三分之一公升，把瓶遞給她，Rose 也不敢多喝。Rose 歎道這段路真長，而且一直在上坡，走得真夠慘。下面已看不到美曉和約塞的蹤跡，也不知道在那個彎角裡。坐了一會兒，方吾想坐在太陽下乾曬，倒不如早一點爬上去好，又背起背包，背包好像更沉重了。這次他走在 Rose 前面，腳下是硬梆梆的石頭路，還好是上山，趾甲倒不痛了，只是腳板給摩擦得熱熱的，很不舒服，可能起泡了。想來襪子都已濕透了。他想早點上去早點能找到陰涼的地方，又加快了腳步，把 Rose 拋在後面。

　　在彎彎曲曲的之字形山徑上端，他看到頭上包着沙哈拉沙漠 Tuareg 人大頭巾的阿倫，已離山坳不遠了。手錶的短針已指在 6 字上，山坳看來很近。但他知道走起來至少還有半小時的路，等他終於跑到那個高居 2665 公尺叫 Fenetre d'Arpette 的時候，阿倫已經在山坳背陰的那邊一塊大平石上，用頭巾作為檯布，布上擺好了他背包裡的食品，看起來特別吸引人。他大概是為情人預備的，想不到方吾先跑上來，不過 Rose 不一會兒也跟着上來了，在陰涼的大石上坐下來大大喘了口氣，拿起阿倫放在桌上的水瓶喝了一大口水。山坳的另一邊全在陰影裡，望下去隱約可以看到 1400 公尺以下的山谷，但一路下去都是大塊小塊沖積層巖的黑石塊，看起來有點可怕。這時其他人也都陸續爬上來了。7 點鐘太陽已經落山，山坳上的風很大，坐在靠陰的那一邊反而覺得冷颼颼的。大家都對阿倫的那一桌美食讚賞不已，約塞說他抽了好幾次筋，幸虧有方吾的藥油，不然真

不可設想。美曉說她的腿倒沒事了。方吾對着眼前亂石叢中的下坡路越看越心慌，看看天色不早了，就說我先走在前面，山坳的路牌標明還有 2 小時 30 分鐘的路，但經驗告訴他可能需要更長的時間，他一說要走，其他人也說還是趁早下去的好，希望在天黑之前趕到目的地。下坡路很陡，走了不到半個鐘頭，約塞又開始抽筋，而且這次很厲害，兩條腿同時抽，動也不能動，大家停下來等了他一陣，阿倫和安得商量了一下，決定讓安得先走一步，先去通知 Chalet d'Arpette 的人給他們留晚餐，他陪着約塞慢慢地下山，阿倫在後面喊道，你到了先替我們叫 5 杯冰啤酒。Rose 和美曉也跟着跨着大步下山的安得走到前面去了。方吾小心翼翼地恐怕自己的膝蓋承受太大的壓力，倒也忘了腳趾甲的痛，他想可能已經麻木了。不久就和 Rose 走在一起，美曉跟着安得已走到不見人影。天色慢慢暗起來，已 8 點鐘了，面前看到的還是石頭和石頭，那個山谷好像仍是那麼遙遠，轉過一個彎，以為已經到了，又是一個彎。早上 9 點開始已走了逾 10 小時的路，在半明半暗中走了一陣，不久天也全黑了，可以看到山谷裡的燈火，還好他們都帶着可以戴在頭上的頭燈，每人一盞照着前面的路，但走來卻要更加小心了。

美曉跟在安得後面走了一程。安得人高步子大，他與方吾剛好相反，只怕上山，不怕下山，一下子就走得不見蹤影。天暗下來了，美曉有點心慌，她沒有電筒，原來想和安得走在一起並不需要，怎知他卻把她拋下了，她歎了口氣，不知什麼時候卻走到另一條岔路上。其實在這些石頭之間真是很難認出哪裡是路，沒有路的痕跡，也可以說到處是路，像一個石頭的八卦陣一樣，就依賴一些漆在石頭上紅色或黃色的箭頭，灰黑色的石頭在暮色茫茫之中變成灰黑朦朧的一片，什麼都難以識辨。眼看天就要黑齊了。想到一個人迷失在這山野間，不覺有點心慌。每年總聽到許多登山人出事的新聞，想到走在她後

面的人可能已經超越她，一個人要在這荒山野嶺落單過夜可不是好玩的。心中一急不覺叫起來：「Alain, Alain, où es-tu, je suis perdue!」在山谷裡，聲音傳得很遠，還有回音，但是沒有人回答。她又鼓盡氣力，大聲地喊，不久就聽到一個男人的回答：「Nous sommes là, ne bouge pas!」好像是阿倫的聲音，心中才安定下來。方吾好像聽到有人在叫，他和 Rose 走在一起，他問她有沒有聽到人在叫，Rose 沒有出聲。當他辨出是美曉叫聲時，心想她不是和安得在一起的嗎？為什麼在叫阿倫，阿倫和約塞應在他後面不遠的地方。他趕緊大聲回答，叫美曉原地不動，等他們。美曉在不久之後，就看到兩盞燈火在離她 100 多公尺的地方，還好她沒有迷路太久，她慢慢向他們靠近，等她看到這兩人是 Rose 和方吾時，才意識到回話的是方吾。她想到剛才第一個想到要叫的人竟是阿倫，面上無故地熱辣起來。

對於約塞來說，這真是可怕的一天，像一個無止無休的惡夢，他的兩條腿雖然還在走，但他知道已經筋疲力盡了，而且抽筋會隨時再來。雖然可以看到谷底的燈光，但走來走去，那燈光還是那麼微弱，還是那麼遙遠，令他感到安心的是阿倫一直像一個忠誠的朋友跟在他後面。他這一次完全沒有思想準備。早上他還是走在最前的一個，到了晚上，他卻走在最後面。他一向以為自己這種登山是絕對沒有問題的。而且平素也有訓練，怎知會抽筋，看來他們都比他強，想來有點英雄氣短。現在他唯一的願望是早一點到達目的地，坐下來，喝一杯冰涼的啤酒，他從來沒有像現在這麼口渴的。但他必需堅持下去，背上沉重的背包對他已經衰弱的腿膀是很大的負擔，他不能停下來，他怕停下來之後，就再也站不起來。他不能拖累別人。

天已黑了好一陣子。美曉看到下面有電筒燈光迎着他們的方向走來。走近了，那個人問道，你們之中是不是有人抽筋。是一個年輕女人的聲音。原來是安得在避難屋附近碰到的一個二十來歲也是

來登山的女孩子，她對這一帶很熟悉，安得告訴她，在他們一隊人中有一個人抽筋得很嚴重，舉步艱難。她就自告奮勇地答應迎上去幫忙。Rose 説抽筋的人還在後面。不一會兒約塞和阿倫就到了，女孩子說讓我背行李吧。約塞心中説慚愧慚愧，但能夠把那付重擔卸下還是很高興的。卸下了行李，他走起來覺得輕鬆多了，那個女孩真來得及時，年輕人就是年輕人，女孩子背上了背包，仍然健步如飛，走在他們前面，不久他們就走完了山路到達平地上。在電筒光的反照下，小徑旁都是一顆顆亮晶晶的貓眼石，看真了原來是一群牛，躺在草地上，牛是黑色的，混在夜色中根本看不清，只看到牠們的眼睛。美曉有點害怕，貼緊着方吾走，Rose 説這就是附近這一區有名的 Reine 牛，每年夏天都會舉行鬥牛大賽，兩隻牛交角，誰把對方推開就是贏家，美曉記得在電視上也看到過這個節目，很熱鬧的。9 點40 分他們終於抵達了目的地。約塞想請年輕女孩喝一杯，她說她和兩個同伴在附近紮營，她要回去了。約塞遞了 50 瑞郎給她，最初她推辭後來還是接受了。

　　他們脱掉鞋子進屋時，餐室裡的人對這幾個好像落難歸來的人行注目禮，就是不見安得的蹤影。方吾做的第一件事就是到酒吧檯上，為每個人叫了一杯冰凍的生啤酒。大家圍着桌子坐下來，那第一口的啤酒從白色泡沫上浮起的清香和入口的冰涼真如瓊漿玉液，是莫大的享受，這時安得才施施然地出現，原來，他一到，大概是一身臭汗的關係把人熏倒了，立即被避難屋的負責人請他先去沖澡。這時服務人員送上了熱湯，大家一邊喝，一邊談起這一日艱難痛苦的行程。約塞説，他本來不會抽筋的，只是爬那段驚險的沙石坡時的確太緊張了，用盡了氣力，中午的飯又沒吃飽，水帶得不夠，想到沙石坡的驚險場面覺得總算幸運。阿倫説他和 Rose 登白朗頂峰的那天也不過如此。

約塞說，明天他能不能再爬也不知道了。

Rose 說，明天再說吧，說不定一夜睡下來，明天就沒事了。

第三天　臨 Orny 冰川上

在吃早飯的時候美曉坐在方吾身旁，用中文告訴他晚上做了一個有趣的怪夢，她夢到一間學校佈告欄上張貼着六句警戒男女學生情愛的條例，警句有些像中文詩一樣的字句，但確實字句得慢慢回憶起來。方吾叫她快點寫下來，免得忘記，說不定，Rose 還可以替她用佛洛依德的學說解釋一下她的夢境。歷經昨日極其艱辛痛苦的一程，今天的計劃也作了大幅的變動。大家在早餐時候一起研究了一下，決定更改安得原定由 1600 公尺一直爬坡走到 2811 公尺的登山路：先走一個小時下坡路到纜車站，然後以纜車代步，再走那六七百公尺緩緩的上坡路，一個下午走來就不至於太吃力了。這段路不屬於正規白朗一圈的路線上，是安得一心想前往探視 Cabane d'Orny 的避難屋而加上的。

與安得出外旅行，要接受他總想與眾不同的心態，比如他不喜歡取道高速公路，他認為選擇筆直公路的駕駛人，一個跟着一個，像一群沒有獨立思想的綿羊。因此，他總愛選擇鄉間小道，沿途行經各小村莊，藉此探訪歷史古跡，理解地理情勢，每當見到有趣或新鮮的地方，就想走岔路過去探個究竟，也常常忘了出行的目的地。這棟建在冰川旁邊的避難屋就是因為他看到介紹文字，趁此行前往探視體驗一番。

200 公尺的下坡路穿過高聳的松柏林間，迎着早晨清新的空氣，林梢鳥兒清脆的吱喳聲，隨手摘取可口的野草梅，不到一小時就抵達登山纜車站 Chenet de la Laivra。坐上懸空的纜車椅上搖蕩着雙腿，

舒展兩臂，瞭望四周靄氣中輕紗掩面的遠山，腳下怒放的野杜鵑花襯托在青翠的草叢間，真有凌風飛去，悠然自得之感。到了 2188 公尺高的 Grand Plans 臺地，前面是整齊的一條依山開鑿出 50 公分寬的小徑，只要沒有畏高症，腳下的小石路並不難走。一邊是峭壁，另一邊景色開闊，往下看是 2000 公尺以下的 Champex 小鎮房舍，間中一片綠油油的草坡上可見到成群黑白色相間的乳牛，大地上閃爍着金色的陽光。放眼望去是層層疊疊的阿爾卑斯山脈，安得拿出 1/25000 地圖，研究四周山麓的位置，並且指指點點，對美曉説山川的名稱，他幾乎認識白朗峰附近幾十個山峰的名稱。

美曉説：「當我熟悉身邊各個山峰的名字，我就有賓至如歸的感覺。」對於方吾來説，這些山峰如果在記憶上不與某個時刻某一個人聯繫起來，也就毫無意義，他怎樣去記也記不起來；就如他未走過的地方。就像地圖上的一個符號一樣，只是一個虛幻的存在。前往 Col de la Breve 的一段路坡度不大，相當輕鬆。中午時分，安得説我們先找個有遮蔭的地方午餐吧！昨天空着肚子爬坡的經驗真是太痛苦了！他在幾塊突出的石頭下，勉強找到幾片陰涼處，大家取出背包裡的食物。乾牛肉片，全麥麵包片，乾果和乳酪，都是一些易於攜帶的乾糧。當安得拿出他袋中幾個塑膠盒，美曉見了忍不住大叫起來：「你的紅蘿蔔絲和 Tabouleh 還沒吃完！該發酸發臭啦！」安得聞了一聞，尷尬地笑笑，轉身就倒在腳邊大石頭旁，美曉心中有氣，説道：「怎麼可以隨地亂倒，真有礙觀瞻！平常老批評別人東，批評別人西的，自己卻不見得十全十美，十足法國人的毛病！」一邊説着一邊隨手撿了些石塊鋪蓋在食物上。

「叮噹！叮噹！叮噹！」是約塞背包裡的手機響了，原來是 Rose 的女兒伊思蘭打來的。安得在一旁搖搖頭，頗不以為然的樣子，他自己不用手機，想到現代科技污染無孔不入，連身處大自然中也會

受到手機聲音干擾，不禁歎息。伊思蘭是約塞從小照顧到大的，當Rose 十數年前以一單身母親忙於工作和學習的歲月裡，約塞以朋友身份承擔了一部分做父親的責任，如今伊思蘭與他的感情比與媽媽還好。住在法國南部的伊思蘭告訴約塞，明天會來日內瓦，想和他見面。

阿倫在一旁則收拾好背包，裹上大頭巾，不出兩分鐘已見不着人影，Rose 不發一言也拿起背包上路了。美曉與他們都不熟亦不明就裡，低聲問方吾：「他們三個人的關係可是挺微妙的？」安得也調侃道：「我們這支古怪的登山隊，六個人的關係可微妙得很呢！他們三位，一個是現在的男朋友，一個是以前的男朋友！」

方吾笑笑，不知道該怎麼接口。美曉想到安得最近常常開玩笑地試探她說：「對你來說，方吾應該是很理想的男朋友。你們有共同語言，共同興趣，他也是個學識修養很優秀的人，你們該很搭配的吧！」美曉倒感到她和安得在性格上有更多相同之處，兩個人都是個人意識很強，又很任性的人，在上一次婚姻都是強勢的角色。兩個人一起 6 年了，吵吵鬧鬧，分分合合，藕斷絲連地維持了 6 年到現在。安得的博聞強記常常是很表面的東西，他總是不厭其煩地把她當作一個小學生，教她一些她並不感到興趣的東西，或許他想以她代替殘疾的兒子，這令她反感。她令他失望了，但他何嘗不令她失望？他們開始認識時，雖然他要她教他中文，對東方文化表示很大的興趣，但這麼多年來，他也只不過能勉強講十來句中文。兩人常常說到彼此另找一個更合適的伴侶吧，可又沒有找到更好的人，或也沒特意給自己機會，兩人仍兩人仍舊保持着溫吞水一樣的關係。美曉就對方吾說過，安得看來學識豐富，出口成章，主意多端，但真不是個能一起生活的人。方吾可又是一個能一起生活的人嗎？或許自己也是個不容易一起生活的人吧！

下午四五點鐘走到冰川旁流雪槽堆積成的碎石坡路，海拔 2811 公尺雄踞冰川之上的 Cabane d'Orny 已在望。遙見 Cabane 前一隻舉頭仰望穹蒼的羚羊，走近一看是假的！銅塑的。大家失望之餘頗有受騙之感。在阿爾卑斯山脈間，發現野生動物原是一大驚喜。

踏入 Cabane 後，每人叫了瓶啤酒，沒有冰凍的，與避難屋主交談之下，知道這裡所有的物資都靠直升機運過來，屋後一部發電機提供限量的電源，用水是以管子直接引入山上流下的雪融水。大夥兒脫下了沉重的登山鞋和襪子，背靠在屋邊石墩上，蹺高兩腿，或仰天平躺在石牆邊上，合上雙目沐浴於夏日絢麗陽光及拂面的冰川涼風，享受着奔波一天後的甘甜滋味。

第四天　約塞脫隊

現在只剩下他們五個人了。早上約塞決定脫隊，他說他的兩條腿還是酸酸的，他曾經有一次把肌肉撕裂了，隔了兩個多月才恢復，所以不想再勉強自己，他認為應該聽從身體的忠告。Rose 說這是你們東方人的智慧。當他們乘坐登山纜車下到 Champex 小鎮，他就和他們告別，自己搭公共汽車下山，然後再乘火車回日內瓦。其他人按照原定行程又開始一天的跋涉。

「你的腳趾甲好一點了嗎？」

「還好！麻木了，就不感到痛⋯⋯」

「有些人默默地忍受痛苦！」Rose 說。

他們剛走過一段陡坡，現在正走在一條比較平坦的山路。走陡坡時，大家都顧不得談話，只聽到喘氣。Rose 和方吾在上坡時都喜歡一口氣走完之後才休息。不過今天還好，他們帶足了水，剛才中午野餐時又休息了好一會，今天的行程不長，估計再走兩個小時就

到了。現在還不到 3 點，雖然坡陡，但是有些風，天上有幾片雲，太陽也沒那麼炎熱。當他們翻過山嶺時，安得、美曉和阿倫遠遠落在後面，今天阿倫不知為什麼走在最後面。

Rose 說：「看來這兩天你不太開心？」

方吾想，她大概看出來了。她是心理分析家，當然有許多事情瞞不了她。但是他還未決定要不要告訴她，或是怎樣告訴她，他不知道從什麼地方開始講。他的確也想找一個人談一下，這幾天悶在心中，有時他感到腸和胃都絞在一起。作為一個心理分析家，Rose 並沒有催他，從他歎氣的方式中，她知道他會講的。他回頭看看還落後很遠的另外三個人，一面回想起他和美曉真正發生關係的過程，一面大略地把情況告訴 Rose。其實他們當初的確是好朋友，但是好朋友的關係尤其是男女方面，到一定程度就很難再維持下去了。

三月裡，他從孩子媽的家裡搬出來，一直住在朋友家。他知道只要在一個地方不超過兩個星期，人家都能接受你。除了在一個去出差的同事家住了兩個月，和為一個去度假的單身同事看了一個月的貓外，他就這樣每隔兩三個星期換一個地方，而他的朋友大都是女性朋友，而且真正是朋友關係。當他問美曉是否可以收留他兩個星期時，美曉很爽快一口答應了。他們也算認識多年的老朋友了，而且最近由於爬山的緣故常常見面。於是他背了一個大背包就搬到她家。她的公寓相當大，有兩間空房，多住一個人也不見狹窄。頭一個星期他們過得很自在，很愉快，有時一起煮晚飯，吃完飯在長長的夏日黃昏中走到湖邊散步，或一起看場電影，或就是一邊聽一些老歌一邊閒聊，談年輕時做過的傻事。他發現美曉根本不和安得在一起，想來他們吵架了，美曉也說他們最近不大來往了。

那個星期六，美曉突然想到去泡溫泉。以前她皮膚過敏時常常去泡溫泉，已很久沒有去了，她問方吾要不要一起去，方吾自然奉

陪。溫泉山城離日內瓦不到 2 小時的路程，當日就可以來回。去山城的路上有一條隧道正在整修，只能單向行車，車子排長龍，他們等了一個多鐘頭才通過。到達山城時已經下午一點多了。美曉説餓啦，先吃飯再説，他們吃完午飯，美曉説一吃完飯立刻泡熱水不好，我們在附近走一圈再説，等他們走過一圈已經快 4 點鐘了。

方吾就説：「時間已經不早，回去要經隧道，又要排長龍，索性在這裡住一晚吧！可以好好地泡一泡。」

美曉想了想説也好，但又白了方吾一眼説：「你可別打什麼鬼主意！」

方吾自然説：「沒有！沒有！」

他們找到了一間旅館，開了房間，就走路到溫泉的浴場。浴場很大，有一個室內的大池和兩個較小的室外池，溫度大約在 30 至 40 度之間，還有一間像蒸汽浴的小房間，水溫達到 45 度。美曉和他都喜歡外面的池，這個山城四面都是山，在池中可以看到周圍的山嶺，很令人心曠神怡。美曉説她皮膚過敏發作的那一年冬天，她一個人來這裡住了一個星期，白天在山上踏雪，傍晚時就來泡溫泉，身體浸在溫暖的礦泉水裡，頭臉卻露在涼涼的空氣裡，真舒服。冬天白天短一早就天黑了，天晴時可以看到滿天的星斗，下大雪的時候，身在熱氣裡，抬頭看冉冉上升的霧氣和滿天紛飛的雪花又是一番景致。

「你不寂寞嗎？」方吾問。

「有的時候我喜歡把自己孤獨起來，這其實也是很難得的享受。」

「早知道我就陪你來了。」

「你一到冬天就失蹤了，到什麼地方去找你！」

他們在溫泉裡泡了約兩個鐘頭，其間到蒸汽間坐了十來分鐘，出來在一個涼水池裡浸了一下，又回到溫泉池裡。兩個多鐘頭下來，覺得人懶洋洋的，卻也很輕鬆。方吾問餓不餓，美曉説還好。他們

換了衣服出來，找到一間餐館，這個區是吃 Fondue 和 Raclette 的地方，美曉說在夏天吃乳酪不太適宜。

　　他們隨便點了一道菜，方吾叫了一瓶當地的紅酒，慢慢地吃起來。吃完飯，美曉說再散步一會，他們沿着古城的石板街道走了一圈，這裡還有很多古老的，已經發黑的傳統高腳木房子。方吾把手伸到美曉腰後，攬着她，美曉也沒有拒絕。山上的空氣很清新，一切是那麼寧靜，天慢慢地黑下來，在暮色中四周圍的高山漸漸融入由藍轉黑的天空中。輪廓已沒有那麼鮮明了。方吾想吻美曉，但美曉沒有讓他吻。

　　回到房間裡，只有一張大床。美曉在床邊坐下問方吾說你睡哪一邊？方吾說隨便。

　　美曉說：「你要規規矩矩，我們保持朋友關係，河水不犯井水。」

　　方吾說：「一定！一定！如果有一把寶劍的話，我會把它放在我們中間。」

　　原定是當天回去的，兩人除了泳衣之外什麼也沒帶，美曉脫掉長褲，把奶罩脫下，穿着白天的襯衫當睡衣，一上床就用被單把自己裹得緊緊的。方吾只好穿着底衫褲在另一邊被單之外躺下。兩人都沒有睡意。

　　美曉說：「方吾，你講個故事！」

　　方吾應聲說：「好，給你講個故事，不過要講一千零一夜，就怕你沒有這個耐心。」

　　美曉笑了起來，說：「隨便講一個就好。」

　　「跟你講一個《紅樓夢》的故事，《紅樓夢》你總看過吧？」

　　美曉說很久以前看過的。

　　方吾說：「你記得第五回講的是什麼嗎？是全書的關鍵，也是最精彩的一回！」

美曉説不記得了到底講什麼，方吾説這一回的標題是「夢遊太虛，寶玉初試雲雨情」。

美曉説：「哎呀！你真是個鹹濕佬，專門講埋曬呢啲鹹濕野！」

方吾聽到美曉爆出這樣一句地道廣東話出來，忍不住笑起來。原來美曉的媽媽和爸爸都是廣東人，家裡從小講的廣東話，方吾雖然不是廣東人，卻是在香港長大的，不過他們平常習慣用普通話交談。美曉後來承認她小時候也喜歡看這類男女情愛的書。

她不甘示弱地説：「我還看過《肉蒲團》呢！」

方吾搖搖頭説：「《肉蒲團》不好看！不好看！沒有什麼文學價值！等什麼時候，我把收藏的那一套七本的木刻《金瓶梅詩話》影印本找出來給你看，那裡面的情景才精彩呢！」接着他講了一段西門慶和潘金蓮在花園吃葡萄的一段，聽到美曉滿頰緋紅。

她説：「你專門講這類東西，不懷好意想勾引我！」

其實平時方吾也不會講這樣的話，不過喝了不少紅酒，而且美色當前也忘了剛才對美曉的保證。美曉覺得被單裏得緊緊密密的，身體一陣燥熱，叫方吾去開窗，説：「熱死我了！」方吾跑下床去打開窗子，一陣山裡的涼空氣湧了進來。方吾説：「你可涼快了，卻冷死我了，你分一半被單給我吧！」美曉看了他一眼，很不情願地挪了挪身子，騰出一半被單。方吾卻趁這個時刻，把手臂伸了過去，攻佔了一個重要陣地，美曉想再把自己完全包起來，已經不可能了。方吾則是得寸進尺，那隻手在美曉身上漫遊起來。這時方吾不禁暗自笑起來，想不到自己變成了言情小説裡的調情聖手，其實他並不是那樣的人，可能是多喝了兩杯酒的緣故吧。當然這些細節他都沒有告訴 Rose。其實那天晚上也不是真正的這樣美好，方吾往往在第一次和一個他喜歡的女人做愛時總有不舉的毛病，這常常令他很尷尬，有幾個女朋友也因此吹了。他又不能為自己解釋其實自己並不是性

無能，在做愛方面一點也不差。但是事實勝於雄辯，擺在眼前的事實確實是他硬不起來，不論他多麼想和美曉做愛，小頭總不肯聽大頭的指揮。後來他就抱着她睡着了。第二天早上他醒來時，發現下面硬梆梆的要和美曉做愛，美曉卻拒絕了。美曉的想法是這樣的，他們還是維持朋友關係好，不然會把事情弄的太複雜。既然他們沒有真正地做愛。他們還是普通的朋友，方吾聽到這種邏輯也沒有辦法，只好苦笑。

　　第二天上午他們在山上走了一圈，下午又泡了兩個鐘頭的溫泉才開車回家。晚上，美曉很認真地對方吾說，今晚我們各自睡自己的房間，你不要來打擾我。方吾躺在床上好久都睡不着，起身到廚房裡倒水喝，看到美曉房門半掩着，裡面還有燈光，便推門進去，美曉在看書。方吾做了一個睡不着的表情，問美曉在看什麼，美曉說《紅樓夢》，原來她也躺了好久沒有睡着，想到方吾昨天說的《紅樓夢》第五回的事，正在翻閱時方吾卻進來了。方吾說你讓我躺在你身邊，我保證不動你。美曉歎了口氣沒有說什麼。方吾就躺到她身邊，她又看了一會書，也看不進去，就熄了燈。方吾果真沒打擾她，早上方吾醒來發覺美曉曲着身睡在他懷裡，大概是昨天洗了溫泉的緣故，他這一覺睡得好甜，對他來說很少有一覺睡到天亮的事。

　　那一個星期過得飛快，他們白天各自上班，晚上下了班總有節目，不是一起去聽露天音樂會，就是去看話劇，日內瓦一到夏天，晚上就有很多的節目，有的時候就在湖邊吃 Filet de perche，喝白酒，談一些往事，看着湖水隨着天色慢慢變濃，從淺藍色變成深藍，然後湖面上出現了對岸環湖大道和城市裡燈光的倒影，空氣中已帶着涼意才回家。

　　有一天晚上，美曉問方吾，是不是和一個人有了親密關係之後，兩人之間的交流就有了很大的突破？我們認識了這麼久，有些事情

我還是不會和你説，如果和你發生關係後，我自然會告訴你一些不會和其他人説的事。方吾説，我也有同感，接着又不無遺憾地説，但我們還是普通朋友哦。美曉歎了口氣。那天晚上，他們真正地做愛，而且做了很久。但這一次輪到美曉有心理障礙，怎樣也達不到高潮，她不來，方吾也不來，結果兩人筋疲力盡地睡過去了。

星期四的晚上美曉對方吾説，她的兒子和他父親度假回來了，下禮拜她想把他接回來住幾天。方吾原本是説好在美曉那裡住兩星期的，他們發生了關係後他更不想賴在她那裡不走，事實上下星期他有個朋友去度假三個星期，他的房子空着，講好了要他去住，只要他負責為園子裡的花澆水，他正要對美曉説這件事呢。他説那正好，我星期天就搬到朋友那裡去，請你把星期六晚上保留給我，讓我們一起過這一晚，美曉答應了。星期五晚上，美曉接到一個很長的電話，方吾在房裡斷斷續續地聽到幾句，知道是安得打來的，當方吾看完E-mail 出來，美曉靜靜地坐在客廳沙發上神色有點憂鬱。過了一會，她到廚房裡拿了一瓶白蘭地和兩隻杯子出來，問方吾要不要喝一杯。兩個人默默地喝了一會兒酒，美曉似乎又高興起來，談到去繞白朗一周的計劃，她説安得會組織這一次的旅程，她堅持要方吾參加，並問他認不認識其他有興趣的朋友，人越多越好。

第二天早上起床，方吾就發覺美曉有點神不守舍，美曉説晚上睡得很不好。吃完早飯她説要整理房間，在 CD 機上放了一張蔡琴唱的，都是些幽幽怨怨令人傷心的老歌。方吾把自己的房間打掃了，心裡也覺得有點煩，就對美曉説我出去走走，他逛了一個鐘頭回來，CD 機還是放着同一張唱片。美曉正坐在他房間的書桌上翻着一本他在看還未看完的小説，他聽到她在抽鼻子，好像傷風感冒一樣，以為又是她的過敏發作。後來才發覺她在流淚，她為什麼哭呢？是那些令人傷感的老歌嗎？是為了想到以前的些事情嗎？是為了安得嗎？

是為了他自己嗎？他也不知道怎樣去安慰她。只是說，那些歌詞太淒涼了，不要聽吧！吃過午飯，美曉說她要出去一下，6點鐘左右回來，他提醒她不要忘記今天晚上和他一起出去吃飯，他已經訂了位置，美曉說，她不會忘記的。

那天晚上方吾帶美曉到一個他熟悉的但很久沒有去的餐館，那個他認得很久的苗條的服務員，肚子突得老大。問起她來說已懷孕6個月了。這是她的第一胎。美曉最初還是有點憂鬱，但兩杯紅酒下去，兩個人都放開了，開始談談笑笑。方吾又談到今年冬天的旅行計劃，美曉說你的計劃中從來沒有考慮到別人。走的人天涯海角，被留下的人總有被人遺棄的感覺，我很明白你孩子的媽媽決定和你一刀兩斷的決定，這種牽腸掛肚的等待是很淒苦的。我曾經這樣等待一個男人兩年，我再也不會做這樣的傻事，我現在已懂得要保護自己。

大概是有點醉意，那天晚上美曉特別溫柔。方吾發現不久以前還是模模糊糊的感情似乎已變得很認真了，做完愛後，他有點傷感，因為美曉始終未能達到高潮，而他卻等不及了。

第二天，他就搬到朋友家裡。以後幾天也沒有和美曉聯絡，好像兩個人都需要一個人靜下來的空間，過去兩個星期來發生了太多事情，需要一個消化的過程，星期四美曉打電話告訴他，這個周末她多請了一天假，她帶兒子和安得一起去露營。方吾想她和安得又和好了。他是後來者，第三者，他有什麼話好說！之後，只在走白朗一圈之前，大家在 Rose 家聚了一聚，討論那七八天的路程。方吾大致把這一段和美曉的關係告訴了 Rose。Rose 說美曉的確是一個可愛的女孩子，其實我覺得她與安得貌合神離，而你們卻是很適當的一對。方吾說，但我覺得和美曉已越行越遠了。

下午 4 點鐘左右，他們走過 Grand Col Ferret 跨入意大利國

界，再走了一段下坡路，不到 5 點，就抵達位於冰河旁邊的 Helena Refuge，這是一個新建的避難屋，老的在幾年前被一次雪崩全給毀了。那條冰川 Triolet 據說十幾年前曾縮了 50 公尺，最近又開始增長了，這是安得打聽出來的。方吾在半夜醒來，聽到冰山兩側的崖石在靜寂中崩裂，滾下來的空空洞洞的聲音，他也覺得同樣地空洞。

第五天　和 Rose 與阿倫告別

這一天在安得為大家所寫的旅程日誌中只有短短的一頁，主要是記載他們在 Courmayeur 這個邊境小城迷路的事，當然那是公開的日記，有許多事情他是不會講的。在方吾的印象中，那一天似乎發生了許多事情。首先是與 Rose 和阿倫的告別。

從 Helena Refuge 到 Courmayeur 這一段路是沿着山谷的很緩和的下坡路。天氣很好，小徑的兩側都是樹木，他們到達 Courmayeur 的時候還不到 11 點。Rose 和阿倫就要在這裡搭公路車，穿過隧道回法國的 Chamonix。安得建議在那個美麗山城的露天咖啡館喝杯咖啡。小城有很多遊客，也有不少背着背包穿着登山鞋的人。Rose 很喜歡美曉，最初對她的戒心完全消失了。美曉也覺得 Rose 是一個很有意思的人，但對阿倫和她在一起這麼久還是有點驚奇，大概是像她和安得一樣，習慣了也就成自然，臨別要分手的時候卻又捨不得。Rose 覺得美曉很獨立，這一點上她們很像，對於她的處境，她竟有點同病相憐的感覺。她不太喜歡安得，可能是因為她偏向方吾的緣故，他們究竟是認識近 30 年的朋友。阿倫完全同意她的看法，他也很喜歡美曉。喝完了咖啡兩個女人依依不捨地告別。大家約定等他們走完一圈之後在 Rose 家聚餐。

走掉 3 個人，一下子冷清起來，這幾天來方吾和美曉整天在一起，但他覺得他們之間越來越生疏了，反而美曉和安得的感情和好如初。

方吾，美曉和安得三人在雜貨店裡買了一些食物，在一個公園裡水池邊野餐完畢，就繼續上路，走了好一會才走出這個山城，之間安得問了好幾次路，才問到正確的方向。安得很喜歡和別人交談，問路好像只是一個藉口，每次問完路之後，總要和人談一大輪，談完之後，他已經忘記別人告訴他的路，弄得美曉很不耐煩。她很想在天黑以前趕到一個叫作 Elizabeth 的登山客棧，等到安得問了第三次路之後，還找不到上山路時就很生氣，自己問清楚了方向，就走在前頭了。路並不難走，坡度也不大。她和方吾走了一陣，一面埋怨安得浪費時間，方吾說安得和陌生人很能溝通，這是他的優點，他就沒有這個能耐。

他們在四點多鐘走到了一個山坳，那裡有一間叫做老屋（Maison Vieille）的避難屋，安得說他們必須決定到底要繼續走下去呢，還是在這裡過夜。美曉問了問老屋的管理人，她說從這裡到 Elizabeth 至少還有 3 個多小時的路程。美曉考慮了一會，同意安得的建議，在這裡住下。這一天他們幾乎沒有走什麼路，一點也不覺得累。他們一人叫了一瓶啤酒，脫下鞋子襪子躺在那個對着白朗峰的陽臺下享受下午溫絢的陽光，方吾說難得能這麼早停下來，真有偷得浮生半日閒的感覺。

這是一間山上的農舍改建的 Chalet，屋前屋後都有一塊很大的草坪，他們現在在白朗峰的南面，由於離得很近，看來白朗峰就在眼前，伸手可及。山上有朵白雲，輕飄飄的，就好像女人頭上的一頂白紗帽。你不知道這朵雲從什麼地方來，也不知道它往什麼地方去，但是小小的一朵雲，形象卻千變萬化，一會兒像一隻巨大的水母，

一會兒像隻豹子，一會兒又像一頭雄獅。他想感情就像白朗峰上端的那一絲絲，一縷縷，一團團的白雲，你不知道它從什麼地方冒出來的，你也不知它怎樣消失的，出現和消失是一個連綿不絕的過程，就在這段過程中會發生了千變萬化。

晚飯很豐富，他們三個人幾乎喝了三瓶紅酒。主持這個 Chalet 的是一對三十來歲的夫婦，男的來自美麗的葡萄酒產地 Toscana 地區，女的卻是阿根廷人。方吾問她是不是意大利後裔，她說不是，方吾記得西班牙導演 Carlo Saura 的一部關於探戈的電影。探戈的起源是意大利移民帶到阿根廷的懷鄉曲調。那時候阿根廷是世界上第七大經濟，許多意大利的農民移民到阿根廷。方吾告訴女主人說他曾在西班牙住過一年。她說，那麼你會講西班牙語了，方吾說會是會但講得不好。她就和方吾用西班牙語交談起來，方吾問現在阿根廷的情況怎樣。她說前兩年很糟，現在社會又重新組織起來。雖然錢幣的流通量不大，但大家以貨易貨以服務易服務，開創了一個新局面。方吾說，他很喜歡阿根廷的電影，他不明白在經濟這麼糟的情況下，怎會拍出這麼多富有人情味的好電影，女主人說這可能反映了團結互助相互依存的新的人際關係，人沒有那麼急功近利。談得高興女主人索性坐下來了。安得問她和丈夫是怎樣認識的，她說有一年來這裡滑雪，碰到了丈夫，她愛上了這個地方，也愛上了這裡的人。美曉說這是千里姻緣一線牽，方吾想把「緣份」這個字翻譯成西班牙文，但卻找不到一個適當的字眼。美曉說，即使用中文也很難解釋清楚。兩人都很相信緣份，大概這是中國文化傳統的一部分吧。

吃完飯，他們在屋外站了好一會，很少看到這麼漆黑晴朗的天空，天上的星星特別明亮。美曉在找她的獵戶星座，不論她到什麼地方去旅行，那個星座總跟着她；每次仰頭找到它時，她就感到一個雄偉的男人，在無際的星空中向她俯視，他可能是她理想中的白

馬王子，也可能像一個父親，總之是一個可以依託的男人。安得也找到了他的埃及妖后，他喜歡妖豔的女人，他總把那個像 W 字母的 Cassiopeia 當作 Cleopatra。方吾説他沒有一個屬於他的星座，他喜歡一出現就消失的流星，流星是可遇不可求的。他的一生也是這樣，他刻意追求的東西，他總得不到。美曉覺得他的聲調有些淒涼，在黑暗中伸手過去，默默地握着他的手。方吾歎了一口氣。

他們回到屋內，顯然已到登山季節的尾聲了。整個宿舍只有他們三人。美曉就像平常一樣選擇了上鋪，安得自然也選擇了在她旁邊的上鋪，方吾在離他們不遠的下鋪，躺下。熄了燈後，方吾聽到美曉和安得壓低聲調的喃喃私語。他一向旅行都帶眼罩、耳塞和安眠藥，以便做到不聞、不聽、不言，安然入睡的境界。但是這一次出來卻全忘了帶。那天晚上他確實很後悔沒有帶，最後他似乎終於睡着了。

美曉和安得談了很久都還未有睡意。安得把他的腿伸了過來在美曉的腿上擦動，後來他想整個人爬過來，弄得床吱吱作響，美曉聽到方吾似乎翻身，噓了一聲，輕輕對安得説他好像還未睡着，安得側耳聽了一會兒，聽到方吾平靜的鼻鼾聲，説沒事，他睡着了。美曉不放心還是輕輕地叫了兩聲方吾，沒有聽到回音。這時安得已爬到她的床鋪上，她聞到了他熟悉的體臭，安得沉沉的身體壓在她身上。

方吾好像聽到美曉在叫他，就好像美曉那次叫阿倫的聲調。柔和但似乎又很遙遠，他想美曉不是又迷了路吧，接着他似乎又聽到有人在呻吟，那種像快樂又痛苦的呻吟，然後，那種聲音又轉變成一個像停止哭泣的小孩而又停止不了的啜泣。而那個在啜泣的人正是他自己。

第六天　方吾的苦惱

　　方吾起床時，美曉已在陽臺上做她的柔軟體操。山中的空氣潤濕而清新。方吾在洗手間刷牙，早上的陽光照進來，又是一個晴天，從鏡子裡看到的自己形象並不令他很高興，他明顯地瘦了，兩頰尖削，太陽把他曬黑了許多，原本已經很明顯的滿臉太陽斑更加顯著了。他四十歲面上就開始有黑斑，這是他喜歡作戶外活動，又從來不注意保護自己的皮膚，吸收了許多紫外線的後果。他發現長長的頭髮軟而無力地垂在額前，把頭頂快禿的部分都顯露出來。這幾日來鬍子也沒有剃，黑中帶白令他顯得更蒼老。這樣瘦，原本有的兩個笑起來很吸引人的酒窩也消失了。他有點喪氣。這時安得吹着口哨走進來，他拿出剃鬍子的工具，他總是每天把自己收拾得整整齊齊的，不像方吾一連幾天都穿着同一套衣服，這樣不修邊幅，看來有點自暴自棄。安得也瘦了，他原來臉孔方方的，這一瘦使他看來更英俊一點，加上原本白淨的臉，曬成古銅色，整張臉都散發着陽光的氣息。

　　早飯很豐富，除了平常的麵包、果醬、牛肉、乳酪外還有Musli、蜜糖、酸奶和水果沙律，美曉說怪不得導遊書中說這間Chalet 的食物最好。餐室裡的電視一早就開着，安得一面吃，一面盯着電視機，他很關心時事，對於被伊拉克恐怖份子綁架的人質命運尤其關切，他企圖用他知道的有限幾句意大利語與廚師交換對這件事的看法。方吾覺得很煩，他認為出去旅行是避免媒體轟炸的最好辦法。有一次他在東南亞一個小島上住了三個星期，島上沒有電，自然沒有電視，三星期後回到文明社會，發現這個世界還是一樣，一點也沒有變，不論你關心它或不關心它。美曉催安得快點吃，吃了好趕路，安得說，「Il n'y pas de feu!」還是慢條斯理地嚼着。方吾不

耐煩，回宿舍整理好行李，背了出來，站在陽光下看白朗峰上的雲。白朗峰帶上頂帽子時，可預測將有暴風雨來臨，因為升起的雲團聚集了大量的雨水；如果峰頂的雲像個鱸頭，次日的天氣一定是多雲有陣雨，因這東西兩面同時吹的風形成兩邊的雲層；當白朗峰抽着煙斗時，就會颳大風了，煙霧就是強風揚起的峰頂雪片。

　　他們上路時已快 9 點了。山上的草還沾着露水，在陽光下閃閃發亮，小徑兩側有很多草菇，沒有一種是方吾認得的。肯定有許多是可以食用的。因為昨天到的時候看到 Chalet 的陽臺上曬着很多蘑菇片。他們沿着白朗峰的南面走，這一面與他們熟知的對着萊蒙湖終年積雪的另一面很不同，比較荒涼，上午這段路只碰到了一行五六個人，由一名山上的嚮導帶路。走了約兩個鐘頭，才到達 Elizabetta 避難屋，昨天應該過夜的地方。幸好昨天一早停下來，不然的話可能像第二天那樣，要走一段夜路才能抵達。中午時分上了一個長長的斜坡之後，就到了 Col de la Seigne，已在意大利和法國的邊界上。就像其他的邊界一樣只有兩個國家的簡單標記，以前都是走私人的通道，現在已經沒有人看管了。山上的風很大，而且是徹骨的寒風，三人翻出背包裡的厚衣服穿上，匆匆忙忙在「TBM」石標旁照相留念後就又上路了。他們找了一個地方野餐，剩下的糧食已不多，但背包似乎也沒有減輕重量。現在又走下坡路。美曉和安得並排走在一條石子小徑上，一面走一面交談，方吾怕腳趾甲痛，看到旁邊草坡上有條小路，就走上這條看來是捷徑的小路，踏着腳下的草坡，好像走在地毯上一樣比走石子路舒服得多，走石子路要很小心，一不留神腳尖碰到凸出的石頭時，又會痛一陣。那兩條路開始時還是平行的，走了一陣就分岔了，方吾估量可以從山坡上抄過去，本來想和美曉和安得打個招呼，但他們已走遠了，就想走這條捷徑趕上他們。

　　美曉和安得一邊走一邊談，突然不見了方吾，就停下來，等了一

會還是見不着方吾的蹤跡，美曉開始擔心，她埋怨安得說，你明知他下坡路走得慢，也沒有等等他，安得說，方才他明明在後面的，怎麼一下子就不見了，美曉說好像看他走在草坡上，那草坡上有不少坑洞，不會一不小心掉進草坑裡吧？我們回頭找找吧。安得說，這麼大一個人，不會丟的。我們慢慢走等他就是了。說着又向前走。美曉見安得漠不關心，急了起來，一面回頭走，一面大聲喊：「方吾，方吾你在哪裡？」前面轉彎的地方傳來方吾的聲音：「我在這裡！」原來他已從草坡上繞路過去，抄在他們前面了。轉過彎角看到他正在路上等他們，安得說：「你看我都告訴你不會丟掉的，你急些什麼！」美曉一肚子氣，也不知道是氣誰，安得走到方吾身邊責備地說：「你怎麼亂走，不跟着我們走，走失了怎麼辦！」方吾本想解釋一番，看到美曉的臉色不好，把要講的話也吞了下去，他讓美曉和安得又走到前面去，自己默默跟在後面，他本來心裡就有點不舒服，又看到了美曉的臉色，心中也生氣了。看到他們在前面一個地方停下來休息，也不再理會，超過他們向前走了。

這段下坡路已沒有這麼陡了。事實上他因為生氣的緣故已忘了腳痛，他想走快一點，離他們遠一點，他反正是多餘的一個，美曉有什麼理由生他的氣，他才有生氣的原因呢！走了半個鐘頭，安得從後面趕上來說，我們停下來等等美曉吧，方吾說，我慢慢走就是了，反正你們比我走得快。

美曉知道方吾在生氣，他是難得生氣的人，安得常常說他是沒有脾氣的人，但是生起氣來也是夠厲害的。看到他一個人一聲不發地向前走，心裡有點抱歉，的確，這一兩天似乎把他冷落了，她常常和安得在一起，早上他們停下來喝水的時候，方吾把水瓶拿過來問她要不要，她拒絕了，卻從安得手中接過水瓶，她發現方吾的臉孔一黑。美曉心裡又覺得很煩。的確，三個人走在一起，一切都複雜起

來，如果只有安得和她在一起，他們也會吵，也會生氣，不過也已習慣了。習慣了也就成自然了，不吵反而覺得怪，不過她倒感覺這幾天來安得的脾氣好像好了許多，她生氣的時候他也會順着她。

方吾這時已經走到谷底，沿着一條平路往冰河鎮的方向走。時間已經不早了，應該考慮過夜的問題。附近的一間 Refuge 已在上星期關掉，據 TMB 導遊書上說，他們可在 Ville de Glaciers 找到住宿的地方。方吾獨自走了一段路，心中的氣也漸漸消了，其實也沒有什麼大不了的事。他在冰河鎮入口處等了一會兒，看見安得和美曉走過來就迎上去説：「好像這裡沒有住宿的地方。」

所謂的冰河鎮根本沒有發展起來，只有幾間農村屋子和一間出售當地乳酪的合作社。安得走進合作社裡和一個人談了一會兒出來説，這裡沒有住宿的地方，但合作社裡的人説山上有一個放牛人住的小木屋，小木屋裡有兩張鋪了稻草的木床，可供他們過夜，從這裡爬上去，還有一段路，不過也是在他們明早要走的路程上。安得問他們怎樣，方吾説他無所謂，美曉説這也沒有辦法了。於是方吾到合作社裡買了一公斤的乳酪，又把空水瓶都裝滿了。安得説上面可能連水也沒有，又在水管頭下和美曉兩人簡單地抹了抹身，然後三人又拖着開始疲倦的腳步往山頭跑。

走到山半腰果然看到五六個男人把一群牛圍起來正在擠牛奶，安得和他們打過招呼之後，問明白那個木屋就在不遠外，不過是上了鎖，裡面放着他們的東西，要等他們擠完牛奶，才能上去開門。於是他們只好先上去，找到了那間木屋，附近還有一兩間破屋都不能住人，屋外的空草上到處是牛糞，他們找到一塊比較平坦和乾淨的草地坐下。方吾説他兩年前走青海阿尼瑪卿山的時候，也就是這樣，最慘的是每天傍晚都下大雨，他們帶的當地人的帆布帳幕一直漏水，帶着用來做燃料的乾耗牛糞也全濕了，根本引不着火。結果有好幾

天，連一口熱水也沒有入口，只是在山泉裡汲取一些水，放一片消毒藥片進去。美曉說這有一點像她和安得去露營的那一次，由於到達時天已黑了，沒有把營紮好，只是把營帳蓋在身上，草草睡了，半夜就被冰冷的露水凍醒了。

9 月份在這個將近 2000 公尺的地方一到晚上就涼了，他們穿着全身厚衣服還是覺得很冷，就着涼水，吃了一點剛買的乳酪和剩下的一點乾果、麵包，把晚飯應付過去了。

又坐了一會兒，眼看天就黑齊了，星星已經冒出頭來，才見那夥擠牛奶的人做完一天工作，回來換衣服，然後到半山的另一個木房裡過夜。

這些山裡人都很木訥，大概整天在荒山野嶺與牛作伴，不論天好天壞，是十分辛苦和孤單乏味的生活。安得說以前這個山區的人都很窮，也就是最近幾十年來，由於滑雪運動的興起，才改善了不少人的處境，不過這些擠牛奶的人卻好像還是世紀初的人那樣，過着極為簡樸的日子。他們每年五六月上山，總要等到 10 月中，大雪開始封山之前，才把牛群帶下山，每年趕牛上山和趕牛下山都是村裡的大事，在牛角上戴花戴草，有時還有樂隊陪着是很熱鬧的一個日子。

牧牛人換了衣服，草草地吃了一點東西，就把房子交付給他們，木屋裡很簡陋，有一個堆放雜物的地方，一張舊木桌子上，一根寸來長的蠟燭飄閃着微弱的燭光，並有一盞小石油氣爐，可以煮水，另外就只有一個房間，一張很小的雙人床，一張單人床，床上鋪了一層薄薄的也不知道是那一年的稻草。三個人就着手電筒看了一看。安得問怎樣睡法，要不要抽籤，誰抽到頭籤，誰跟美曉睡。美曉說我才不要跟你們睡，最好你們兩個臭男人睡在一起，我自己一個人睡，樂得清靜。方吾聽安得的口氣，好像在開玩笑，又不像在開玩笑，他想他

到底知道多少。他一定在懷疑，因為這樣有點嘲弄的語調已經不止一次了。美曉有沒有給他暗示過他們的關係。方吾自然不能說他想和美曉睡在一起，他向美曉保證過他不會讓她為難的。他對安得說，我睡小床好了。美曉感激地看了他一眼。才9點多鐘，但除了上床睡覺之外，也沒有別的事好幹，那些牧牛人大概也是一樣過着一早睡覺，一早起床的孤單的生活。

方吾把可以穿的衣服都穿上身，他臨來之前買了一張救生用的鋁紙，那種蓋在身上，可把身上發出的熱力反射回來70%至80%的鋁紙張，一般登山和滑雪的人都帶着這麼一張薄薄的又輕又不佔地方的鋁紙，以防不測。他幾乎是跌進那張深深的木床裡，薄薄的稻草之下的床板「啞吱啞吱」地響着，好像承受不起他的重量，他企圖找到一個比較舒服的姿勢。

美曉趁着安得出去小便的時候，過來給他一個深深的吻，也不知道這算是獎勵呢，還是安慰。這邊安得已經進了屋子，他怕晚上會有人趁他們熟睡之際跑進屋來，他對剛才那幾個粗獷的牧牛人有點戒心。所以搬了一條木柱，把門頂住。他又和美曉商量了一會怎樣睡，美曉要睡外面，所以安得要先爬到靠牆的那邊，他個子大，而床又小又短，躺了進去根本伸不直腳，必須曲起身來，這樣留給美曉的空間就更小了。兩人折騰了一番，總算是躺下了，可是床板硬硬的，很不舒服。三個人就這樣輾轉反側，終於迷迷糊糊睡着了。

半夜美曉尿急醒來，想到屋外去撒尿，一個人又不敢，旁邊的安得卻睡得很香，就這樣等了好半天，聽到對面床上，方吾在翻滾，床板吱吱聲，好像要起床的樣子，她就輕輕叫道方吾，你是不是起床，我也要小解，你等我一起去。方吾聽見美曉已經醒來，就打開電筒，兩人摸到門邊，方吾打開了門，外面的空氣冰涼潮濕。天上有些雲，也有些星星，他伸了一伸酸痛的腰肩，找了一塊地方就撒了起來，美

曉在他後面，他提醒她別踩到牛糞。問她要不要他照明。美曉説你別開玩笑，你自己顧自己吧，方吾小完便，美曉還沒有完事，於是又抬起頭來，想找熟悉的星座。他聽到美曉的腳步聲，她從後面抱住他，柔聲地問道：「你不冷嗎？」方吾道：「怎麼不冷！孤枕獨眠，冷冷淒淒，真是長夜漫漫，那有你們擁着一起睡那麼溫馨……」

美曉説：「別提了！我連轉個身的餘地都沒有！」這時美曉聽到房間裡安得的咳嗽聲，想來剛才她下床時已把他吵醒了。果然回到房間裡，安得就問道：「你們在看星星嗎？有沒有看到流星，許個什麼願？」美曉答道：「冷得要死，你有這個興致，你自己去看吧！」安得想道，反正已經醒了，也就去方便一下吧，省得等一會兒又把人吵醒，於是在美曉睡下來之前趕緊爬起來。他果真在外面看了好一會星星。

第七天　夕陽無限好

長夜漫漫，方吾不知道被凍醒了多少次。終於盼到窗外照進來的一絲曙光。外面的牛群也活動起來，只聽得此起彼落，一陣陣的，都是牛頸上掛着的銅鈴搖動起來發出的鈴聲。阿爾卑斯山上放牧的牛群，都帶着老大的銅鈴，低頭吃草時就響起來，萬一牛在山上走失時，可以靠鈴聲尋找。他爬起床來，很久沒有睡這麼硬的木板床，全身骨頭都好像木板那麼硬梆梆的。美曉也早就醒了，聽到方吾起床也跟着起身，安得也在半醒半睡狀態，但他還想睡一會兒。

方吾打開門出去，原來屋外就有三頭牛在那裡躺着，一頭牛看見方吾出來，爬了起來，走到門口探頭探腦地好想進來，方吾把牠推了出去。

美曉看到牛肚皮下垂着的鼓得漲漲的牛乳頭説：「現在假如有一

杯新鮮的熱牛奶可多好啊！」

方吾說：「等我試試看！」

他看過別人擠牛奶，也不過兩隻手一上一下順着摸牛奶，奶就出來了，似乎並不難。說着就蹲在剛才想進門，看來很溫順的母牛旁邊，依着他記得的方式照做，那頭牛倒也似乎不反對，任他那樣地摸啊，揉啊，捏啊，擰啊，掐啊，但就是沒有牛奶出來。

美曉看了一會說：「你這個是什麼擠牛奶呀！你是在摸奶。要大力一點！大力一點牛奶才會出來！」

方吾又大力一點，還是沒有牛奶。美曉又在喊：「再大力一點！」

方吾說：「這個，這個女人的奶摸過了許多次有經驗，牛奶嘛，還是第一次！大力一點把牠弄痛了，踢我一腳怎麼辦！」

美曉白了他一眼，罵了他一聲貧嘴。接着又想到一個主意說：「你別動我去拿照相機來。」

果然拿了個照相機出來，替方吾拍了幾張裝模作樣擠牛奶的照片。

這時雲霧散了，美曉跑進房裡，催安得快點起床，我們再走兩個鐘頭就可以到一個 Chalet，喝一杯熱咖啡，吃上一頓豐富的早餐。安得呻吟了一下，但想到熱騰騰的早餐也就爬起身來。大家收拾好行李，把身上的稻草拍掉，開始上路。

美曉今天的心情特別好，她昨夜雖然睡得不妥，但是精神卻出奇的好，而且她發覺膝蓋已不再痛了，跑了這幾天下來，就像游長途泳，或跑長途路一樣，氣一順也就不覺得辛苦了。

安得最恨是一早空着肚皮登山，走了一段山路，他就覺得背包越來越重，他已沒有氣力再爬了。他告訴美曉停一停讓他休息一下，他的臉色有點蒼白，方吾還是第一次看到他這樣。美曉問他吃了藥沒有，安得說忘了，那趕快吃些藥，美曉說，又從背包中找出一盒多

種維他命丸讓每人吃了一粒。安得吃了藥又吃了一點乳酪和昨天剩下的幾塊餅乾，胃裡填了一點東西後，感覺上好像好一點，似乎又有了力氣。大約 11 點鐘左右太陽才冒出臉來，他們抵達 2665 公尺的 Col des Fours，再往下 200 公尺就是一間 Refuge，還好沒有關，在那裡終於喝到大碗的熱菜湯，又各人叫了一盤意大利粉。吃飽了肚皮，安得頓時精神起來，又和 Chalet 的管理人談起家常來。

下午的天氣很好，他們走了兩個多鐘頭的山石路，就下了 1000 多公尺，走到有樹林的山谷裡了，這裡一片綠茵，原本只能一個人走的羊腸小徑，現在成為可走吉普車的碎石子路。方吾把沉重的登山鞋，換成輕便的跑鞋，走起來特別輕鬆。4 點鐘的太陽溫和又不熱，三個人難得一起這麼好心情。先是安得牽着美曉的手走了一段路，後來美曉又牽起了方吾的手，她在中間一手牽着個愛她的男人，有點心滿意足。

安得説，再走一個鐘頭就有一個 Chalet 了。他們已靠近 Contamines 這個滑雪山城了，明天只要再走 15 公里坡度不大的路就可以到達他們白朗一圈的開始點，功德圓滿了。美曉説，這次運氣真好，一直幾乎都是好天氣，只有今天早晨下了一點霧雨。雖然有一兩天的路辛苦一點，但也不算什麼。她説明年要爬上白朗峰，Rose 對她説過爬白朗峰不難，只要學會了怎樣在冰川上走就是了。方吾也説，這一圈走下來，發覺自己的體力還可以，趾甲已不再痛了，他發覺只要穿兩雙襪子，再把鞋帶綁緊一點，腳趾甲承受的壓力也就小一點，不過明年還是要買一雙比較好一點的鞋子。安得説，可惜今年再爬這樣高山的機會不多了。10 月裡在 2000 公尺以上就會開始下雪，所以許多 Chalet Refuge 都在 9 月下旬關閉。方吾説，他想在五十歲之前爬幾個山，如非洲的 Kilimanjaro，去尼泊爾的 Anapura 一圈，去走秘魯 Machu Picchu 的 Inca Trail，並且要到西藏繞神山岡仁

波齊走一圈。以後年紀大了，要走也不容易呢。他問安得和美曉要不要一起去，美曉說我才沒有你們這麼有時間咧，要去哪裡就哪裡。你們一起去吧，方吾說，我才不跟一個臭男人一起去呢！安得說他倒真想找一個男伴一起去旅行呢！帶一個女人旅行真麻煩，整天為一些小事不開心。美曉說，那你就去找一個男人好了，以後旅行我找方吾陪我，方吾說最好，最好。安得說那不行，不行。方吾對美曉說，你整天說給我介紹一個女朋友一起旅行，你的諾言一直沒實現，再不給我介紹的話，就要你自己替代了。

　　三個人說說笑笑，在太陽開始西斜的柔和黃昏時分抵達他們將要過夜的 Refuge。由於已有車路可達，這是此區一所設備很好，比較重要的 Refuge。他們脫掉鞋子，叫了一瓶啤酒在陽臺上看着山上的雲。最難的路已經走完了，想起過去一個星期來的辛苦，美曉說，這短短的 7 日卻好像過了一個世紀這麼久，時間被壓縮得緊緊密密的。安得想到等一會可以痛痛快快地洗一個熱水浴，晚上吃一頓豐富的晚餐，又有一張乾淨舒適的床就感到很高興。

第八天　聚散虛空去復還

　　方吾在半夜醒來聽到了淅淅瀝瀝的下雨聲，他想昨天傍晚這麼好的天氣，怎麼說變就變。早上起來時，一切灰茫茫的，白朗峰深藏在雲霧之中。雨雖然小了，但是並沒有停止。安得說他們有兩個選擇，一個是向 Les Houches 方向走，從那裡走一兩個鐘頭就可以抵達 Chamonix，在那裡叫一部計程車就可回到出發啟程的地方。另一個辦法是繼續把這 16 公里的路走完；其實這段路並不難走，只要翻過一個山坡，再向下走 600 公尺就到了，下午可能天氣又會晴朗起來。美曉估計一下只要走五六個鐘頭，下午四點多鐘就可以抵達了。若

不把這最後一段路走完很可惜，三個人商量一下，決定繼續走完這一圈。

他們背上背包，披上雨衣上路，整個景色都在雨裡，青翠的山嶺變成灰茫茫的一片。空氣一下子冷了許多，令人感到淒涼。美曉想到過幾天就是中秋了，今年的夏天似乎一下子就過去了。

他們走了一個鐘頭，雨不但沒有停反而越下越大，路也看不清楚了。美曉在一塊石頭上一滑，摔了一跤，雖然並不嚴重，還是有點痛，走起路來也更加步步為營。又走了一會兒，他們全身都濕透了，美曉覺得很冷，估計山上的溫度只有 10 度左右，她的兩隻手都凍得僵硬了。她有點悲哀地對安得説，我看我們得放棄了，再走下去可會着涼感冒，她伸出手給安得摸摸，果然是冰凍的。一向喜歡堅持的安得也開始動搖。他拿出地圖看了一看，前面不遠處往左轉應該有一條山路，走兩三公里就可通往公路，在公路上我們可以 auto-stop 截順風車到 Argentière 去取車。走了近一個鐘頭，他們終於走到公路上。

三個人伸出大拇指希望有人會停車載他們。但在這個大雨天，看到他們濕淋淋的三個人，又背着一大包行李，沒有人肯停車。他們又等了幾乎一個鐘頭，只等到車輛經過時濺得他們一身的泥水，美曉又冷又餓快支撐不住了。方吾建議他們往前走一段路，走動一下可能沒有這麼冷，轉了一個彎，他們看到一個加油站，加油站裡有賣熱飲料的機器。一杯熱咖啡下肚，美曉才覺得好一些。方吾向汽油站的人打聽到當地一個計程車行的電話，打電話叫了一部計程車，車子載他們走完了這最後一程。

一回到方吾車上，他們就把濕衣服換了下來。不到 6 點鐘天已經很昏暗了，雨還是不停地下，方吾不喜歡在下雨天的黑夜開車，對面來車的高燈，令人刺目，但他又不想讓安得開。回日內瓦還有一

個半鐘頭的車程，他很想快點回家，車上開了暖氣，熱烘烘的令人平添睡意。他開得很快，坐在他身旁的美曉不覺得什麼，坐在後座的安得卻緊張得不得了，再三關照開慢一點，路滑開慢一點，別人開車他總是不放心。

前面的高速公路有個分岔的地方，一邊去日內瓦，另一邊去法國邊境的另一個城市。方吾在想一些遙遠的事情，看到了路標，下意識地減慢了車速正要向右邊駛去時，突然聽到安得說快點向右轉，他一時未聽明白，沒有反應過來，本來已要右轉了，卻以為自己走錯了，腳踩了一下刹車，車突然慢下來，後面緊跟的一輛卡車幾乎撞上來，大打燈號和按喇叭。方吾很惱，要不是安得多嘴，他早就轉到右線道去，但是他忍着沒有說話，又開了一陣，已經快到日內瓦了，又出現同樣的情況，安得當他連路標也不會看，再次指點他。

這次他火了，對安得說：「到底是你開車，還是我開車！」安得被方吾硬梆梆地掃了一句後，覺得喪氣，尤其是美曉並沒有幫他說一句話，的確自己有點多嘴，但方吾開車不夠謹慎，有點心不在焉也是事實。他自己這幾天來心裡總是定不下來。他以前以為他和美曉的關係已經到了結束的階段。的確他也在嘗試找另一個女人。但是這一圈走下來，尤其是當他發覺方吾和美曉之間有着某些關係之後，他發現了美曉的種種優點，他回想這幾年他們一起旅行的一些甜蜜記憶，他突然發現他很愛美曉，他很怕會失去她。他可能再也不能找到一個像她這樣的女人。但現在她就好像已經離開他很遠了，他伸手去摸美曉垂在頸後的髮尾，卻被她扭轉頭避開了。再過 15 分鐘就到日內瓦了，方吾一定先送他回家，美曉並沒有表示要他來過夜的意思，於是方吾和美曉就會在一起了，他們會做些什麼呢？他覺得心裡空洞洞的，他感到自己一下子老了許多，他已完全喪失了對自己的信心。他一直很怕開車失事，發生意外，很奇怪，他現在完全

沒有這種恐慌了，失去美曉似乎變得比其他一切都重要。他想到杜魯福的電影《祖與占》的故事。

美曉知道安得的脾氣，這些年來她也習慣了，每次他們一同出去，她總讓他開車，免得他在身邊囉嗦。但方吾極不耐煩的口氣，似乎不止是為了開車的事，大概想把累積着的一肚子氣爆發出來。這幾天來兩個男人雖然表面上還很和洽，但內心可能不是這樣。安得的話裡常常帶諷刺，她不知道他曉得多少，他也不問她，她曾經告訴他很喜歡方吾，但是僅止於像好朋友那樣喜歡。她說方吾還是一個不成熟的孩子，雖然年紀比她大，卻像個弟弟，絕對不會愛上他的。事實上她當初的確這樣想，不過她今天也不知道為什麼，心裡總是不開心。昨天她走在兩個男人之間牽着他們的手，是多麼愉快，但是今天，在這個大雨天，就像那個山嶺一樣，那白雲青天，一下子全變了。昨天她為即將完成白朗一圈而高興，而今天她卻想這一圈她似乎是走完了，卻又沒有真正走完。

這最後的一段路是乘車完成的，就是差這麼一點點。

今年她四十歲了，別人都以為她很成功。她還年輕健美吸引很多男人，她的事業很順利，她剛買了一套房子，她有一個不錯的男朋友（現在又多了個黑市男朋友，這是方吾自嘲的稱呼），她有很多的活動。她有一個已經長得很高大，很英俊的兒子，兒子對她也比以前親了。一切似乎都很美好，但她並不幸福，她似乎離幸福也就差那麼一點點。她比較她身側的兩個男人，昨天，她看到的是兩個人的優點，今天看到的卻盡是兩個人的缺點。安得缺乏幽默感，做事一板一眼的，很有成見，他決定了的事，總認為自己是對的，有時脾氣很僵，像獨自生活了很久的老人一樣。他需要有一個人照顧他。而方吾呢，她不知道怎樣，總覺得她到現在還不能了解他，他的確有種小孩子的性格，這一方面使他的行為年輕一些，沒有安得那種老

成持重的形象，一方面又好像飄浮不定，好好一份工作，說辭就辭掉了，現在每年回來打三四個月的合同工。他總是說要去旅行，他說世界上還有許多地方沒有到過，他要她請一年假和他一起去旅行，這是他的一廂情願，對她來說是完全不可能的事。她說她需要有她的事業，她得照顧她的兒子，她哪能像他那麼自由。她渴望一個安定的家，年輕時沒有一個安定的家庭給她留下很大的陰影。方吾說，你再給我兩年時間吧，兩年後五十歲我就會定下來。她才不相信呢！她今年四十歲了，對女人來說這是一個很重要的年份。她不能再等兩年。如果她要的話，她還可以成立一個家，或許再生一個孩子。她想到十月懷胎時的甜蜜感覺。如果她必須在兩個男人之間選一個的話，她想她會選安得，因為他給她一種安定的感覺，當初的確也曾想到為他生一個孩子，安得很想要一個孩子，補救他那個弱智的兒子。他會是一個好父親，但是他們之間除了爬山、滑雪等戶外活動外，幾乎沒有什麼共同的文化交流，談不上幾句，她感到枯燥無味，她想他們之間這種不冷不熱的關係也是缺乏交流的反映，她難以樂觀想像真正和他生活在一起的後果。而方吾呢，由於同文同種，他們可以一起談詩，像上次一樣讀《紅樓夢》，他會給她看他永沒有完成的小說，他們兩人對文學和藝術都很愛好，他們有共同的興趣，方吾是一個很浪漫的，常常妙想天開的人，和他一起生活肯定不會枯燥但也不會長久。他想過的還是學生時代，那種波希米亞人的生活。他曾對她說過，他喜歡一首歌的話，他會在唱機上放上千百次，然後他會徹底忘掉。方吾是一個很獨立的人，他自己會煮飯、洗衣服，不需要一個女人。他背起背包隨時可以浪跡天涯，他常常拿些浪漫想法來勾引她，她不能讓自己陷進他的感情圈套裡，他已經把她的生活搞得太複雜了。她不需要這些麻煩事，她對方吾說過，讓我們保持普通朋友關係，方吾說，現在再做朋友已經不可能了，除非時間

能夠倒流。她想到這裡就心煩，她想，這兩個男人都不是她所要的。她或許應該找一個年齡和她差不多，像阿倫那樣的年輕男人。她的前途就像眼前雨中的路一樣迷惘。

美曉看了一眼身邊似乎全神貫注開車的方吾，她想他在想些什麼呢？他就要走了，他說天涼了，他像一隻候鳥一樣要飛到南方去了。他在想他蕉風椰雨的熱帶小島嗎？她突然感到一陣疲倦，好像這 7 日以來所累積的疲倦一下子都湧了出來，她很想好好地一個人哭一下。

方吾也不知道他在想什麼，他好像想到很多東西，卻又好像什麼都不想，他只覺得最後這 15 分鐘的路，好像永遠也走不完似的，時間就停在這一刻，他會在這個黑夜的雨中一直開下去，一直和美曉和安得在同一個車裡，他們好像已經被固定在這個時間和空間裡，再也分不開了。

憂鬱的安第斯

秘魯篇

1

　　大學時代曾一知半解啃了很多書，書的內容大都已忘了，或只留下模糊的印象，但有些書名卻不知為什麼一直忘不了，譬如說去年以 100 歲高齡去世的李維‧斯特勞斯（Levi Strauss）的成名作《憂鬱的熱帶》（1955）吧，這本文筆優美、混合哲學智慧和民族學研究的書被認為是一部經典著作；又如在法國本土很有名氣的作家塞利納（Louis-Ferdinand Céline）的那本代表作《夜之盡頭之旅》（*Voyage Au Bout de la Nuit*, 1932）吧，這兩本書的名字我都銘記腦中，大概是它們都特別耐人尋味。現在想起來也可能是因為我喜歡旅行的緣故，這兩部都是有關旅行的書。這次南美之行又使我想到這兩本書。

　　我的熱帶印象總離不開碧海藍天白雲，金黃海灘上的落日紅霞、蕉風椰雨的風情和「憂鬱」這兩個字絕對聯繫不起來。為什麼斯特勞斯他反而認為憂鬱的是熱帶呢？

從庫斯科（Cusco）到普諾（Puno）的路程有好一段路是沿著海拔約 4000 公尺的的的喀喀湖（Titicaca），在細雨濛濛中看到的，那安第斯山脈上幾百里荒涼孤寂的不變景色才令人感到憂鬱呢。住在 Amazon 熱帶森林裡的土著至少不需忍耐陰潮寒冷的冬天，到處有果子可以採集，不像這裡的一片荒蕪。他為這本書取這個名字的原因到底有什麼含意？難道是在成書的那個年代，他已經預測到土著的熱帶森林和他們的社會結構，難逃被西方功利社會徹底破壞的厄運，因而發出悲歎？

法文的「Au Bout Du Monde」是天涯海角的意思，那麼「Au Bout de la NUIT」又是什麼意思呢？夜之盡頭是生命旅途之終點還是黎明？塞利納在這本書開頭時引用了瑞士衛隊的一首歌：

我們的生命／是一個／在冬天和黑夜中的旅程／我們的路／只能在漆黑的天空中／尋找

在南美走了近萬公里的路程後，半夜在烏斯懷亞（Ushuaia）這個地球最南端城市醒來時，倒對天涯海角和夜之盡頭的聯繫有了一點體會。

想去秘魯已是很久以前的事了，自從在墨西哥看過了瑪雅文明的遺址，總想去探訪一下同樣有名的印加文明。俗事纏身，拖到去年年初才成行。朋友告訴我首都利馬既大又亂，於是我就買了直接去庫斯科的機票。臨走前一天，電視臺報導，那一帶暴雨成災，到處塌方，印加聖地馬丘比丘有上千遊客被困，心中微感不安，但成行在即，也只能聽天由命了。

飛機在庫斯科下降時，這個海拔 3380 公尺的山城（比拉薩低 270

米）籠罩在一片陰霧中。飛機場上停着許多架還在轉動的直升機，想來是剛從馬丘比丘把被困的遊客接了出來。

打的到了預先在網上訂好的客棧，接待我的年輕人把我帶到我要的宿舍房裡。一個人旅行時我一般都選擇小客棧或青年旅舍，最好是可以自己煮飯的。一個人住一間房間沒有意思，不單孤獨寂寞，而且消息閉塞。那間放着兩張雙層床的房間完全空着，我就揀了一個下鋪躺下，享受一下自己終於來到了庫斯科的感覺。太陽出來了，從床頭的窗口照進來，房間裡一片明淨安寧。雖然飛行了一夜，精神還好，也不見有高山反應，隱約記得三毛在她那本關於南美之行的書中（大概是《萬水千山走遍》吧）提到，在庫斯科，她因高山症頭痛若裂，在床上躺了兩天。

其實我對這個城市只有一個模糊的概念，知道它是印加帝國的首善之地，也是去馬丘比丘的門戶而已。有許多人在旅行之前，做足了準備工作，不單定下了路程，而且對要去的地方的人文地理都研究一番。我的問題在於，我從來都不是一個好學生，沒有到過的地方，無論閱讀多少，總是過眼雲煙，一下就忘掉了。

每到一個新城市，都有和一個不認識的女人約會的急不及待心情。稍事休息後，我就問了去市中心的路，不過是 10 分鐘的路程。馬路上灰塵飛揚，兩旁是一般的民房和小商店，並無什麼引人之處。馬路盡頭是一條很陡的只能容一輛車通過的石板街，緊靠着兩三層高、也不知道是什麼年代的舊房子。我想大概已進入老城區。果然走了不到兩分鐘，眼前豁然開朗，前面就是一個大廣場，我已在市中心了。

西班牙的城市不論大小都有一個叫做 Plaza Mayor 的大廣場，而這裡的大廣場卻被稱為 Plaza De Armas，大概可以翻譯為校場或閱兵場吧。後來我發現南美其它國家，也是這樣稱呼他們的大廣場。

這是一個約 150 米見方的廣場，四周被馬路隔開，中間是花園和噴泉。我在廣場中心的一張長椅上坐下。庫斯科被印加人認為是宇宙之中心，在這個風和日麗的日子，坐在這個大校場上也確有在中心的中心的感覺，周圍都是 16 世紀的建築，風格和色彩一致，最雄偉的是坐落在東面和南面的兩座教堂，卻看不到任何印加遺跡。在這個和諧的表面下大概蘊藏着不少血腥的歷史，印加文明怎麼會一下子消失呢？晚上一定要上網了解一下。

　　不時有小孩過來問我要不要擦鞋。一個中年婦人在我旁邊坐下，個子不高，膚色比我還要黑，短短的頭髮，兩隻有點憂鬱的眼睛。她問我來自何方，我答道，中國。她問我會不會講卡斯蒂亞語，我點了點頭，我們就交談起來。很少見到中國人，她說。我來自香港。哦，香港很漂亮，有很多高樓大廈，我在電視上見過。我轉而問她，你是這裡人？我家在烏魯班巴，離這裡不遠。家裡還好嗎？不好，大水把房子沖掉了。我沉默了一下。聽到人家的不幸，我總不會講兩句安慰的話。你剛來吧？你運氣好，沒有碰上前幾天的大雨，你看，她指着廣場周圍的山坡，到處都在塌方，遊客都嚇跑了。我才發覺山坡上很多地方都像打了補丁的衣服，被大塊大塊的藍色塑膠布遮起來。她從一個背袋裡掏出一些帶着護耳的毛織傳統印加帽子說，你看，這些帽子是駝羊毛的，只要 3 美元，你是我第一個顧客，2 美元賣給你。我說，剛到，不想買東西。她盯了我一眼，憤憤不平地說，你看我腳上的鞋子，身上的衣服都是中國貨，我們買你們這麼多東西，你連一頂帽子也不肯買。給她這麼 ·說，我真的感到有點內疚，從袋裡摸出錢來，乖乖地買了一頂。帽子摸在手上還算柔和，但肯定不是羊毛的，說不定標籤上寫的也是中國製造。我問她會不會太大，她笑了一笑接過帽子替我戴起來，你看不是剛好嗎？你戴着還真像一個秘魯人呢。

　　晚上我在客棧上網查了一下關於印加帝國和庫斯科的資料，大

略有了一些了解。印加人原是聚居在庫斯科地區的一個部落,他們在 13 世紀開始發展成一個以庫斯科為中心的城市國家(City State),1438 年在首領 Pachacuti 的領導下才開始了一連串的征服,逐漸形成了一個帝國,在第 15 代王瓦伊納卡派克(1493-1525 年)統治下達到頂峰。那時的帝國包括現在的厄瓜多爾、玻利維亞、阿根廷和智利的一部分。就像羅馬人一樣,印加人也是築路專家。由於帝國是由以庫斯科為中心的東南西北四個地區組成,印加人稱其為四方之國(Tawantinsuyu),條條大路通首都,庫斯科也因此被認為是世界的中心。卡派克死後兩個兒子爭奪王位,引起內戰,元氣大傷。1532 年西班牙征服者(Conquistado)皮薩羅(Francisco Pizarro)帶領不到 200 人趁虛而入,誘殺了印加王,帝國隨即崩潰,從全盛到滅亡不到 10 年時間。估計全盛時代的上千萬人口,由於戰爭和西班牙人傳入的天花,在短短幾年內死去了百份之九十。

讀到一個龐大的帝國在短短時間內滅亡的經過總是令人震撼的,而歷史的殘酷和偶然,也不由人不再三感歎。

哥倫布發現新大陸為歐洲帶來了財富,為美洲土著帶來的卻是毀滅性災難,被消滅的不單是印加文明,還有瑪亞文明。繼承瑪雅文明的 Aztec 帝國在 20 年前,即 1521 年,也是在一連串不可思議的因素推動下,被西班牙征服者 Hernan Cortes 帶領的一小批人馬滅亡。

怎麼一小簇人能改變整個美洲的歷史?中國人的說法這是定數,而定數之中卻存在着許多偶然,一個偶然因素導致了另一個偶然因素的出現。哥倫布當初並沒有想到他會發現一個新的大陸,他只是想找到一條通往印度的新航線,以擺脫阿拉伯人對香料之路的把持,怎知誤打誤中卻讓他發現了美洲。他的好運卻是美洲原住民的惡運,帶來了歷史上最大規模的人口滅絕,也不能不相信天命如此,在劫難逃。

半夜，滴滴答答地下起雨來。籠罩在臉上的是稀薄冰涼的高原空氣，我蓋着四張沉重的毛毯，還是感到古老大屋裡那種滲骨的陰寒。

5

我又來到大廣場上，經過昨天晚上在網上的惡補，此番坐在廣場花園的長櫈上又是另一番體會。這個廣場在印加帝國時就存在，當時的廣場比現在幾乎大一倍。環顧周圍在印加遺址上建造的 16 世紀殖民地建築，矗立在一個臺階上，帶着濃厚巴洛克色彩的大教堂，是建在印加王 Viracocha 皇宮的遺址上，於 1550 年始建，100 年後才完成。傳說建造過程中有一個印加王子把自己砌進教堂的隔牆中；印加人相信有一天牆會崩裂，王子復活，印加王朝復興。一次大地震時，很多人以為大教堂會塌下，這個預言會應驗，結果都失望了。位於東南面，1570 年建造的耶穌會教堂是建在 Inca Huaya Capac 皇宮的遺址上，這個被稱為蛇宮的建築據說全用真金包裹，金壁輝煌，是印加皇宮中最美的一個，但這些都被西班牙人摧毀了。皇宮和神廟裡的金子也被運回西班牙。

西班牙人在庫斯科閱兵場上隨後建立起來的一群建築還是可觀的。這個城市的美麗和諧是因為它沒有高樓大廈，整個市中心保留着統一的風格，不像中國的幾個歷朝古都，不論是杭州、南京和北京城都已完全變了樣。

有人說西班牙的統治能在短短時間內在新大陸紮根、擴大和鞏固，主要由於他們有系統地把印加人的物質和非物質文明全部消滅了。隨着征服者接踵而來的是傳教士。當時統治西班牙的一對天主教皇帝和羅馬的教宗看到一下子有這麼多的化外之民可以教化為上帝的子女，真是高興得不得了。

但另一個主要原因可能在於它的移民性質,不同於英國人採取的隔離政策。西班牙移民都是單身男人,他們和當地女人通婚生養下一代,很快地形成了一個稱為 Mestizos 的混血人口,現在除了阿根廷和智利保持着佔多數的純歐洲人血統,及墨西哥、秘魯和玻利維亞等幾個國家的多數印第安人血統外,拉美國家的人口大多數是混血人口,因此在身份的認同上不免有些迷茫。印加文明已經消失了,當地的居民再也不稱自己為印加人,他們是克丘亞人(Quechuas)或講克丘亞語的秘魯人。現在庫斯科不再是印加帝國的中心而是世界各地遊客的朝聖中心。

昨天我到市政府的旅遊局問了一下馬丘比丘的情況,接待小姐告訴我,情況很糟,大概一兩個月內開放不了,要看印加古跡的話,離開此地 30 公里的聖谷那一帶倒有好幾個重要遺址。庫斯科本身也有一個,就在大廣場後面的山頭上。我聽從她的建議買了一張景點聯票。

早上醒來,天氣好像不錯,決定先去看看那個叫 Sacsayhuaman 的遺址。我沿着大教堂後面一條小路,走了約 20 分鐘,就到了入口處。我掏出聯票,看門人剪了票又給了我一張簡圖。通過一大片空曠的平地後,就可以看到一層又一層用巨大無比的石塊建成的高牆。想來這就是印加人的堡壘了,是用來保衛庫斯科城的吧。據說,庫斯科整個城市的設計就像一隻美洲獅(Puma),而獅子的頭就是位於這個小山頭上的堡壘。在西班牙人佔領庫斯科兩年後,發生了印加王 Manco 的起義,他佔領了這個堡壘,和西班牙人打了一場你死我活的戰爭,結果還是被打敗了。在這場戰爭中堡壘受到很大的破壞,幾座高塔都被毀掉。但還可以從遺留下來的斷垣殘壁和廢墟中看到當時的雄偉。

庫斯科城裡,原來的印加建築都被殖民時代的建築掩蓋了,只

有幾處還能看到大塊的石牆。在這裡卻可以看到一部分比較完整的原貌。想來這麼巨大的工程，所需的人力和時間一定不少，至今還沒有人知道當初怎麼把這些巨大的石塊從遠處運來和堆砌起來。最大的石塊幾乎有 3 噸重。西班牙人把城牆高層的石頭都拆了去蓋房子，卻搬不動底下的大石，因而遺留下來。

天色一下子陰沉起來，不時下幾滴雨，遊客也不多，我在城牆的部分兜了一圈，拍了幾張照片。又看了幾處廢墟，已到中午時分。等我在太陽門的附近找了一塊大石坐下來時，天又放晴了。背包中有早上買的一瓶水和一包餅乾，我草草吃了。熱太陽照在身上很舒服，索性躺下，以背囊為枕，頭上白雲悠悠，不由得感到自由自在，歷史雖然沉痛，到底離我很遠。想到網上的導遊書上說，庫斯科是世界上紫外線最強的地方，想來臉上的太陽斑又要加重一點，也不理會這麼多了，把帽子往臉上拉下來，閉上眼睛。也不知睡了多久，只覺得身上涼涼的，也就醒來，頭上又是一片灰雲，剛才的好太陽不知跑到哪裡去了。

昨天傍晚我的房間來了一個同房。這位仁兄，一頭金黃的長頭髮在頸後紮了一條馬尾，身上衣服花花綠綠，那裝束倒像我 60 年代在三藩市碰到的嬉皮士，一問果然是美國人。他告訴我剛從亞馬遜河的 Iquitos 飛過來，他是研究草藥的，常到森林裡採集標本，過幾天還會回去。我問道你這樣一來一去，一下子在高山上一下子到森林中能適應嗎？不怕，我有自己配製的健身藥，說着從枕頭底下拿出一個小瓶來，打開蓋子，喝了一口，遞給我。我搖搖頭。他也不堅持，只說道，我這藥是用安提斯山上的草藥加亞馬遜河熱帶森林中的草藥配製的，很管用。明天我還要到街市買些山上的草藥帶回去。他這樣一說倒提醒我要去看看這裡的街市。我喜歡街市，我想不單是因為它是我童年回憶的一部分，也是由於街市多姿多彩，可以聞

到當地氣息，充滿人情味。

　　街市就在大廣場附近，是一個很大的長方形建築。從靠大街的那道門進去，首先看到的是賣家用雜物的檔口，也有些衣服和手工藝品。之後是賣五穀乾糧和菜蔬的檔口。這裡的新鮮菜蔬種類不多，主要是南瓜、蠶豆、蕃茄、牛油果，和其他各種豆類。秘魯人的主要糧食是玉米和馬鈴薯，印加人時代就以其為主食，此外還有大米、小麥、藜麥（Quinoa），都裝在大大的塑膠袋裡。再過去一點是賣肉的攤檔，牛肉、豬肉和羊肉都有，大概也有羊駝肉，但我也不會分辨。另外還有賣雞鴨的檔口，雞肉是這裡最便宜的肉類。

　　我對水果特別鍾愛，可以不吃飯，但一天不吃水果的話，就會感到渾身不舒服。市場裡的水果攤上擺着形形色色的熱帶水果，大概都是從亞馬遜河域那裡來的。香蕉特別便宜，一個太陽（秘魯幣 Sol）就可以買一大梳。這裡的木瓜特大，說它有冬瓜那麼大也不算誇張。我揀了一個最小的，但也比我們亞洲的大兩三倍，大概是品種和水土不同的緣故吧，大雖然大，味道卻馬馬虎虎，芒果也是如此。

　　最後我才看到幾檔賣草藥的。有根有莖，有樹皮、樹葉。有的已曬乾紮好，也有新鮮採來的。我也看不出究竟，不知裡面有沒有我們中國也有的品種。結果我買了一小包古柯葉回去泡茶，這是印第安人的神藥，在其他國家是禁止的，想不到竟有如此收穫。

　　下午我從太陽路的一家博物館出來時，見到一個擺滿了色彩美麗、圖案精致的手工紡織品的櫥窗，抬頭一看，招牌上寫的是庫斯科傳統紡織中心。

　　早在 20 多年前我和 M 到貴州的一些苗族寨子採訪，在那裡我們發現了多姿多彩的苗族刺繡和織錦，後來她又去拍了幾部人類學紀錄片，並開始收藏一些紡織品，越來越發覺，這些傳統服飾裡蘊藏着極其豐富的文化內涵。

我也聽説過南美的一些民族也有很悠久的紡織傳統。偶然碰上，當下就推門進去。這個中心約有五六米寬，十來米深，周圍靠牆的架上陳列着一些紡織品，後面那部分有幾個穿着傳統服裝、年齡不等的婦女圍成一圈，席地而坐，她們身上都套着腰機，另一端的經線結成一簇，綁在中間的一條大木樁上，正在專心一意地工作。這種腰機是最原始最簡便的紡織工具，我在貴州、老撾和柬埔寨都見過，好處是輕便隨身可帶，但只能織腰身那麼寬的布，全靠腰力把經線繃緊；緯線根據不同的顏色由細竹條隔開，紡織娘左右來回穿梭後再拉緊。一件紡織品的好壞，就要看成品的密度和其力道是否用得均勻，另一個難處在於花紋是全憑記憶織出，當然還有顏色的配搭等等。我得到她們的允許，拍了幾張照。

　　櫃檯的年輕小姐説，這個中心由附近九個社區以合作社形式成立，已有好多年了。庫斯科有很優秀的紡織傳統。以前年輕女孩從小就在家中跟媽媽學，便宜的工業紡織品出現後，傳統紡織因失去市場而沒落，有心人眼看懂這門手工藝的人愈來愈少，就要失傳，在附近村莊裡設立了合作社，培養新一代。這些年來，隨着遊客的增加，產品銷路的好轉，紡織工藝又復活了。

　　聽了介紹，覺得倒是值得贊助，決定買他一塊。年輕人揀了一些出來供我挑選。每一塊上都有標籤，上面有織者照片，寫着姓名、年齡、來自哪個村落，並標明了尺寸價錢，用的是羊毛或是駝羊毛，並一律強調用的是天然染料。每一張都很精美。我猶豫不決，終於選擇了一張羊駝毛長方形披肩，要 150 美元，貴了一點。小姐説不貴，織這樣一塊，要花一個月的時間，想想也有道理，便買了下來。從中心出來，經過一家旅行社，我買了第二天去聖谷的票子。

　　等到那部 30 人座位的巴士坐滿開出城外時已過了 9 點。早上的霧散了，天氣卻也晴朗。導遊講了一下今天的行程，車裡有一半是來

自南美國家的遊客，一半來自其它地方，他得先用西班牙語講解，之後再用英語。他說聖谷是聖河烏魯班巴（Urubamba）河谷一帶的幾個印加遺址的統稱，由於塌方緣故，我們今天只能去三個地方。第一個景點印加小城披薩克（Pisac），是通往馬丘比丘路上的一個要塞。這裡每逢周末有一個很大的集市，多姿多彩，可以買到許多手工藝品，可惜今天不是日子；鎮裡本來有些古跡，最近也被大水浸了，我們在鎮裡也不停留了，直接去看山上的古堡遺跡。

不久到達批薩克城，果然見到路上都是泥濘，有好幾處房屋塌了。車子開過了大街轉進一條泥石路，約兩三百米光景，停了下來。導遊說，到了，大家下車，記得帶水和帽子，這裡過去還有一公里的上坡路，不用急，跟着我就是了。下車的地方有幾個賣飲食的攤檔，有些人趕快買了一些飲料。

這是一條可容兩個人並排走的小徑，也不難走，一路上已可以看到對面山坡上，印加人用石塊堆砌出來，整整齊齊的梯田。聖谷這一帶雨水充足，氣候溫和，原是印加人的糧倉，至今還是重要的農業中心。又走了一段路，就到達了一片廢墟。導遊開始介紹這個遺址的地理位置和歷史淵源。他侃侃道來，認認真真，倒也不是一般敷衍了事的導遊。他講了一個概況後，就帶我們逐個地方看，指指點點，如數家珍，看來是有點真材實料的。他指着一塊石頭說，印加人就像羅馬人一樣是偉大的工程師、建築師，不但建造了縱橫印加帝國的許多道路，他們的石頭建築也極有講究。你們看這些石牆，當時沒有水泥，這些大塊大塊石頭都是要預先鑿好之後堆砌上去，石石相扣，嚴緊無比。在庫斯科許多教堂都是建造在印加人的石牆基礎上，多少次大地震，上層的建築都受到破壞，根基一點也沒有動搖。不但如此，他們的建築也體現了他們的宗教和宇宙觀，譬如說，他指着一旁一塊大石說，這塊大石的兩邊都刻出三個梯級，這三個

梯級就代表天上人間和地下這三個境界。一般的印加遺址都有這樣一塊祭祀用的石頭。

　　導遊大約有四十來歲，中等個子，由於當地人的膚色較黑，很難看得出他們的年齡。旁邊的澳洲人說他的講解又比導遊書上看到的生動有趣得多。

　　吃完午飯趕到了奧揚泰坦博（Ollantaytambo）已是下午兩點多。這是一個三面環山的小鎮，車子直接開到谷底。只見迎面的山頭，開發出是一層又一層約一層樓高的臺階，臺階約 5 米寬，之間又有梯級相連，從下到上有好幾百級，兩側是環抱的石巖。導遊帶頭走上去，走到一半，停了一下。等到後面的人喘着氣趕到，他又往上跑了，走了 20 分鐘才到頂，果然另一番氣象。上面的臺階分為三個部分，正中對着下面的城市，南邊是神廟所在，全由大塊大塊，打磨得平滑的石頭砌成，北邊的喪葬區都是墓，用的石料就沒有這麼講究。

　　人在峰頂，居高臨下，下面的道路廣場和房屋結構一覽無遺。到處是梯田和建在高處的糧倉。再望左前方，只見另一個比我們站立之處更高的山峰巍然而立。

　　這一段路爬得辛苦，倒也值得。導遊等人都到齊了，就開始講解，指出這裡和庫斯科、馬丘比丘位於同一條軸線上。這三個城市都建在山明水秀之地，自有一股皇家氣勢，印加人在選擇他們建城地址前，顯然對天文地理都先有過一番研究。聽他娓娓道來，好像印加人和我們中國人一樣，也很懂得風水。他又從背包裡掏出一本書來，是美國一個大學教授所著，引經據典，證明他所說不是空穴來風。也真不能小覷這個導遊，不但講得一口流利的英語，而且有真才實料，講解起來音容並茂，可以當一個大學教授。

　　他把整體的形勢說明之後，就帶我們仔細地看神廟的部分。印加

人就像許多的原始民族，是個靠天吃飯的農耕社會，大自然的太陽、雨水、大地，都是他們的神，尤其是太陽神，他受崇拜的程度比宇宙之神還大，每個城市都有太陽廟，都有一道太陽門，而它的位置必定是在日升或日落時太陽穿越的地方。不過，這個神廟雖然規模不小，只要看那道牆上並排豎起的 6 塊大石，每塊都有好幾噸重就知道了，卻因為戰爭的原因，一直沒有完成，還有許多大塊石頭散落在周圍。

導遊說從這裡到馬丘比丘不過 40 公里左右，公路在再過去 10 公里處就斷了，只有一條沿着烏魯班巴河的鐵路可通行，否則就要走 4 天的印加小徑才能到達。如今由於大雨引起的塌方，這兩個通道都關了。想到馬丘比丘雖然近在眼前，卻失之交臂，認真可惜。

欽切羅（Chinchero）是在回程路上，我們到達時已經傍晚，導遊先帶我們參觀村裡的紡織中心。這裡的羊毛和駝羊毛手工紡織品特別有名。我在庫斯科紡織中心買的那條正是來自這個小城。合作社裡有四五個中年婦女在照顧。屋內架子上放着一些大大小小的織成品，都標明了價格。價錢比較貴，遊客的興趣不大。那些婦女倒也不堅持，我發現，她們都很矜持，不興和人討價還價。

一個高個子穿傳統服裝戴一頂扁圓大氈帽的漂亮婦人過來，領我們到天井坐下，有人捧上古柯茶。她在一張矮櫈坐下，她面前的地上放着十來個碗鉢，裝着各種顏色的小石塊和粉末，旁邊還有幾簇植物。她說，當地織品的一個最大特色是，都用天然礦物和植物顏料染成的，不單色彩柔和，而且有層次。說着她把一撮白羊毛放進一個小罐裡，浸了一下，用鉗子夾出來時，已經變成深藍色。她指着一堆綠葉說，這是我們最常用的染料。我看了一眼那葉子，看來好像是板藍根。這種植物在亞洲到處可以找到，做成染料，在中國我們稱為藍靛，是雲貴一帶蠟染的主要原料，想不到這裡也有。她把另一撮羊毛放進另一個罐裡，夾出來時變成了黃褐色，她指着

一個碗裡的黃色粉末說，這是用一種植物的根莖曬乾了磨成粉製成的染料。我拿起碗來一聞，有點黃薑的味道。接着她又從一個碗裡拿出一粒比印度小扁豆還要小的灰白色顆粒。她說這是我們最矜貴的染料，不單用來染羊毛還用作化妝品，說着，把它用手指捻開，蘸了點水，塗在嘴巴上，頓時兩片口唇像塗了唇膏一樣嬌艷，在兩額塗了一點，就像抹了胭脂一樣。她說這是一種介殼蟲，在印加人的織品裡是不可缺少的染料。我問她是不是叫 Cochineal（胭脂蟲），她看了我一眼，點了點頭。其實我也是第一次見到。我從碗裡拿出一粒來，仔細看了一下。記得在吳哥窟旁邊的小鎮 Siem Rep 參觀過一個日本人辦的傳統紡織作坊，主人告訴我，他用的粉紅色，就是用一種叫做 Cochineal 的昆蟲染的。這種昆蟲很難得，可以說是染料中的貴族，只長在一種特別的樹葉上，為此，他在種植桑樹的林子裡留下一片地來，種這些樹。他對天然染料很重視，他認為，一件織品不論織得多精細，如果不是用天然染料，也就沒有意思。他說有些人批評天然顏料的織品，容易褪色，不能保證品質，不論是保存和清潔起來都不易。我記得的確聽過這種論調，在永珍有一家美國人 Cassidy 開的，很有名的招牌店就認為這樣，這家店用傳統方式織出的絲織品不單精細，而且圖案和顏色配搭得很好，都是精品，但就是缺少了一點靈氣。泰國的一家名牌店的產品也是這樣。他說他們不明白，天然色彩是一種活的色彩，就像人一樣也會隨着年齡變得更柔和，更有情調，更富有一種 Nuance，而且會隨着光線變化。

女人把三個基本色彩講解完已用了十來分鐘，我聽得津津有味，有些遊客眼看天色不早，有點不耐煩了。默默坐在一旁臉帶倦容的導遊站起來說我們現在去參觀大教堂吧。

一群人跟着他，穿過一個廣場，沿着一條小徑往上跑，偶然回頭，只見落日把天邊渲染出一片紅霞，就像 Chincero 女人臉上塗的胭脂。

聖谷看完了，馬丘比丘又去不成。聽説的的喀喀湖濱的普諾有一個節日，這個城市正好在我路程上。一早我就在雨聲中醒來。等我坐上長途客車，混在各色各樣的旅客之間我感到一種特殊的興奮，因為我又上路了。旁邊的位子一直空着，車子快開了，才見一個中年女人陪着一個臃腫的老太太上車，原來就在我旁邊。老太太坐下，看來像是她女兒的婦人把一個袋子遞給她，又囑咐了幾句，等到車子啟動時她才下車。

一離開市中心，路邊都是一排排灰撲撲的簡陋民居。天又下起雨來，看着打雨傘的行人，令人感到份外凄涼。就是這樣，我帶着一些遺憾又帶着一些希望離開庫斯科。我每離開一個地方或一個人都有這種遺憾，這一次的原因很明顯地是因為我沒去成馬丘比丘。我帶着希望，是我還會回來。我想我基本是個樂觀的人。

旁邊的老太太在啜泣，我問她是不是到普諾去。她好像對我這個陌生的外國人有點警惕，把放在膝蓋上的皮包往懷裡又抱緊一點。看來她不常一個人出門。

車子停了幾個站，又上下了一些旅客，雨還在斷斷續續地下着。中午時分，老太太從袋裡摸出一些吃的，我也從靠站時上車兜售的小販手中買下一份午餐。塑膠袋裡裝了半條粟米和一塊乳酪，只要一塊錢，許多人都買了，這顯然是旅途中的典型食物，味道馬馬虎虎。反正誰也不講究，吃飽就好。

雨越下越大，不少地方積水，浸過了路面，連路也看不清，司機得慢慢涉水而過。公路兩旁種了一些農作物，我能認出的也不過是玉米、蠶豆和開着紅白花的馬鈴薯而已。還有一片紅紅的應該是藜麥。在這裡能種的只有幾種耐寒的作物。

有時候雨停了，遠處的山坡上有一大群灰白色的動物，看牠們靈活的姿態，可能是駱馬或駝羊。灰色的天邊出現了一抹藍，給人帶來

一些希望，但轉眼之間消失了，淡淡的灰色變得更濃，雨又滴滴答答下起來，水氣濛濛，竟是越來越荒涼。路旁的一灣水越來越寬，也不知是河是湖。水天一色，說不定已在的的喀喀湖邊了。這裡的海拔應已接近 4000 米。凍雲黯淡天氣在逐漸來臨的暮色中更顯得憂鬱了。

傍晚時分，汽車沿着一條逶迤而下的山路，慢慢開進普諾城時，雨倒停了。

普諾的守護者是手持蠟燭的聖母，每年 2 月都為她舉行長達兩星期的慶典。離我旅館不遠就是那間教堂。教堂的門扉大開，裡面兩側有許多聖人像。聖經裡教人不要拜偶像，但哪一間教堂裡沒有十幾個聖人和聖女在那裡供人朝拜？就像中國廟裡的神佛一樣，有些聖人肖像前供奉的鮮花和蠟燭特別多，大概特別靈驗。其實民間宗教的世俗化是很可以了解的，很多人對形而上的深奧神學理念不一定有興趣，人都需要一個能夠引發自己想像力的形象，最初人們崇拜的是大自然裡的太陽月亮，山河湖泊，後來我們的偶像是滿天神佛，是上帝耶穌是聖人貞女，現在卻變成了電影體育和社交明星。

這個教堂裡的主要人物顯然是祭壇上的 Candelaria 聖母，她是拉美最受崇拜的聖母之一。頭上戴冠手持蠟燭的聖母原籍加那利群島。早在西班牙人到來之前 100 年，兩個牧羊人，在海灘上看到這尊黑臉孔的女人像，一手抱着嬰兒一手持着蠟燭。這尊像在顯靈之後，被送到一個山洞裡被當地人當作女神膜拜。後來西班牙人征服了這裡，指鹿為馬，說這是聖母瑪利亞，稱其為 Virgen De La Candelaria，也就是說持蠟燭的聖母，為她建了 間教堂，並封她為加那利群島的守護聖人。她之成為普諾的守護聖人傳說，是因為大約在 1700 年發生了一次印加人的反叛，把普諾圍起來，城裡的人抬出聖母像，以振聲威，後來印加人退離，普諾人認為是得到了該聖母的保護，在每年 2 月她的吉日大肆慶祝。這就是這個節日的來源。

現在教堂裡的聖母像不過是無數的拷貝之一，在複製過程中她的臉孔也被漂白了。

　　天主教崇拜的聖母何其之多，尤其是在拉美，幾乎每一個城市都有自己的版本，都是瑪利亞的化身。拉美人對於聖母的崇拜顯然勝於對耶穌的崇拜，並且似乎也包含另一層的意義。他們的聖母不單是耶穌之母，也是那個孕育大地之母，綜合了他們原始宗教對土地娘娘（Pachamama）的崇拜。天主教教士是緊跟着征服者的足跡來到拉美，天主教在拉美的迅速傳播，當地的原來信仰被西班牙人有系統地消滅後，形成了真空是一個原因，但天主教教士也發現，容納一部分的當地傳統信仰也更利於他們傳教。

　　到了普諾似乎一定要到的的喀喀湖上一遊，看看烏魯斯人和他們所居的浮島。這個海拔 3860 米，位於秘魯和玻利維亞之間的湖泊是世界上海拔最高的可航行湖泊。它的名字讀起來特別有節奏感，令人印象深刻。船開了 20 餘分鐘，就看到了幾個小島。我們的船靠上了其中一個。踏上小島有一點走在一張水床上的浮游感覺。所謂的島其實小得可憐，不到一個籃球場那麼大。中間空曠的地方，放着兩三張木板長櫈，周圍是幾間用蘆葦搭的小屋。一個中年人請大家坐下，介紹了一下烏魯斯人的歷史。這個民族老早就存在，一向住在湖周圍，被印加人征服後，為了避難才在湖中築島而居，靠漁獵維生。傳說他們祖先的血是黑色的，所以不怕冷，在嚴寒的冬天也能在湖上生存。不過現在已沒有純種的烏魯斯人了，他們都是和艾馬拉（Aymara）人的混血。

　　接着他又解釋了浮島是怎樣建造的。一面講一面指着面前紮得結結實實的蘆葦根示範，先是用湖中有浮力的蘆葦根紮成一塊塊一立方米大小的根基，之後連接起來，達到一定面積後在上面鋪上一

層層的蘆葦葉。蘆葦是湖中採之不盡的原料,他們用它來築島,建房屋,造船,煮飯,蘆葦葉嫩的部分還可以吃。可以説衣食住行全靠這種叫 Tortora 的蘆葦。一個島上一般只有四五戶人,有時候他們會把幾個小島拉攏,合併成一個較大的島,如果相處得不好,又隨時可以把他們自己那一塊地割開,拖到另一個地方。

我用了不到 5 分鐘就在在島上轉了一圈,到其中一間屋子張望了一下,裡面只有一張床墊子,沒有其他家具,真正的家徒四壁,也不見他們養上幾隻雞和鴨。我懷疑晚上等遊客走後,他們是不是也回到普諾城裡過夜。

接着我們搭上了烏魯斯人的蘆葦船到另一個島上參觀。這個島比剛才那個大 20 倍有餘,上面有教堂、學校、餐館、咖啡館和商店,倒是真正住人的地方。和我們同船的一對法國夫婦帶着兩個孩子,要在島上的民居住一晚,領略一下在島上過夜的滋味。

回程時,夕陽照在湖面,為湖水添了幾分顏色。在日內瓦住久了,我對湖還是有一份感情的。

住在沒有廚房可以使用的旅館,飲食都是一個每日都要應付的問題。我喜歡在臨睡前喝一杯熱飲。我也不想整天在外面吃飯,為了這事我傷了不少腦筋。回到旅館我再也沒有問店主人討開水,不想看他的臉色,直接回房去了。

我從背包裡拿出了剛才買來的小電棒熱水器,一個有柄的不銹鋼杯子,都是中國製造,還有一包麥片。在以後的日子裡,我常常用這種方式解決晚餐。先用杯子泡一壺茶倒進塑膠水瓶中,再次把水煮沸,加進麥片,把我從香港帶來的一大包用來泡茶的枸杞,放一點到麥片裡,就解決了一頓。晚上吃飯的時候,在一天的活動結束之後,是最容易感到旅途寂寞的時刻,但我情願獨個在房間裡也不願到外面的餐館用餐。

　　第二天一早就聽到鑼鼓聲，我匆匆忙忙吃了早飯出門，街上已經聚集了一大堆人。不知從哪裡一下子冒出這麼多人來，都化了妝，穿上了刺繡得美奂美輪，上面綴着彩色珠片的衣服，有些男人穿着看來沉重無比的服裝，手裡拿着面具匆匆地歸隊。9點多鐘先行隊伍已到大教堂附近，聽說還有些隊伍，還在兩公里外的足球場等待出發呢。昨天還疏疏落落的隊形，現在密密麻麻。每一隊之前，有人舉着錦旗，標明該隊人馬來自何方。有些標明城市有些標明是屬於哪一個行業的。我早聽説過，在的的喀喀湖這一帶有一種叫 Diablade 的魔鬼舞，我想大概就是這種形狀的扮相。後來我在網上查了一下，發現關於這種舞蹈的來源還有好幾種説法。秘魯人説這是他們的民間舞蹈，用來表示對當地神祇的崇拜；玻利維亞人説是他們的國舞，來自 Potosi 的礦工，而且被教科文組織立為非物質文化遺產。也有人説是從西班牙引進的，之後與當地的一些傳統舞蹈結合，總之傳説紛紛。很可能是一種綜合了各種來源，慢慢演變出來的一種舞蹈。這種舞蹈是一種宗教儀式舞，有一套故事。我在遊行隊伍裡就看到了眾多扮相，有些像龍和麒麟的樣子。不單是面具而且身上的裝束也好像一節一節的龍身，有些面具是人的臉型，上插羽毛，有點像湖南貴州一帶的地戲的扮相，顏色鮮豔，造型誇張，很有藝術性。只見一隊又一隊，載歌載舞地過去，色彩繽紛，看得人眼花繚亂。蠟燭聖母節原本應該是一個天主教節日，到此已添加了很多異教徒的成分。

　　早上一輪熱鬧過去後，已到中午休息的時候，剛才的大隊人馬散開，街上到處是穿着遊行服帶着鑼鼓的人。靠近大足球場的一條大道上已搭起供遊行人士休息和吃飯的地方。小教堂前面也搭起了一個放煙花的裝置。

傍晚出來時，熱烘烘的節日氣氛更濃厚了，大教堂附近的街上，擺滿了串燒烤肉和啤酒攤子，也有賣小玩意的。我聽到有鑼鼓從遠處過來。在前面的是樂隊，之後是一隊年輕的姑娘，穿着超短的褶裙，排成一行五個，跟着節拍，向右側踏兩步，然後使勁一扭，短裙立即飛起，然後回到中間，由向左側一擰，如此來回，舞步倒也簡單，不過這一扭一擰，短裙飄起那一剎確是極致有情趣。也不知這舞蹈叫什麼名稱，是 Morenada？後來又來了一隊中年婦女，穿着色彩鮮豔的百褶長裙，手上搖着咯拉拉響的一個木匣子，也不知算哪一門的樂器，也是這般跳法，雖然她們的身材差的遠了，那長裙飄起來卻化成一個又一個飄揚的大圓圈，好看極了。我跟着她們走了一程，拍了一些照片。路邊的人一邊看，一邊喝啤酒吃串燒。人雖然不少，不過沒有想像中擁擠。

　　第二天是節日的最後一天，又是同樣震耳若聾的樂隊，從早到晚，一隊又一隊走不完的舞者。在這個 3800 米海拔的城市連續三天，背着那一套沉重的行頭，不停地跳動要有很大的能耐，雖然有的時候，可能太熱了他們會把面具摘下，捧在手中。群眾中不斷有人餵他們啤酒。到了傍晚這個城市已進入瘋狂的狀態。人在疲倦，啤酒和古柯葉的刺激下已進入一種不由自主的瘋狂狀態，男人撒在牆上的尿，流下來已在小街小巷裡彙集成小小的溪流和小潭，到處是烤肉混合着尿的味道。

　　我一來到普諾就發覺這裡的人不拘言笑，大概是寒冷艱苦的生活條件形成了他們的性格，他們是憂鬱的。我是一個行色匆匆的孤獨旅客，在這個憂鬱的安地斯山城，也分擔了他們的憂鬱。明天我又要上路，到其它地方闖蕩去了。下一個目的地，顯然是與秘魯共用的的喀喀湖的玻利維亞。

　　兩個多月後，我在玻利維亞聽到馬丘比丘將於 4 月 1 日重新開放的消息，立刻趕回庫斯科。這個消息，為廣場附近的旅行社帶來了生氣，每一間都擠滿遊客，在打聽路線和價錢。我來秘魯的一個原因就是想沿着印加人修建的古道，翻山越嶺地去馬丘比丘。印加帝國全盛時期在其統治範圍內建造了幾萬里的古道，但現在最有名的卻是這條從火車線上的「公里 88」通往馬丘比丘的古道，它是全世界健行者的熱門目的地，自從政府為了保持生態每天限制 500 人數以後，想走這條古道的人更多，要在三四個月前預訂。我早就知道想走正式的印加古道（Inca Trail）不是那麼容易，而且由於塌方，至今還沒修復。但是旅行社早就開闢了另一條路線，這就是那條經過 Salkantay 雪山下的 5 天 4 夜在路上露營過夜的路線，要經過一個4300 米的山坳，似乎更具挑戰性。我問了幾家，比較了一下價錢，在 200 到 350 美元之間。

　　接着我去市政府的遊客諮詢處問了一下。他們告訴我國家文化局規定，所有進入馬丘比丘的門票由該局統一出售，凡購買門票的必須先買到秘魯火車局去山下溫泉鎮的火車票，不然不予辦理。他們勸我快點去，有一批遊客由於沒有在庫斯科預先買好進入遺址的票，被攔截住，不得不打回頭。還是先買了火車票再說，最多是放棄一程。

　　第二天一早，我來到火車售票處時已排着一條人龍，等了兩個多小時才買到 5 天後的車票。買了票又要到文化局去買馬丘比丘的門票，那邊也排了一條長龍。在我前面的一對捷克夫婦跟我説，他們原本想參加旅行社組織的 4 天 3 夜團，但現在謠言滿天飛，説那邊下了一個晚上雨，有很多地方塌方，他們只有 5 天的時間，如果被困

在山裡，就麻煩了。所以還是選擇了火車來回。我想了一下，自己的狀態也不是很好，如果真的被困山上，連馬丘比丘也去不成的話，那就慘了。這樣一想也就放棄了走印加古道的打算。

　　我算了一下時間，不想在庫斯科陰陽怪氣的天氣下乾等四五天，決定第二天到阿雷基帕去，聽說那邊天氣不錯，海拔才兩千多。

　　從庫斯科到阿雷基帕要翻過好幾個山嶺，一路上上下下盤旋，有的地方很驚險，但風景絕佳。一直到黃昏時刻，才到達目的地。旅舍的接待小姐告訴我，現在是 Semana Santa（聖周），一個禮拜的復活節假期，有許多人出來旅遊，房租要貴一點。不過城裡的慶典，很值得一看。

　　等我洗了澡走上街時天色已黑。旅舍離大廣場不過三個路口，還沒有到，路上已都是人，不知不覺就被捲入人潮之中，擁擠情況猶如下班時候的中環。我身不由主地被一條人龍推着往一個方向走，迎面而來的是另一條人龍。正在懷疑要走到什麼地方時，人龍停下來，我發覺自己在一間教堂門前，教堂的大門大開，原來已經金碧輝煌的巴洛克教堂在燈火下更是燦爛無比。教堂裡的耶穌像和聖母像前堆滿了鮮花，也沒有時間細看，就被後邊的人推着穿過教堂，從另一端的側門走出去，又跟着人群往回走去。人越來越多，我好像突然之間被捲入了一個不明所以的魔幻境界。不久就來到一條燈火通明的大街上，被人群推擠着我又來到另一間教堂前面，這肯定是一間更有名的教堂，門前水洩不通，只能慢慢地被人推着移動。過了好一會才跨入教堂的大門，教堂裡佈置得比剛才那一間更加華麗，一進門就是供在壇上的一尊穿白紗衣，戴金冠的不知是聖母還是哪個聖女的像，莊嚴之中又顯露出華麗，她腳下堆滿了鮮花。再往裡面走，還有好幾尊打扮得像新娘的聖女像。通常教堂都處在半明半暗之中，讓人感到宗教的莊嚴神聖，我從來沒有見過這樣燈火通明

的輝煌教堂。照理說，明天是禮拜五，耶穌受難的日子，而今晚卻像一個歡樂的節慶一樣。我被推着在教堂裡走了一圈，又被推着走出去。隨着人龍走到一個大廣場上才喘一口氣，吐出了剛才在教堂裡的幽閉感。

街上的燒烤味提醒我從中午到現在還沒有吃過東西，我找了一個攤檔坐下。攤檔的主人正在一個大鐵盆裡煎炒着一些不知是什麼的東西。我就像隔壁的人那樣點了一份，等到入口才知道是大腸一類的東西，味道濃了一點，還可以，就是火候不夠，咬起來不容易嚼得爛。吃完了，我又跟着人群去了兩間教堂。從第二間教堂出來時，已經有點意興闌珊，於是慢慢地走向回家之路。

第二天我下樓吃早飯時，櫃檯上已換了一個接待小姐。她見到我就祝賀我生日快樂。我一想，今天果然是我護照上所寫的生日日子，她大概在登記簿上看到了。她一面張羅我的早餐一面和我聊起來。她是這裡的旅遊學校的學生，一有空就打臨時工。我就問她中午有沒有空，我不想在生日這天獨自一人吃飯，能不能請她作伴。她很爽快，一口就答應了。

也不過 1000 米海拔的差距，阿雷基帕的天氣比庫斯科真的不知好多少。來到這裡才感到了一個真正的夏天。我很快地就走到大廣場上，大教堂和周圍的殖民時代建築都是用灰白色的火山巖建造。故此這個秘魯第二大城有白城之稱。節日的次日早上，城裡有一份說不出的寧靜。露天咖啡館裡只有懶懶散散幾檯遊客，有一種地中海城市的柔和氣息。

中午 Pat 帶我到一家白城人常去的餐館，可以吃到典型的當地菜，她為我點了一客烤天竺鼠，這是秘魯名菜，我已想嘗了很久。天竺鼠的味道馬馬虎虎，但有美女作伴，其它也不計較了。

吃完飯，我聽她介紹，到聖卡特琳娜修道院去看了一下。這個

佔地 20000 平方米的修道院，有如一個小城，有城牆包圍，裡面有狹窄的街道，房屋都油上鮮豔的粉彩，每一條街有自己的顏色，別具風格，都是以西班牙主要城市命名。修道院於 1582 年建成，與其他巴洛克的教堂不同，它受到阿拉伯建築的影響，風格帶有穆德哈爾色彩。

修道院的名氣，不但來自其特殊的建築風格，而且還由於關於它的種種傳說。據說是由一個年輕漂亮又有錢的寡婦出資。建成後，她自己就在此出家，當時有約 150 多名修女在此修道，都來自名門望族，原來在那個時代，貴族的財產和頭銜都由長子繼承，次子通常進入教會，嫁不出去的女子就嫁給耶穌，進入修道院成為修女，帶給修道院許多嫁妝，修女按她們帶來的嫁妝數目，分成幾個等級，最高一級的戴黑面紗，每個修女都可帶幾名隨從或女奴。

或許是在風流寡婦的帶領下，她們活得相當逍遙，常常舉行 Party 宴客和邀請音樂家演奏。在大約 300 年的時間內引領風騷，不知發生了多少風流韻事，我坐在庭院的一角不由自主地幻想起來，真是可以拍一部電影。後來傳到教皇 Pius 九世耳中，覺得太不成體統，1871 年派了一個很嚴厲的修女進行整頓，把富有的修女遣回原籍，但這畢竟已是許多年後的事了。

回庫斯科的晚班車上，坐在我旁邊的是一個金頭髮的女人，一看就知道是外國遊客。交談起來，果然來自丹麥。她長得嬌小，不像一般北歐人那麼高頭大馬，看來很年輕。我問她是不是一個人旅行。她說是和女兒及她的男朋友一起，就在後面，我回頭一看，果然後面坐着一對金頭髮的年輕人。原來，她的女兒剛中學畢業，不想立刻進大學，想利用這一年的時間，去看看別的國家的人怎樣生活。她和男朋友，找到了一份在 Orubamba 一間聾啞學校當 6 個月義工的工作，現在已快結束了，剩下的半年會到南美到處旅行。我說這倒很有意思。

她説丹麥政府有很多對外援助計劃，特別鼓勵年輕人出去，有的時候還可以申請政府津貼。這幾年來，在年輕人中很流行。她自己也是做社會福利工作的，所以也很贊成女兒來這裡。他們的生活太舒適了。這次趁復活節假期來看他們，和他們去了 Nesca, Arequipa 等地方玩了一下。他們也聽到罷工的消息，所以趕着回去。她問我去過丹麥沒有，我説只到過哥本哈根。她説她住在 Helsingor，靠海，很漂亮的城市，就是哈姆雷特的故鄉，你應該來看看。我和她天南地北地聊起來，直到大家都有點累了。半夜我從一個充滿陰謀和血腥的噩夢中醒來，周圍都是在沉睡中的人。在車頭燈的餘光下，可以看到外面霧氣茫茫，但可以感到車子正在迂迴的山道上向上爬。旁邊女人的頭靠在我肩上，她均勻地呼吸，應該是在一個甜夢中。我有一個奇怪的感覺，好像這個酣睡中的女人並不是一個萍水相逢的遊客，而是我一個認識很久的人。但我連她的名字也不知道。

18

破曉時分，車子開進了庫斯科車站。嬌小的媽媽和後面的兩個年輕人商量了一下，説他們決定在庫斯科吃早飯後，再搭城內的小巴回 Urubamba，歡迎我加入他們，我欣然同意。我們打的到校兵場附近一個他們認得的一家賣糕點的店家，裡面也可以喝咖啡。那裡的糕點還真不差，女孩介紹我吃一種上面撒着彩色糖粒的薄餅，説是復活節的特別糕點，入口又脆又酥，正是我的口味。我問他們在打完義工後預備到什麼地方。他們先去玻利維亞，之後到阿根廷、智利。我説我剛從那個方向來。我喜歡玻利維亞。我和他們交換了電郵地址。漂亮的媽媽上前擁抱了我一下説，你一定要到 Helsingor來找我們。

我又回到了那家有點淒涼的旅舍，我的房間還空着，還沒有收拾，床單也沒有換，他問我要不要換一間乾淨的，我說就這一間吧。我已習慣了這裡，還保留着一股我熟悉的氣味。我對旅館的要求並不高，反正都是過眼雲煙，都是臨時的。其實我也可以換一間比較有人情味的旅舍，但也懶得換了。唯一我不能忍受的是沒有窗戶的房間，我會立即產生幽閉感。

　　晚上，又滴滴答答地下起雨來，這個雨季怎麼沒完沒了。房間裡的空氣潮濕陰寒，我裹緊了被子。唐詩裡有許多描寫關於客途中的淒涼情景，大概也差不了多少。

19

　　4月4日晚上，終於來到馬丘比丘山下的溫泉鎮，迷迷糊糊一夜沒睡好，5點不到就完全醒來。泡了一杯熱茶，看窗外路燈下的雨中景色，上山的第一班車開6點30。要去爬馬丘比丘後面的瓦納比丘，只有搭上這一班車才有機會拿到每天發出的200張票中的一張。巴士到達遺址時雖然已經天亮，但是烏雲之下，一片灰濛濛。進了山門雨越下越大，也沒有可以遮雨的地方，我跟着兩個遊客爬上左側的石階，上面有一間棚屋，屋頂還在，先到的人已在那裡躲雨。棚屋的左邊有一道道向下延伸到霧裡的梯田。在兩陣緊密的雨之間，雨稍微停了一下，霧也散了一部分，就那麼一霎那間讓我看到了馬丘比丘的廬山真面目 —— 在下面100公尺左右的地方有一組分散得像一個村莊那麼大小，此起彼落，一堆堆，一排排沒有屋頂的石頭建築，像在沉睡之中，後面一座陡峭的大山在默默守護着它。在這一刻，周圍寧靜無比，散發一種既神秘又神奇的氣氛。我感到獨立於天地之間，愴然淚下的衝動。也不過是片刻之間，眼前的圖畫又被濃霧遮住了。

從梯田旁邊的石階走下去的時候，雨卻停了。我站在一團遊客後面，聽導遊的講解。古城在 1911 年被耶魯大學的一個歷史學家賓厄姆發現。之後他寫了一部叫做《失落的印加城市》的暢銷書，因而名利雙收。導遊接着說，其實在他之前還有別的外國人到過，只不過沒有宣揚出去。

我可以想像那第一個發現古城的人，站在我剛才雨中所站的位置，居高臨下地突然見到了這個神奇的景色所感到的震撼，他大概認為這麼一個美好的地方不應受到任何外來的污染，應該一直隱藏在自然之中，他把自己的名字刻在一個牆角，然後悄悄地離開。將他看到的美景，永遠埋藏在自己心中。

我跟在一群法國遊客後面又看了太陽廟、皇宮、栓日石等景點，像一個旅行團的成員那樣盡了做遊客的責任。處身在這個印加聖地，混雜在無數的朝聖客中，看到眼前修理得整整齊齊的頹垣斷壁，我並沒有感到絲毫懷古之幽思，這一切都太過人為化。我來了，看了，但沒有被征服。想不到早上我在雨中的驚鴻一瞥感到的震動，現在竟蕩然無存。早上的那一場雨倒造就我這一機遇。

20

在馬丘比丘（古老的山峰）後面拔起的瓦納比丘（少年峰），姿勢挺拔，看米好像比前者高出許多，其實只有 2720 米。剛開始的那段路不難走，但後來越來越陡也越狹窄，早上才下了一場大雨，石頭和泥濘的山徑變得滑溜溜的，有些地方還有水像山泉那樣隨着石階流下來。

我跟着昨天在火車上認識的美子後面。她大概不耐煩走在人家後面吃泥漿，有機會就超越，越走越快。我在不認老的心理作祟下，

緊緊跟著。走到快三分之二的地方，前面是一步只能放一隻腳的石階，由於太陡，旁邊的山壁上釘了一條鋼索。等我們手腳並用攀完那段路，彎腰穿過一個狹窄的山洞後我已氣喘如牛。前面有一小塊平地，可以俯瞰下面的馬丘比丘，太陽已照到頭頂，早上出來，一點東西也沒有進肚。我對美子說，停一會，吃點東西吧。

我們各自從背包裡取出簡單的乾糧，靜靜地吃起來。下面的馬丘比丘看來顯得很小，有人說這個城市的設計像一隻禿鷹，我卻看不出究竟。馬丘比丘的引人之處在於後面聳立的少年峰賦予它的氣勢，而當你身處少年峰上，往下看時，它又變得何其渺小和無足輕重。

我想到了智利詩人聶魯達的詩，〈馬丘比丘的山巔〉開頭一段「從空氣到空氣／像一張空空如也的網／我走在街道和大氣之間／到達又離開」。過去的兩三個月，我奔波在這個大陸上，抵達又離開，穿過荒蕪的曠野，走過彎彎曲曲的街道，追尋失落的時間，而每一次，也像一個漁夫或是一個撲蝶人面對的空網，一樣的茫然。詩人也斯曾多次跟我提到這首詩，說他一直想把它翻譯成中文，但一直沒有完成這個心願。這是一首很渺茫的超現實主義詩，要捕捉裡面的意象，大概要下很多功夫。

美子吃完了，示意繼續走。山徑越來越陡，原本可以上下通行的小徑現在變成只能上不能下的單程，最後還要走百來級在大石上搭起來的木樓梯才到達山頂。走到上面發覺心跳得厲害，剛才是一口氣走完這段路，太急一點。山頂上只有幾塊大石，都爬滿了人，正想下山時，有人從一塊大石上爬下來，騰出兩個空位，我們就爬了上去，坐下後，就像坐在露天咖啡館一樣，好整以暇看爬得氣喘如牛的人剛上來，還沒喘過氣來就被後面的人擠向前面下山的小徑。坐在山頂大石上令人有了離天更近，高人一等的感覺，忙請人替我們拍照留念，之後把位置讓給別人。

一會兒就到了山下，在出口處的大簿子上簽名註銷時，我對了一下上山的時間，來回用了兩小時 50 分鐘。天氣特別好，太陽照在身上很舒服，下面的空地上，有兩隻羊駝在安詳地吃草。天上白雲悠悠。一切是顯得這麼平和，早上那一批批的遊客都已離開了。

21

　　爬完了少年峰之後，馬丘比丘之遊的高潮已過。大家走向出口的地方。許多人在郵局附設的小辦事處排隊，要在護照上蓋　個郵戳，作為到此一遊的憑證。我的護照已沒有空頁了，也就算了。乘巴士下山的時候我感到極度的疲倦。剛才爬得那麼快，實在不太明智。

　　回到溫泉鎮客棧，把沉重的爬山鞋和滿是泥濘的褲子脫了，洗了一個熱水澡，換上乾淨衣服，覺得好一點。在床上躺下時又怕睡着了，於是泡了一杯熱茶，在窗邊坐下，看着橋上來來去去的遊客，想着在走了兩萬里之後，看到這個被稱為世界新的七大奇觀之一的印加遺址，可以說是不虛此行了，但那個感覺也不過如此。你說不值得看嗎？倒也不是。但我們的想像力總超越了現實，因此在面對實景時，難免有些失望。它給我的震撼遠沒有吳哥窟和緬甸 Pagan 平原上的千座浮屠強烈。記得我在十幾年前去吳哥窟，那時候柬埔寨剛從一場比戰爭更殘酷的人禍中恢復過來，百廢待興。昂平市中心的街道還是東一個西一個的窟窿，而吳哥窟已在各國的考古隊和財力支持下，開始修復。但由於整個遺址很大，還可以看到許多的廟宇只剩下幾棟危牆和一堆亂石，高大的榕樹的巨大樹根，盤根錯節，像一條又一條的白龍一樣，糾纏住一堆堆的巨石，把它們推倒，把它們翻起。令人想像到這個也在熱帶森林裡被埋藏了數個世紀的印加

古跡以前的雄偉，和所經歷的滄桑。當時我就想，至少應該把一部分的廢墟原狀保留下來，讓人憑弔。一切繁榮，不過是過眼雲煙。

23

於是，我又回到了庫斯科，又回到了那個引起鄉愁的小客棧。去過了馬丘比丘似乎已沒有再在這個城市逗留的理由。我買了當晚去納斯卡（Nasca）的車票。在城裡走了一圈，晚上回客棧拿了行李就直接上車站。

想不到我在馬丘比丘的失望卻在另一個地方得到補償。納斯卡文明的全盛時期在西元 100 到 800 之間，在它消失後 400 年印加人才崛起。但現在存留下來的只有無數在荒漠上的線路和大大小小幾十個圖形。至於這些在陸上不容易看到全貌的圖形是怎樣設計以及有什麼目的，納斯卡文化又怎麼會突然消失呢？沒有人知道。

大概是太累了，車子離站後我就迷迷糊糊睡着了，這是一部開往利馬的客車。早上 5 點，天還沒亮，就被叫醒，原來已到納斯卡。一下車就有人過來問要客棧嗎，客棧的名稱叫「廣楚」，聽起來不像西班牙名字。

我問了價錢，不算貴。看來也沒有其他選擇。到了客棧門口抬頭一看，招牌上寫着「廣州」兩個字。看來老闆是中國人。我告訴櫃檯的人說，我也來自這個城市。客棧真的很新。房間也顯得寬大乾淨。天才微亮，我想再休息一下卻再也睡不着，於是把前幾天的事情追記了一下。馬丘比丘似乎已經是很久以前發生的事情。

8 點多鐘下樓，早上接待我的 Jose 叫我登記。我問怎麼不見老闆，他說老闆偷稅給關了起來。我感到有點納悶。他見我不太相信，指着掛在牆上的營業執照説，過幾天上面的名字就要改成我的。我

將信將疑，問他到市中的路怎麼走，原來不過相隔三條街。

一路上都是兩三層高的新建房屋，顯然這是一個隨着旅遊業的發達而發展起來的城市。一下子我就站在大廣場上。廣場的地面用細石塊拼出了納斯卡線上的各種動物形狀。小城懶洋洋地，也沒有多少遊客。想來一部分人去了看納斯卡線，另外一批人要到傍晚才到。附近沒有其他值得看的地方，旅客最多在這裡住一晚。廣場四周是一些商店和餐館。有一家旅行社，外面貼着參觀 Nascaline 的廣告。

旅行社的年輕人說，每天一班上瞭望塔看納斯卡線的車子已經出發了。要去的話要自己找個導遊去，一個人的話相當貴，但包括參觀一間文物館。我一時也拿不定主意，就和年輕人聊起來。他告訴我他爸爸也是中國人，是第二代的移民，還會講中文，但到他這一代就不會講了，不過他很想學，現在中文很有用。這時有一個遊客進來問去納斯卡線的情況。年輕人說你們兩個人去的話，應該可以便宜一點。我和另外那個遊客覺得這個價錢還可以，他就打電話給導遊，約定了下午兩點出發。

回到客棧，我上網尋找關於納斯卡線的資料，Jose 過來說，快，我帶你到監獄裡去看我們的老闆。我將信將疑隨着他走到前臺。那裡有個亞洲人模樣的中年人。Jose 指一指我說，就是他。那個中年人就跟我講起廣東話來，原來他就是老闆，剛才 Jose 是跟我開玩笑，沒有他被關起來這回事。他說來了秘魯也有十幾年了，剛來的時候一句話都不會講，先在利馬的一家中國餐館打工，後來頂下了這裡的一家中國餐館，幾年下來積了點錢，這家旅館也是去年才建成的，生意還過得去。小地方的人和善，不像在利馬那麼勾心鬥角。他很快打進了當地社會並討了一個第二代的中國人做老婆，雖然一口洋涇浜的西班牙語，但和那些手下倒也能講得通。他說祖國這兩年強

了，他們華人也有面子了。我想這些華僑也真不容易，他們單人匹馬，赤手空拳，連話也不會講，跑到一個完全陌生的地方闖蕩江湖，是需要多大的勇氣。他們的經歷，也是他們的旅程，應該遠比我的旅行精彩得多。

下午兩點我來到旅行社時，另一個遊客已經到了。這個叫 Pap 的希臘人，也是一個人來旅遊的，也剛到過馬丘比丘。他說起過去兩個多月的行程來。跟我的幾乎一樣，這也真巧了，我們很可能在以前就打過照面。

導遊兼司機是會講兩句英文的高大漢子。我和 Pap 上了他那部四輪驅動車，一下子就開上了公路。兩旁是一片平坦的荒漠，淺淺的黃褐色，在下午的驕陽下，又有點灰色，灰色中又有點黑色，總之是說不清。偶然凸起兩三座鐵灰色的石頭小山崗。開了二十多公里才看到一點綠色，是荒漠中一條小河的河谷。這裡有個小村莊。車子在一棟小屋停下來。導遊說我們到了第一個景點，瑪麗亞‧賴歇（Maria Reiche）的故居。

我在這之前從來也沒有聽說過這個名字。司機說我們有 45 分鐘的時間。他讓我們自己買票進去。這棟屋只有兩三個房間，牆上掛着圖片和文字說明，介紹了這名女子的其人其事。我從第一個房間看起，追尋了她不平凡的一生。我自己是一個很疏懶的人，凡事不求甚解，一碰上什麼困難，我就會放棄。所以我很敬佩那些鍥而不捨的人。她在發現和保存納斯卡線方面是第一個功臣。西班牙人早在 16 世紀就發現了在這個 Pampas 上的無數條線，1939 年召開了一個國際會議。她在會議上碰到了研究秘魯灌溉系統的 Kosok 博士，但真正發現圖形的卻是她。為了靠近一點，她搬進了這間簡陋的小屋。一住就好多年。直到老了，秘魯政府為了感謝她為她提供了一個舒適的公寓。院子裡停着一部古老陳舊的 Volkswagon 麵包車，有一段

時間她就住在裡面，一個人在沙漠之中，追尋着納斯卡人的蹤跡。我覺得有時候對一個人的人生旅程的追蹤，比名勝古跡的追尋更有意思。它開拓了我自己的旅行境界。在某種意義上，Maria Reiche 是一個偉大的旅行家，她的秘魯之旅改變了她的整個人生旅程。在這裡她找到了自己的使命。雖然在隨後的幾十年，她的旅行大部分是在 Nasca 的荒漠中，卻為我們開拓了更大的想像空間。

看完了這個簡陋的故居後，我真的有不少感歎，對這個在今日之前，連名字也沒有聽到過的女人，無限敬佩。有些人窮其一生，用自己的微薄力量，為人類保存了一份遺產。如果不是她的話，這一片蘊藏着人類智慧的土地，文化的見證，現在就可能是一個棉花種植場了。

司機又開上了從北到南貫穿整個美洲的泛美洲公路。十幾里後，看到路邊有一個用鐵架搭成的約 4 層樓高的瞭望塔，這就是看 Nascar 線的所在地。司機在路邊停下，前面停着一部車上的旅客剛從塔上下來，我們就買票上去，門票 2 個 Soles。塔頂有一個可供 10 個人觀望的小平臺。下午的驕陽，把地貌壓得平平扁扁的。稍遠的都在一片灰濛濛的煙霞覆蓋下，靠近瞭望臺的地方依稀可以看出一兩個圖形。我想當初賴歇女士，只是抬着一個梯子，在荒漠中，尋找這些圖形時可真是不容易，直到許多年後，她才能從一架小飛機上，看到了比較完整的圖形。

從塔上下來，我不免有點失望，希臘同伴似乎也有同感，他問司機，難道在陸上能看到的就是這一點，司機説離這裡二十多公里還有一個瞭望臺，可以看到更多的圖形，他可以載我們去，不過每人要多付他 20 個 soles。

我對這個什麼也不解釋的導遊沒有好感。因此沒有出聲。坐在司機旁邊的希臘人説大概在陸上看也看不着什麼，不去了。他轉個

頭來對我説，看來還是得坐飛機上去看。我説今天太晚了，要明天一早去。司機把我們在廣場放下。我和希臘同伴説，聽説不需通過旅行社，直接打的到機場。那裡有很多間航空公司。我們約了第二天 7 點在廣場上碰頭就分手了。

回到客棧，看到廣東老闆正在樓梯上拖地，我説你這個老闆怎麼什麼都親力親為。他説他們比較馬虎，只好自己動手了。看來這個老闆還是很包容的，沒有一點架子。大概也是由於這一點，他在這裡很有人緣，吃得開。

第二天早上我準時來到大廣場，不久 Pap 也到來。我們打了的，不到 15 分鐘就來到機場。候機室裡已有不少遊客。裡面有十幾個航空公司的櫃檯。價錢一律是 60 美元，不過飛機有大有小，有的可以乘十幾個人有的只能乘 4 個人。我們找到了一間説不需要等待立即可以起飛的公司。結果還是等了近一個小時。候機室的電視機上放映着一部介紹納斯卡線的片子。我也沒有用心看。想到要乘搭一部四人小飛機，而才一個月前就在這個地方有架飛機摔了下來，心中總是不太踏實。終於等到我們上機。我們跟着大塊頭機長進入停機場。找到我們那架四人小飛機，機長示意我們上機，之後他也上了機，就坐在我前面的駕駛位上，看到他龐大的身體擠在小小的座位上覺得有點滑稽，但又有點擔心，恐怕飛機承受不起他的重量。這時一個年輕人過來，手上拿着幾張紙，大概是飛行拍檔，他坐上了機長旁邊的位置。早先 Pap 就告訴我，自上個月飛機掉下來後，政府規定，所有飛機不論大小都要配備一個副駕駛員。機長給了我和 Pap 每人一張紙，紙上畫着我們會看到的圖形，之後發動了引擎。他叫我們帶上耳機，等他確定了我們能聽到他講話後，跟我們講解了一下，飛行過程大約半小時，基本上跟着圖形旁邊的號碼順序而下，總共 14 個。他説今天天氣很好，我們會看得很清楚。飛機在跑道上又

停了一會才輪到我們起飛。起飛的時候有點搖晃。很快地我們到了目的地上空，飛機向左傾斜，來了一個大轉彎後就急劇下降到離地面大約一兩百米的上空。我沒有預料到有這麼一個大動作，老實説那種感覺並不好過，心好像要跳出來一樣。機長説，在右機翼下面你們可以看到的是第一個圖形，我趕緊從 Pap 那邊的視窗俯瞰，最初除了許多的線外，什麼都看不見。突然間一個圖形出現眼前，隨着飛機越降越低，這個圖形越來越清晰，那是一隻把長尾巴捲成幾個圈的猴子，形象生動。我可以想像在納斯卡荒漠裡帶着梯子奔跑了多年，像瞎子摸象，只能看到部分圖形的賴歌，第一次有機會乘飛機，從上空見到全貌的那種驚喜、驚歎。接着飛機又盤旋而上。到了第二個圖形上面來了一個左側身轉彎急下。有了上一次的經驗後，已不是那麼驚心動魄了。從我的窗口下可以看到飛機掠過地面的影子，先是小小的後來越來越大。之後看到了機長説的蜂鳥圖形。果然看到了那隻形象修長，體態輕靈的蜂鳥。我一面想把眼前的圖形全部收入眼內，印入腦海中，一面又手忙腳亂地想找一個好的角度，將其用照相機拍下來，以便補充回憶之不足之處。也就是一刹那間，飛機就又向上爬去，像地上那頭禿鷹一樣，飛機在地上的影子越來越小。之後又轉到另一個方向，飛過一個小山嶺，貼得很緊，好像就在腳下，可以清清楚楚地看到灰黑色的鋒利的巖石，又再次俯衝，這次我看到了昨天我們經過的那條泛美公路，和旁邊的圖形，看到了昨天爬上去的瞭望臺，眼看就要撞上去時，飛機又攀高了。駕駛員不斷指點我們應該看的位置，一面又要調整飛機的高度，需要一心兩用，上一次飛機甩下去，可能就是這個緣故，怪不得現在必須有一個副駕駛員。

美麗的風景我看得多了，名勝古跡也看了不少，但這一次的經驗卻是唯一的。在飛機上下盤旋時我的心中混合着驚喜，驚歎和激

動與震撼，我想是我沒有像對馬丘比丘那樣大的期待，因而有一種驚喜，又有一些擔憂，我想假如飛機現在掉下去，我腦中的最後一個念頭會是什麼。一個月前失事的飛機中那幾個遊客的最後一個念頭又是什麼？為啥我有這種恐懼呢？我不是一個宿命論者嗎？不知道為什麼，我又想起了 Neruda 的詩句，從空氣到空氣像一張空網，到達又離開。

在經過了很長很緊張的 30 分鐘後，飛機平穩地在機場降落。在飛機引擎關掉後，我看到機長在胸前畫了一個十字，感謝上帝讓我們平安返回。

看完了納斯卡線，已沒有什麼理由再留下去了。我問 Pap 下一個目的地。他也往利馬的方向去。他說從這裡過去還有許多值得看的地方。Ica 是一個站，在海邊 Parakas 又是一個站，都是古代文明的中心。我本來想直接搭車去利馬的，聽他這樣一說，就改變了主意。決定到 Parakas 看一眼。

車子一開出 Pisco 就看到了久違的太平洋，對於一個從小在海邊長大的人，聞着帶着魚腥味的海洋氣味有一份特別的親切感。這是多麼不同於安第斯高原上稀薄寒涼的空氣。我雖然愛山但我想絕不會在高原上常住。一路上浪潮拍岸，很快地就到達了 Parakas。我一下車，就看到了那家在外面牆上寫着 Backpacker Home 的客棧。一個三十來歲的女人迎出來。這是兩排木頭建造的平房，左右各四間，前面有個天井，後面有個小院子。好像開張不久。房間都很新。宿舍在最後一間，靠着院子，裡面擺着二張雙層床。我揀了一個下鋪，把行李放下，頓時輕鬆了。院子裡有一個紮着馬尾的年輕人在彈着結他，見到我和善地打了招呼。他說他也住在宿舍裡，白天要把窗門關好，有很多蚊子。小夥子來自 Montenegro。我說，其他東歐國家的人倒碰到不少，還是第一次碰到那裡的人呢。他說我們旅行起

來不太容易，到處都要申請簽證。我說我以前也有過這樣的問題，知道他的苦處。小夥子在維也納打了兩年散工，厭了，就到這裡來走走。他說他在這裡已經有 10 天了。客棧主人待他很好，知道他沒有什麼錢，不收他的房錢。他就幫他敲敲打打，整理一下院子，做些零碎工作。

我到廚房煮水泡茶，一個五十來歲的男人正在煮東西。他問我來自何方。他指一指正在廚房外天井裡削馬鈴薯的女主人說，卡門也有四分之一的中國血統。我才知道他是男主人。泡了茶，我就在天井裡的桌子坐下，和他們聊起來。原來他們以前都在鎮上的一家四星旅館工作。Alberto 是某個部門的主管，後來離了婚，就和卡門結婚，他們有一個六歲的男孩。他說他年輕時也常常一個人背着背包到處旅行，結交了來自世界各地的人。一直想經營一家背包客旅館。兩年前他提前退休，買了這塊地，蓋了這間客棧。他來自利馬，但更喜歡小鎮的平靜生活。

眼看天上慢慢黑下來，我問小夥子，鎮裡有沒有價廉物美的餐館。他說他認得一家家庭式餐館，一個客飯只要 4 個 soles。他洗個澡就帶我過去。這時我看到 Alberto 陪着一個人進來，看真了原來是 Pap。早先他說要在 Ica 停一個晚上的，不知怎麼也到了。他把背囊在房間放下後，就過來打招呼。我說想不到這麼快又看到你。他說他在 Ica 城裡走了一圈，覺得沒有什麼意思，就繼續來這裡了。我說正好和我們一起去晚餐。

小夥子洗完澡換了一身乾淨衣服，並把馬尾很利落地紮在後腦。他說等一會可能會看到他的女朋友。這時，兩個加拿大男孩也來了。我們跟着黑山在海灘後面的一條橫街找到了那間小餐館。這個時候已沒有其他客人，老闆娘正在預備打烊，燈已熄了一半，見到我們來又點亮了。黑山問今天有些什麼好吃的，老闆娘說了幾個菜名，於

是各人叫了一個菜，又叫了一瓶當地的紅酒。這類餐館總送你一道份量很大的例湯，上湯的時候黑山問老闆娘怎麼不見安娜，聽說有事出去了，黑山顯得有點失望。那個長滿粉刺的加拿大男孩取笑說你就是為了她在這裡留這麼久的。黑山說她教我講西班牙語。另一個加拿大年輕人說，Lucky Guy，我也希望能找到一個這麼 Charming 的女孩教我西班牙文。Pap 說他在玻利維亞也碰到了一個可愛的阿根廷女孩，跟她旅行了一個星期，他的西班牙文突飛猛進，已約了她明年一起到墨西哥旅行。我和 Pap 都想看看黑山這個女朋友有多漂亮。可惜到我們吃完了飯還沒見到她的芳蹤。付帳時我想替黑山付他那一份，兩個加拿大人已搶先付了。他們還要找個地方喝啤酒，我就先回去了。

在進門的天井裡，男主人正在和一對來自英國的年輕人聊天。聽到他們在講 Parakas 的文化，我就在一旁坐下。想不到這麼一個現代小鎮卻是一個悠久文明的發源地。Alberto 說，Parakas 文化比 Nasca 文化更早。1920 年代，一個叫 Tello 的秘魯考古學家在 Paracas 附近的山洞裡發現了一些被布包成一個個包袱的屍體，包袱裡還有陶器、武器等陪葬品。因此發現了這個大約在西元前 800 年的 Paracas 文化，這個與納斯卡文化同期，甚至比它更早的文化已懂得製造形狀優美的彩陶和編織色彩鮮豔和圖案精美的織物，據說 Paracas 人相信假如死去的人身邊沒有帶一些他們用過的物品上路，他們不能到達另一個世界。後來又發現了一個古墓群（Necropolis），裡面有更多的文物。英國女人說，聽說 Paracas 文化的陶器和紡織品都極致精美。Alberto 說我們隔壁就有一間小博物館，收藏了一些。可惜最近一直關着。利馬的人類學博物館裡收藏了不少。明天你們出海會看到的蠟燭臺也可能是他們的傑作。英國女孩接着又問了一些關於 Paracas 和納斯卡文化的關聯等問題。她的西班牙文很流利，

幾乎聽不出有什麼口音，令我很羨慕。但我確實感到累了，就和他們道了晚安。就寢時聽到蚊子圍繞着我頭頂嗡嗡作響，真的是回到了熱的地方。我搽了一點防蚊藥，插上耳塞也就倒頭睡去，一覺到天明，其他人什麼時候回來也不知道。

　　早上我和 Pap 在附近的餐館吃了早餐就到旅行社集合。昨天見到的英國人也來了。我們跟着導遊往碼頭走去。那裡已聚集了一大群人，也不知道這一大批遊客是從什麼地方湧出來的。碼頭附近有一大群嘴巴特大模樣很怪的 Pilican 等着遊客餵食。遊客們分別登上了碼頭上的十來條可以坐二十人左右的快艇，魚貫開出港口。先是沿着海岸線前進。不久就看到岸上的山坡上那個著名的蠟燭臺了。這個巨大的蠟燭臺有 200 米高，幾乎佔了整個山頭，它的線條很粗，沒有納斯卡的圖形那麼精美，看起來更像美國西部的仙人掌。我們的船停了下來。導遊講解說這個大蠟燭臺的製造方式和納斯卡線一樣，也是把地面的小石礫移開露出下面顏色較淺的粘土。估計大約在西元前 200 年前形成，但至今還沒有考證出誰是它的建造者和建造的目的。

　　等大家拍完照後，快艇掉頭往大海的方向駛去。船越開越快，風浪也越來越大，不時有浪打進船裡，還好大部分人都有準備，帶着防水風衣。過了大約半小時的顛簸，終於看到地平線上的幾個小島，這就是 Ballestas 群島了。快艇逐漸減速靠近。只見這幾個被大浪衝擊激起的白沫圍繞的褐色小島，說是島其實只是凸出海面的幾塊像小山一樣的礁石，島上一棵樹也看不到，密麻麻棲息着各種海鳥，就像香港街道上的行人一樣，你推我擠，爭那麼尺土空間，在海浪擊岸和群鳥啼叫聲中，導遊必須通過麥克風講解，他說島上不准遊客上岸，只有幾個警衛。雖然那些鳥都好像很溫順一樣，那些企鵝尤其文質彬彬，但在這個除了鳥和海獅外再沒有其他動物的島上，我想

那些看過希治閣那部叫《鳥》的電影都會免不了背上有絲寒意。還好我們都在大海之中，不會有幽閉感。

事實上也沒有插足的餘地，整個島都被鳥類和海獅佔領了。島上鋪蓋着一層厚厚的石灰樣子的鳥糞，是絕佳的肥料，以前過分開採，破壞了生態，現在規定每兩年清理一次，是秘魯的一種重要出口物資。島上有一種漢波德企鵝，比我在 Ushusha 看到的體積小許多，幾乎和紅腿鸕鷀一樣。我以前一直以為只有南極才有，導遊說現有的十幾類企鵝中生長在南極的只有 4 種，企鵝跟着漢波德寒流北上，現在在厄瓜多爾的 Galapagos 群島也有牠們的蹤跡。不時有鳥群飛過頭頂，像烏鴉那麼聒噪。海獅懶洋洋地躺在不斷被浪花沾濕的礁石上。快艇沿着島的海岸兜了一圈，島上的礁石有的地方在巨浪的衝擊下形成了大大小小，各種形狀的海洞，有幾個就像橋洞一樣，快艇靠近了周圍都是白浪的泡沫。這樣在浪潮的喘息中呆了大概三刻鐘才回航。導遊說有時候可以看到成群的海豚，但這一次我們沒有碰上。回到岸上，我和 Pap 說等一會就走了，希望在天黑前趕到利馬。他說他還要去國家公園，所以預備在這裡多停留一個晚上。

Parakas 是一個天時地利人和都彙集一起的落腳點，本來可以多住兩天，看看黑山的愛情發展，與 Alberto 和 Lydia 這對很酷的夫婦談談家常，在這個乾燥溫和的城市把高原上累積在骨頭裡的陰寒散發掉。但我一算時間，離我結束此行的日子只剩下 4 天了。

臨走時我和小夥子黑山告別，他正在院子裡玩弄結他。他說你有沒有時間，我彈一首我們黑山的民歌你聽。我靜靜地聽完那首緩慢，有點憂傷又帶着鄉愁的民歌。小夥子的神情似乎告訴我，他在戀愛了。和他握手告別時我塞了 20 美元給他。他有點驚訝，忙說不要。我說沒有關係，我年輕時也這樣旅行過，也有很多人給錢我。他也就接受了。在車上我又想到黑山這小夥子。我想他有的是時間，

沒有牽掛，怪不得他能隨遇而安，是一個真正的自由人，我希望也有他那麼多的時間。

從 Paracas 到利馬大概 200 公里。這一段是一條平坦寬大的公路，一邊是海，一邊是光禿禿像沙漠一樣的黃色山坡。一路上都是同一的單調枯燥的景色。下午 4 點就開進利馬的巴士總站。一下車就有人來問要不要計程車。我說 20 個 soles 太貴了。他指一指胸前掛的小牌說我有正式牌照的，不會騙你，保證把你送到。我把 Alberto 給我的那家客棧的地址給他，他說知道，不過這間客棧住的都是以色列人，會比較吵，附近還有一兩家比較安靜的客棧，也是一樣的價錢。我說可以。小客棧都在 Miraflores 的住宅區，他帶我去的第一家客棧客滿了，又開了一條街的距離，在一間兩層高的洋房前停下來。我進去問了，還有空房，看了一下，覺得還可以。司機很盡職地替我把行李搬進客棧，我又額外給了他兩個 soles 的小費。房間都空着。Juan 那個打理這家客棧的男人說，今天早上剛走了一個足球隊，十幾個人。

利馬篇

明天你到我家裡來，我做 Ceviche 給你吃，番妮說。

你們坐在你客棧附近的一家小餐館的露臺上，就在車水馬龍，五星級酒店，大型購物中心，和豪華賭場林立的觀花區大街後面的一條寧靜小街上。天氣不冷不熱，歷盡了安第斯高原的嚴寒，你好像剛從肅殺的冬天走出來的人，特別珍惜這種溫暖的日子。4 月中了，在巴黎是春暖花開的季節，南半球卻已進入初秋。

你們隨便地聊着，好像是認識很久的朋友。雖然在三天前你才第一次見到她。

你一到利馬放下行李就給她打了個電話。她說下班就來,叫你在客棧等她。電話裡她講起話來簡潔利落。你不免想像她是什麼樣的女子。

她在黃昏時候到來,她問,你喜歡海嗎?帶你去一個海邊的地方好嗎?她說,你不怕走路的話我們走過去,你能走嗎?她這一句話,有點挑戰的意思。感到受了侮辱的你回答道,你一向認為走路是發現城市的最好方式。

那就最好了,坐了一天辦公室,我想動一動。

她個子嬌小,腳步卻快而敏捷。最初的一段路,是沿着一條幾乎沒有人走的快車道邊上,在下班交通的車聲隆隆和廢氣中走了好像好久才走出這個噩夢。等你們走到一個有商店又有行人的小區裡,她的腳步也沒有放慢,但你們已可以交談。又走了一段路,你開始感到有點累了,的確一方面要跟上她的步伐,一方面要用一種不是自己熟悉的語言交談是很累的事。還好你們進入了一個熱鬧地區,街上行人一多,她不得不把腳步放慢。

她說,雖然住在這海濱的城市,卻不是天天都能看到海,這個城市太大了。小的時候,她就住在你現在住的觀花區,經常和她的父親從家裡散步到海邊,走的就是這條路,不過那時候還沒有那條快車道。你想,她是一個很懷舊的人,她走得這麼快也是因為她急着想看海。

你們穿過一個廣場,來到一條有許多餐館和酒吧的熱鬧大街上,明顯是利馬夜遊人出沒的地區。你以為可以找個地方坐下吃飯了,然而她卻沒有停下腳步,帶着你轉了兩個彎,不知怎麼地又走到一條幽靜小徑上,你好像已聞到了海的氣息。

你們站在左右各有一個海灣的小小海角上,倚着欄桿,涼涼的海風拂上因剛才的一陣快走而發熱的臉孔。對面是黑茫茫的太平洋,

腳下約 30 米，路燈和車燈把海邊的公路照成了一條銀帶，海水潾潾，隱隱傳來海浪擊岸和車子的聲音。左邊一排過去的山坡上是城市的密集燈火，之後慢慢疏落下去，再遠一點，大約相距一兩公里的山頭上有一個被燈火照得通明的巨大十字架，幾乎你走過的所有拉美大城市都有這樣的一個標誌。

在這種兩人面對着同一景色而又都默默無言的時刻你總懷疑，旁邊的人在想什麼，在回憶她父親嗎？或是年輕時跟戀人站在這裡夢想未來？她有沒有聽過 Doris Day 那首 *Que Sera Sera* 的歌？你幾乎脫口說 A Penny For Your Thoughts。但你不知道這句話西班牙語怎樣說。就這樣你們默默地站着，好像誰也不願意當打破這美好沉靜的兇手。她終於回過頭來說，我想你餓了吧。

她帶着你轉過海角，沿着小徑往高處走，旁邊有一家餐館，她說就這家吧。餐館後面有一個院子，在山坡上開闢出一層層像印加人梯田那樣的臺階。領班把你們帶到一張兩人的桌了，從這裡可以看到海。她還要再往高處走，當領班說這裡是最高的臺階了，她顯得有點失望。

侍者遞上餐牌，把蠟燭點上又把玻璃罩罩上，她介紹說這裡的海鮮飯很有名，要不要試一下，你說好。她為自己點了一條魚，叫了一客蘆筍和一客牛油果做頭盆，又點了一瓶白酒。

蠟燭半明半暗的光影在她臉上飄動，你終於可以安靜地打量眼前這個女人。柔和的燭光隱藏了她的一部分年齡，你不能確定她是剛進入四十歲呢還是已經接近五十了。你也看不出她眼球的顏色，頭髮在後腦盤成一個髻，因而突出了瓜子臉上玲瓏的五官，眼睛在小巧秀麗的鼻子對比下，顯得大而深沉。她的膚色是像你一樣的深棕色，不知有幾分是原來的顏色，有幾分是陽光的傑作。也可能有很大一部分來自印加人血統。你在巴塞羅那學西班牙語時的日本同

學裕滿子，在她的信中只提到番妮是她的好朋友，其他什麼也沒有說。眼前這個女人要等他自己來發現。

四十來歲的女人擁有一種特別的吸引力，有一種盛開的牡丹花經歷了第一場風雨後的楚楚風情，帶着有了年份的紅酒的餘味；但也有許多陰影，隱藏着許多秘密，引發人的遐想。這也是你近幾年來才懂得欣賞的。

你很少喝白葡萄酒，但在這個南半球夏秋交接的晚上，似乎沒有比入口冰涼芬芳，在舌頭上留下輕微刺激的白酒更適宜了。清爽的蘆筍的香甜，蝦仁牛油果的酸膩，平息了剛才的飢餓和疲勞，你可以比較從容地和她對話。

你告訴她過去兩三個月來像蜻蜓點水那樣的旅程。多雨的庫斯科，的的喀喀湖上的太陽島，拉帕斯的女巫街，淒涼寒冷的沒落銀礦城 Potosi，一望無際天地合一的 Uyuni 鹽湖，高原上的火山，荒漠和冰湖，智利的地震，巴塔哥尼亞（Patagonia）的荒涼，烏斯懷亞的天涯海角，你可以長篇大論，一一道來，也可以輕描淡寫，幾分鐘內就帶過。旅途的感受有的時候不足與外人道。

聽完你的敘述。她只是說道，我以為你一到秘魯，就會來找我，我還預備請一個星期假，帶你到什麼地方走走呢。

你說有人告訴你，利馬是一個很大很混亂的城市，而你每到一個陌生的大城市總感到非常失落。所以你把它留到最後。你問她這裡有些什麼值得看的地方。

你可以先到老城走一圈，大廣場附近的總統府、大教堂，還有不少殖民時代的老建築。利馬畢竟是西班牙當時在新大陸的兩個總督府之一，遺留了不少歷史。大教堂有一個博物館很值得一看，館長是我以前的同事，也是好朋友。你可以去找他，我會打電話跟他打個招呼。這兩天我們國家考古學會正在開展一個新的項目，整天

開會，我走不開，白天不能陪你了。

你說沒關係，你一個人走慣了。她笑了，對，肯定你不會迷路。你說假如有下一世的話你也想做一個考古學家，考古是穿越時間和空間的旅行，最適合一個喜歡旅行又喜歡懷舊的人。她笑了一下，沒有答嘴。

那你一定把秘魯都跑遍了？

的確到過不少地方，我不太喜歡坐在辦公室裡，其實秘魯有很多的古蹟，從利馬往北就有幾個重要的遺址，有些小城市還保留着古老的傳統。不過游客們就知道有馬丘比丘，不知道印加人之前的文化更精彩。

上第二道菜了。你的海鮮飯有點像西班牙的 Paclla 和意大利的 Risotto 的混合，味道很好。你說你在秘魯旅行了這麼久，還是第一次嘗到這樣的美味。她問道，你沒有吃過 Ceviche 嗎？你說你經過的地方大都在海拔 3000 米以上的山區，沒有新鮮海鮮。

你說在你到過的 4 個國家中你覺得還是秘魯和玻利維亞有意思，這兩個國家的原住民佔大多數，印第安人看來就像亞洲人一樣，走在他們之間你覺得很親切。

不知怎麼地你們談起了秘魯政壇的情況，你說看來，南美國家近年來整體有了改善。你問現在的總統不是好多年前就已經當過總統了嗎？你還記得在那次競選中，作家 Vargas Llosa 也參加了。法國的讀書雜誌當時對他做了一個訪問，問他怎樣從一個左派變成了右派，為什麼要從作家變成總統候選人，你還把它翻譯成中文呢。你對文人從政的事比較關心，因為在大學時你讀過陳獨秀和瞿秋白的書，對他們的悲慘下場很同情。

她說秘魯政壇上來來去去就是這批角色，你卸妝來他上臺，都是一丘之貉，每次在選舉之時，彼此攻訐，打得死去活來，選舉一過

塵埃落定，就稱兄道弟，朋比為奸。他們維護的就是他們這一小圈子裡的人的利益，不論是誰當政，哪裡會想到為人民造福。Fujimori下臺了，現在他子女又出來競選了，所以這個國家這麼多年來還是沒有上去；秘魯兒童營養不良的比例是拉美最高的。我對他們絕對不抱任何幻想，秘魯的土著血統的人口佔極大多數，可是我們這些當政者都是一些忘了祖宗的人，他們都想把自己變成百分之一百的Gringo，都是美國人的走狗。

你說你沒有這麼悲觀，最後總會有一個印第安人上臺執政，你看巴西的 Lula 不是幹得很好嗎，還有玻利維亞和厄瓜多爾的總統不都是土著嗎。

你想她年輕時可能是一個激進左派，會不會是一個毛派，一名光明之路（Sendero Luminoso）的成員。她可能有過一番不尋常的經歷，在深山裡打過遊擊，是像 Che 這樣的一號人物，怪不得她走起路來這麼快。她的考古學家的身份是一種掩護，允許她到深山野嶺活動，你面前竟有這樣一個神奇的人物，等待你去發掘。你忘了你正坐在海濱的餐館裡喝着白葡萄酒，嘗着美食。你對你的胡思亂想感到可笑。你把她發展成一篇小說的主角了。

第二天吃完早飯，你問打理這個青年旅舍的璜怎樣去市中心，他畫了一張簡圖，告訴你在什麼地方搭車什麼地方下車，回來時又怎麼走法。璜就像來自山裡的印第安人一樣不太講話，待客卻盡心。你在他所說的地方搭上了巴士。這個城市很廣，過了約 40 分鐘才到國會大廈，那是璜告訴你下車的地方。穿過馬路，從對面一條比較雜亂的橫街一直走下去，經過一兩個老教堂就是大廣場了。

廣場一側的總統府操場上，國家警衛隊的樂隊正在演奏，你在大廣場的長椅上坐下來，聽着這首很耳熟的樂曲，過了一會你想起是施特勞斯的《拉德茨基進行曲》，奧地利作家 Joseph Roth 寫了一部

同名的小説，給你留下了很深的印象。

　　廣場的右邊就是大教堂，大門旁邊果然掛着博物館的招牌。你看一看錶已快到中午了，你不想在午膳時間去打擾番妮的朋友。於是你就在廣場周圍兜了一圈，這裡都是相當有特色的殖民時代建築，現在改成了步行街，有很多露天咖啡館和優雅的商店。

　　你經過市政府，裡面正在舉行一個秘魯女畫家 Julia Codesido 的畫展，昨晚番妮跟你提到過，你進去看了一下，發現她是墨西可女畫家 Frida Kahlo 的同時代人，也有過一個不平凡的人生。從畫展出來你覺得有點餓了，在總統府後面找到了一家老式咖啡館，發黃的牆壁上掛着一些舊照片，天花板很高，掛着幾臺在懶懶轉動的吊扇，有點像維也納的一些舊咖啡店。那些上世紀初風格的檯椅上留下了許多水漬，喜歡懷舊的人，會得欣賞這種陳舊的裝飾和沒落的氣氛。你一面吃着那份簡單卻相當可口的午餐，一面猜測這個咖啡館的來歷，以前可能是文人和藝術家雅聚的地方，空氣中似乎還飄揚着他們留下的一股淡淡的煙味。

　　吃完飯還不到兩點，教堂的博物館可能還沒有開。你記得早上下車時見到一塊寫着中國城的路牌，指着國會後面的方向，離這裡不遠，你想不如先到那裡兜一圈再説。一離開步行街範圍，街道和周圍的建築又變得雜亂無章。走了一段路，就看到了寫着「中國城」三個字的牌樓，穿過去就是它的範圍了。裡面有幾條橫街小巷，亂哄哄地都是掛着中文招牌的店家，有雜貨店，電器店，服裝店，鞋店，有港式咖啡店，和櫥窗裡掛着油膩膩的燒鴨、油雞和叉燒的小茶樓，還有好幾家小賭場，專為好賭的華僑服務，倒也方便。街上大都是當地人，這裡大概可以買到十分便宜的東西。這是你在海外看到的最凌亂的中國城。你記得在網上看到過，秘魯約有 100 萬華僑，是南美華人最多的國家。最早的移民來自澳門、廣東一帶，在 19 世

紀,他們被當作苦力,賣到這裡的種植園,過着像奴隸一樣的生活。現在又增添了許多新移民,社會地位也有了改善。你走了一會,覺得沒有太大意思,就往回走,看到一個街市,進去轉了一圈,買了一些水果。來到國會大廈那條大路上時,你突然覺得很累,再也沒有勇氣去看大教堂,再去和一個陌生人打交道了,明天再來吧,你這麼想。沒有別人在身旁,有的時候會一下子就沒有勁了,這是一個人旅行的缺點。於是你搭上了回程的巴士。番妮昨天已告訴你,第二天晚上她要加班不能陪你,約了隔天見。回到客棧後,你覺得很累,倒頭就睡。晚上隨便地應付了一頓。

番妮 8 點多鐘才到。她又要帶你到一個不知什麼地方去。你告訴她今天去了人類學博物館,在那裡看了一個下午,比較累,建議就在附近找一個餐館。所以你們現在就坐在這間小街上的小餐館。旁邊房子的園子裡傳來茉莉花的香味。

的確,今天在博物館花了很大的精神。那是在離旅館很遠的地方,下了巴士之後還走了 20 分鐘的路。

博物館一進門的地方有一塊大牌,上面開列了哥倫布之前的秘魯文明與其他幾個古老文明的對比表。你發現人類的祖先,不論他們在什麼地方,都經過漁獵採集,到農耕畜牧,從新石器時代到青銅時代的演變,之後他們才各自有了不同的文字和文化。你根據年代,對比着瑪雅、埃及、美索不達米亞、中國、印度、希臘克里特島文明的發展階段。你一向以為中國在各大古文明中,不是排第一就是第二,現在才發現埃及的文明比中國的商朝早了許多。占埃及有 30 個朝代,第一個法老王在公元前 3150 年就統一了尼羅河地區。作為希臘文化源泉的克里特島的米諾斯王朝在這個時候已相當發達。兩河流域的楔形文字又比中國河南安陽出土的殷墟甲骨文和商周青銅器上的銘文早 2000 年。5000 多年前的蘇美爾文化已有了很美麗的建

築和極有氣魄的史詩。印度河谷的文明可能還要早，卻是發源於現今一片混亂的巴基斯坦和阿富汗。認真計算起來，中華古文明可能還排不到前四名內。唯一可以值得自豪的是在四大河流文化中只有它一直沒有中斷過，但這也不能保證以後不會湮滅。你曾自我標榜為世界公民，現在你發覺你對這個世界的了解是多麼的支離破碎。

你和番妮坐在小餐館的露臺上，一杯啤酒下去，剛才的疲勞消失了。你告訴她下午去人類學博物館的經歷。你說今天的收穫很大。你對秘魯的古文化終於有了更全面的了解。以前你只知道有印加文明，以為它就可以代表了整個秘魯文明，在到過馬丘比丘後，你不免感到失望。番妮說美洲的最早文明發源在現今的墨西哥和危地馬拉一帶，也就是在瑪雅文化之前的奧爾梅克（Olmec）文化，距今也有了 3000 年。而你在馬丘比丘看到的印加遺址在世界文化的長流中實在是微不足道。你說，你在博物館看到的優美的帕拉卡斯紡織和精致的納斯卡陶瓷，這些 2000 多年前留下的文化遺產，並不比中國的差，你才感到秘魯文明也有着深遠的源流。番妮說各個文化都有它獨特的一面。

菜來了，你們又叫了一瓶啤酒，你說想不到利馬還有這麼多可看的東西，可惜你後天就要走了。這是一個很美好的晚上，日間的博物館之遊使你覺得，這一天沒有白過，你的生命變得更充實。番妮說，明天請你來我家，我做 Ceviche 給你嘗嘗，替你餞行。

第二天黃昏到來時，你有點患得患失。你沖了一個涼，對着鏡子想，真的應該去理個髮，把鬍子剃掉，這樣會顯得年輕一點，但已沒有時間了。你在街上買了束花，在的士上你想象今天晚上又會有些什麼奇遇，好像你又踏上了另一個旅程。

番妮的住所也是在一個洋房區，她住在二樓，按門鈴時你想，她終於願意為你打開一道門，讓你看一看門後隱藏着什麼。

你每次見她，她都穿着褲子。有點像男孩子一樣，今天她穿上了裙子，一下子變了形象。她好像看到你臉上的詫異，笑了一笑，你正在懷疑是不是要在她兩頰親一下，她接過你手中的花，說很久沒有人送玫瑰花給她了，很自然地湊近臉孔讓你親一下。

　　她去倒酒的時候，你打量這個房間，你的眼睛像一枝探射燈一樣從一角掃到另一角；牆上的畫，書架上的書，你想從中找到關於她身世的一些蛛絲馬跡。去發現一個人，就像走上一個新的旅程那樣，令人感到同樣的新奇和刺激。

　　這是一個長方形的房間。對着街的一面有兩隻窗，暮色透過白色的窗紗滲進來，為米黃色的牆壁添加了一絲淡淡的茶紅，就像你送給她的玫瑰花的顏色，整個空間柔和起來。一個書架把後面那部分隔成了一個小臥室。前面客廳部分放着一張沙發，靠近廚房那個角落有一張餐桌，靠窗口那裡是一張小寫字檯，除了沙發是新的，其他都是笨重的古董家具，大概是上一代留下來的，看來她的家境還是不錯的。

　　房間裡雖然不是打掃得一塵不染，也不能說亂，一個不需要花太多時間打理而又足夠舒適的單身專業女士的小窩，帶着一些隨意和任性。現在你至少知道了她是獨居。一道牆上掛着一張墨西哥女畫家芙烈達‧卡蘿畫展的海報，是她的自畫像，已經有些年月了。另外一個鏡框裡是一張很精細的方形傳統織品。

　　她在 CD 盤上放了一張唱片，之後在沙發的另一端坐了下來，你們喝着她剛調制好的冰涼帶泡沫的 Pisco Sour，默默地聽着那隻緩慢的鋼琴曲，你想不到她會喜歡這樣的音樂，似乎不太符合她的性格。在黃昏時候聽埃里克‧薩蒂的三首《梨形曲》(*Trois Morceaux En forme de poire*)，總有一絲淡淡的憂鬱，是懷舊吧，它使你想到在巴塞隆那的悠閒日子。

過了一會，她說你坐一下。我到廚房裡把那個甜點做好，我們就可以吃了。

　　你趁她不在時走到書架前面看了一下，上面放着幾本關於考古的書和雜誌，你居然在裡面翻到一篇介紹三星堆巴蜀文明的文章。此外你發現了 Che 的《摩托車日記》，還有阿連德女兒伊莎貝爾寫的小說。你想到了不久以前你曾站在聖地亞哥總統府前的廣場上，對着阿連德的銅像沉思，你在玻利維亞時也曾想過去古華拉被殺的小鎮上看一看，他們都為了理想而犧牲。你又翻到了一本奧威爾的《向加泰羅尼亞致敬》，還有在西班牙內戰中被法西斯謀殺的洛爾卡，以及智利詩人聶魯達的詩集。書架上的書，令你感到你們的心路歷程竟是如此接近。

　　在你們 4 天的交往中，一直都在討論文化歷史，雖然天涯海角什麼都談，卻從來沒有問過對方的私事。那好比是一個禁區，好像一涉足其中，就會把自己暴露了。事實上你們又沒有故意隱藏什麼。你們似乎都有太複雜的過去，不是三言兩語就可以交代清楚的。有一種無名的尷尬，使你們難以開口，或許是已到達一定年齡的人的世故吧。你記得好像有人這麼說過，一對男女，在沒有肌膚之親之前是不會盡情傾訴的。你對她了解很少，但言談之間，可以看出她有點憤世疾俗。可能是在一個沒落的大家族中成長，她大概有過不少悲苦的經歷。或許她吸引你的地方就在這裡。

　　她從廚房出來時說，我們可以吃了，她請你替她把手中的那瓶白酒打開。你們在鋪着淡橘色檯布的餐桌上坐下，她點上了銀燭臺上的蠟燭。於是你們像 4 天前那個晚上在燭光下進餐。她說我只做了 Ceviche 這一道菜。你說，這樣很好，你也不習慣吃得太多。桌上一大盆浸在檸檬汁裡的魚生和蝦仁、洋蔥和青椒，味道很清爽。你問道是不是要提前醃浸很久。她說一般要把生魚浸上兩三小時，但

我這個不是秘魯酸橘醃魚的傳統做法，受到日本刺身的影響，只是稍微浸了一下，一般我們只用一種魚，因為只做這一道菜，我怕太單調，所以用了三種不同的魚，另外加了大蝦。她指了一指旁邊的一碟紅薯說，我們通常和這個一起吃。你說，很高興能吃到這麼美味的一道菜，就在這兩三天內，秘魯對你來說好像變得更真實了。

吃完了飯，你幫她收拾，快手快腳洗完了那幾個碟子，然後回到客廳裡，你們在沙發上坐下，繼續喝還沒喝完的那瓶白酒。

你可以聞到她頸後散發出來的香水味。你告訴她過去三個月來的旅行，雖然走過了一萬八千里路，但對這個大陸還是一無所知，直到你來到利馬。你就是這樣匆匆忙忙走馬看花地走過了生命的一大部分。

你為什麼一個人旅行呢？難道你不寂寞嗎？她問道。

當然有一個伴最好了。但同年齡的朋友，聽到你的旅行方式都搖搖頭。而年輕一點的又沒有這麼多的時間。其實獨行多了也就慣了。到了這個年齡，每一次的旅行不單是向前走的旅程，還不可避免地包括了向後看的旅程，而這個過程是無人能分享的。

她說我還以為你 3 個月前就到呢。你早一點來我還可以請一兩個星期假，陪你到處走走呢，關於印加文明我知道的不少，這到底是我的工作。她的聲音多少有點苦澀。你說下一次吧，你還會回來的，你還沒有走那條印加古道呢。你說得夠肯定的了，但心中不知有多大的懷疑，她看了你一眼，歎了口氣，好像洞察了你的心思。你們都知道這個下一次，不知道是哪年哪月了。你想你到一個地方去旅行，結果總是沒能立刻到達目的地，而是彎彎曲曲走了很多分岔的路，在別處兜了一個大圈再回到原來的路上，有點像寫小說的人常常添加一些偏離了主題的插曲一樣，雖然你碰到了一些不同的人，使你的旅程又多了幾個腳註，但你卻錯過了最重要的那一部分。

我們不談這些，番妮說，讓我們為你成功結束你的南美之旅乾一杯，讓我們為美麗的歐洲乾一杯，為這麼遙遠又和秘魯這麼接近的中國喝一杯。你們都有點醉了，你談到你在歐洲的生活，你年輕時做過的許多傻事。她到廚房裡又拿出了另一瓶酒，在 CD 盤上又放了另一張光碟，是法雅的《魔戀》。她突然之間變得很高興，在酒杯裡倒滿了酒，為你下一次來秘魯乾一杯，她說。

她對你凝視的眼睛裡有一種像女巫樣的神秘光芒。

她是一個等待你去發掘和探索的古蹟，有多少的故事，歡樂和悲傷隱藏在這張臉背後，半個人生，一部動人的小說，可惜沒有時間了。在利馬你去了兩間博物館，你在發現她的同時也發現了另一個秘魯。她就是這另外一個秘魯的縮影。你一路上看到了很多表面的東西，等你有機會更深入地去了解時，你就要離開了。她無疑會是一個很好的旅伴，但不知怎樣這一念之差，你南美之行的第一章就變成了最後一章，假如你的旅程是從利馬開始的話，那可能又是另一番際遇了。

你想你的確是醉了。你似乎在不斷地重複自己，再三地講同一些事。你的童年就像安第斯高原那樣憂鬱。她成了你傾訴的對象，你有點語無倫次。你一醉了就是這樣，你會講很多的話。但是過去是過去，你們還是生活在此時此刻的人。你想從她身上找回那失落的過去畢竟是不可能的。

是什麼樣的滋味，是剛才吃的 Ceviche 留下的海洋氣味，還是冰涼有如高原上寒冷稀薄的空氣的白酒的清香。再來一杯吧，這是一個美麗的晚上，雖然姍姍來遲。明天你就要走了。走了這麼長的路，到了路程終結時你才找到你要的。

你們兩人之間可能共同懷着同是天涯淪落人相見恨晚的感歎，啊，她是你的女遊擊隊員，她是你年輕時曾經擁抱過的理想主義的化身。

你從半醉的亢奮中慢慢清醒過來，你們坐得很近，她的頭髮散落在你肩上。或許不久以前你的胳膊還搭在她肩上，你的嘴唇上還殘留着她頸後的香水味。這 3 個月的奔波，多少的寂寞，幾萬里的路程累積起來的疲倦突然化成一股憂鬱，你有無數的懷疑。明天你就要離開這個大陸。

　　旅程已到終點。隔開你們的是意興闌珊，是你們各自後面的幾十年路，是你們各自背的包袱，是疲勞，是慵怠。

　　她似乎也感覺到了，攏一攏頭髮，站起來又為你們倒滿了酒杯，但你們已經不能回到剛才那種介乎兩者之間似有似無的時刻；當感情像一顫微風泛起的漣漪的時刻，而風又靜止了，湖水平靜如鏡。但你終於沒能打開那層隔膜。那最後一口白酒反而一下子把你淹沒在浪潮一般的憂鬱中。

　　就像你不知道怎樣去結束一篇小說一樣，你不知道該怎樣去結束這應該是很美麗的晚上。你的旅程不是夜之盡頭之旅，而是黃昏之旅行，滿天的紅霞轉眼就會在黑夜中消失，你怎樣能使這一刻逗留得更久一點？

　　你完全清醒過來了。現在幾點了，你記起了自己在什麼地方。你想起了卡夫卡的《城堡》那也是一部關於旅行的書，一個永遠達不到目的地的旅程。

沙漠和邊城

這個城市真像沙漠中的海市蜃樓，無中生有的幻象。他說。

他們剛從客棧走出來。客棧就在城市邊緣。好像這樣的邊城理應有高大的城牆和城門以禦外敵。其實沒有城門，城門只存在於想像中。或許以前有過，現在只是那條公路開進由一群土黃色看來古舊雜亂的民房構成的城市的入口。這是一個不設防的城市。城堡建造在被城市包圍的小山丘上，居高臨下，有高大的城牆，只不知它的作用是保護城市呢，還是防範城市的居民。

夕陽西下，午間的酷熱已在消散。

我們找一個高一點的地方看落日，她說。

大街旁邊有一棟半新不舊也不知道是什麼年代的樓房，大概是在舊樓的基礎上增高改建的餐館，他們在三樓天臺找了一張桌子坐下。太陽已失去不久前的猛烈，在這個城市的邊緣一眼望出去就是沙漠，除了那條通往城市的公路外就是一片荒涼。長途巴士站在離城約一公里外，早上他就是背着背囊，頂着熾熱的陽光沿着公路走進這個城市。現在沙漠的色調隨着太陽的西斜也從單調的黃色變得更有層次，更耐人尋味。這種黃昏的景色總令人感到淡淡的憂鬱。

他們在還帶着餘熱的空氣中啜着冰涼的啤酒，芬芳的泡沫安撫着枯燥的嘴唇。她滿足地深深歎了口氣。

在南部一些地方可根本找不到任何帶酒精的飲料，她說。

他可以理解她的喜悅。她來自那個生產啤酒的城市。他曾經到過，而且不止一次，在那個德法邊境的大學城當學生的時代。他當然記得 10 月的啤酒節，Hofbrauhaus 臃腫的 Fraulein，巨大的手指間夾着六七個滿溢泡沫的一公升陶瓷啤酒杯碰一聲放到一排可坐十幾個人的長桌上的聲勢。

你愛那種歡樂熱鬧的氣氛嗎？長長的桌子，十幾個已喝得半醉的人，在音樂響起時，手臂挽着手臂，肩靠肩，一起搖擺起來。他不好意思跟她說關於啤酒節的回憶中，腦際的第一個印象是一列排在小便池前的人龍和刺鼻的尿酸味。一點也不浪漫。

對於德國，他有一種微妙的感情。這自然和小便池無關，而是因為許多年前的一段回憶。

眼前的女人，對他來說身材稍嫌高大，不是他所喜歡的嬌小玲瓏的體態。她的濃重的德國口音，一些誇張的小動作，總令人感到她有點魯莽。

他在西斜的陽光下打量她。金色及肩的頭髮，並不是像陽光下的麥田那樣的耀眼金黃，而是混雜古銅色的黯淡的金色，那種永遠也曬不黑的白皮膚，方正的臉孔，特別大的藍色眼珠。你不能說她漂亮，卻也不是毫無吸引力。有些人可能喜歡那種健美的身材，對他來說，那種粗枝大葉的線條缺乏了婉轉的含蓄。但眼前女孩臉上的幾點雀斑卻勾起了另一個德國女孩的形象，他不知為何歎了口氣。

早一些時候她問他，你從什麼地方來？她當然知道他來自亞洲，但不能從他講英語的口音中分辨出他來自哪一個國家。他能理解，因為他的英語中已混雜着好幾種外語的口音。他說我來自香港，她

說很少碰到中國人這樣一個人旅行。他想告訴她，香港的中國人多少有點不同，而且他也不能說還是百分之一百的中國人，半生流落異鄉。但他沒有說出口。有些問題被問得多了，也就懶得解釋。

他們所處的位置看不到落日，但落日的影子掠過眼前，沙漠的顏色每分鐘都變得更柔和。

又一次，他感到此情此景曾經經歷過，既迷濛又令人失落。柔和的黃昏淡化了陽光下的明顯缺陷，沉重化解為輕靈。

很久以前他讀過一本小說，叫什麼名字來的？

有一個意大利作家寫過一個城堡和沙漠的故事，你讀過沒有？

她對渺茫的黃沙的凝視轉移到他臉上。她的眼睛在暮色中變得深不可測。

你說的是《韃靼人的沙漠》？我們明天要去的就是一個叫 Thar 的沙漠。

他點了點頭。

歲月消逝，沒有女人也沒有愛情，很憂鬱的小說，讀來令人有壓迫感，她說。

啊，歲月消逝，英雄志短的落寞，方吾的確能從文字中領略到。她不提起，真的不會注意到書中沒有一個女人出現。如果不是女性敏感的解讀，他絕對不會想到韃靼人的沙漠是沒有愛情的人生。她並不像他想像的那麼魯莽。

空氣中有一種導人沉思的渺茫和寂靜。方吾想到另一個筆下也幾乎沒有愛情的阿根廷作家，博爾赫斯不論寫什麼，沙漠、迷宮、阿根廷、日內瓦，總引發無邊無際的遐想，之後是迷茫，最後是淡淡的憂鬱，作家筆下充滿了對生命的渺茫的感想。但是就是缺乏熱情，就像迪諾·布扎蒂的沙漠城堡一樣。難道這兩個作家的私生活也像他們筆下那樣只有枯燥如沙漠的哲理？他們之所以這樣是不是因為

對於某一個意念或某些回憶的執着、糾結？博爾赫斯五十五歲時就失明了，他的年邁母親怕自己過世後沒有人照顧他，為他物色了一個伴侶，但不久就分開了。

一個沙漠邊緣的城市，好像時間在這裡變得像沙漠那樣沒有邊際，是她打破了這種沉默，她的口音有點不太自然的嘶啞，像達利的畫，癱瘓了的鐘錶。方吾點了點頭，沒有接話，還是全神貫注那一片荒漠，不知為什麼他卻想到了日內瓦湖濱的黃昏。眼前的枯黃沙漠，與日內瓦湖湖水的一片翠綠是多麼地不同哦，但卻帶給他同樣的迷茫。

已經有 40 多年了吧？那一個有一個美麗的中文名字的貝桑松大學城為外國學生辦的法語速成班，坐落在一座方方正正的兩層樓高的四合院裡。古老建築裡即使在初夏都帶有一股涼意，每節課之間的休息時間從課室裡湧出來的學生都聚集在大天井朝陽的那邊聊天。第一眼看到站在大學院子右邊牆角的纖瘦女孩楚楚可憐的孤單身影就有點感動，她顯然是初來乍到，不知所措，後來才有點遲疑地向人群靠攏。他一向都喜歡那種瘦小的嬌小玲瓏女孩。然後像一朵浮雲一樣，她來到了他的面前，那個來自馬爾堡女孩，為他帶來一生之中一個最純粹的回憶。

從小在歐洲文化的陶冶中長大的她比他知道更多的事情，充滿好奇心，主意也很多，並不像他想像的那麼脆弱。有一天，她說下個禮拜一是假日，有一個長周末，我們去日內瓦玩吧。於是一個陽光普照的周末的早上他們搭上了一輛順風車，朝着那個一百多公里外的目的地出發了，那是他第一次走在路上，公路邊上開滿了鮮紅的虞美人，兩邊是金黃的麥田，身邊還有一個帶着草莓奶香的女孩。他們換了幾次車之後，在瑞法邊境附近搭上了一個回家過節的法國人的 2CV 老爺車，把他們直接帶到日內瓦湖濱的青年旅舍，很順利

地找到了兩張床位。

那天傍晚，他們坐在湖濱公園的長橙上，看着眼前的高高的噴泉，一波推着一波向上湧的水柱衝上雲霄之後又像瀑布瀉下的水汽邊緣飄着的一片淡淡的彩虹，後面是清晰可見的白朗峰。她在一旁沉思，手上拿着一枝筆和一張明信片；他在冥想着渺茫的未來，突然感到一種似曾相識的感覺，他與此情此景還有一份沒有完結的緣分。5 年之後他就在這個城市找到了一份工作。

博爾赫斯在 1985 年搬回到了日內瓦，那個他童年成長的城市。在逝世前 3 個月才跟多年來照顧他生活的秘書結婚。方吾想到那時候自己已經在日內瓦生活了好幾年了。

她講了一句話，他沒有聽清楚，只是「嗯」了一聲，他的眼光從沙漠又再次飄移到她的臉上，她比他年輕很多但也不年輕了，6 個月在路上，免不了歷經風塵的憔悴。時間，黃沙，鐘錶的空寂。他想從她的眼睛中搜索語言所沒表達盡的思維。但瞳孔已融入夜色中，只剩下眼白部分和臉孔上帶着點不知什麼時候亮起的電燈的暗淡光影。

早上他一到這個邊城，小客棧的主人就問要不要參加明天一個兩天一夜的沙漠 SAFARI，已有 5 個人報名了，加上他剛好一團，可以給他比別人更優惠的價格。

他也沒有怎麼考慮就答應了；《孤獨星球》導遊上說這是不可錯過的遊覽項目。主人說，那麼，下午 5 點大家碰個頭，介紹一下第二天的路程。

下午他到街上走了一圈，回來已遲到了 10 分鐘，其他人都已到了。客棧主人請大家自我介紹一下。

莫妮卡一開口，就很容易地猜到她來自何方。旅途中見識的人多了，自然而然地懂得了辨別口音，雖然大家講的都是英語。最明顯的是印度人的濃重口音，慢慢講來還可以聽個明白。但他們講得

總是如此快，字句像機關鎗那樣掃出來。客棧的主人卻是例外，一口牛津英語，高高大大的身材，淺淺的膚色，倒像是某個城堡主人的後代，而不應僅擁有一個小小的客棧。講法語的三姐妹都很年輕，卻不像來自同一家庭。最成熟的安看來也不過二十來歲。早上他背着背包走進小客棧時，見到了這很特殊的三姐妹，聽到她們在講法文就和她們交談了幾句。來自印度南方那個以電腦業聞名世界的城市的阿魯賈，也是第一次來到這個邊城。年輕的工程師希望多見識一點自己的國土。再過幾個月他就要到美國去了。

主人的介紹很簡單，明天出發時間是下午 4 點。他提醒大家多帶一點衣服，沙漠的晚上很冷。明天晚上是除夕，他們會在沙漠裡迎接新一年的來臨。他會供應簡單的飲食，但如果希望狂歡慶祝一下，最好自己再買一點帶去。

天臺上的燈亮起來，天已快黑齊了。服務員拿着菜單過來。他們點了晚餐。莫妮卡問他是不是再來一瓶啤酒，方吾遲疑了一下然後點點頭。沙漠裡的風還帶着日間的燥熱。她告訴他，在路上已快 6 個月了，一連串城市的名字，這個國度遼闊如一個大陸。有些他到過有些沒有，但說不定，在某一個南方的城市他們已經打過照面。他們有些相似的經歷，卻有着不盡相同的回憶。他們都同意南部的海灘，蕉風椰雨的喀拉拉比起枯乾的沙漠更易親近。但看來單純的沙漠卻隱藏着更多的奧秘。明天的沙漠之行會有怎麼樣的奇遇？

他們認識還不到兩小時，旅途中的人，萍水相逢，似乎很快就熟絡了。餐廳裡的人漸漸多起來，法國那三姐妹和阿魯賈也來了，剛好坐滿了一桌，旁邊的桌子也很快坐滿了。剛才還冷冷清清的飯店，一下子熱鬧起來，附近的遊客不約而同地來到這個比其他房子都高出一層的天臺飯館。

還真想不到有這麼多的遊客，安說。雖然帶着口音，她的英語

還算流利，她的兩個妹妹表達起來卻結結巴巴。尤其是卡瑟琳，每每找不到一個單詞就用法文替代，並向姐姐投以求救的眼光，看她樣子不過十五六歲的光景。克雷爾也不過比她大兩三歲。

他正想提出他的疑問，解開心中的納悶。阿魯賈卻搶先了一步。

你們看來不像來自一個家庭。

的確，安的天然捲曲的棕紅色頭髮，象牙色的皮膚，大而深邃像小鹿一樣的眼睛，看來有點像阿拉伯人。克雷爾的鳳眼顯示了她的亞洲血統，而卡瑟琳的膚色和輪廓卻類似發問者，一副印度人的模樣。

安説，也難怪你們疑惑，其實説穿了也很簡單，我們3個都是被收養的孩子，背景各自不同。我們的爸爸是法國人，媽媽來自荷蘭。我來自阿爾及利亞，克雷爾來自柬埔寨，卡瑟琳的老家是印度，一家人來自5個不同的國家。

莫妮卡説，這倒是少有的事。你們的父母肯定很特別。

也沒有什麼特別，安説，他們兩個都是中學老師，假期比較多，他們喜歡旅行，到過很多地方，可能比其他父母開通一點。譬如説，我們3個人到這裡來旅行，他們一點也不擔心。

你們一家人一定很熱鬧，莫妮卡不無羨慕地説，我的父母只有我一個孩子。

卡瑟琳説阿魯賈是她認識的第一個印度朋友。她可想多知道一點關於印度的事情。年輕人喝多了啤酒，變得很健談。滔滔不絕地談起他的家裡，他的生活，他的工作。

安問你還沒結婚嗎？聽説你們很年輕就結婚，而且對象都是家裡安排的，你們印度人的家庭是不是有很多孩子，對女孩是不是有點歧視。

阿魯賈笑了，有點不好意思地承認，家裡人正在替他物色對象，

希望他在去美國前結婚，怕他到了美國後和外國女孩結婚。幾個女孩想不到他這樣坦白承認，有點好奇地看着他。

莫妮卡問道你自己有什麼想法。阿魯賈聳聳肩，不知是想表達他無所謂或是無可奈何。

想不到你們的家庭觀念還是這麼傳統？莫妮卡說，外國女孩有什麼不好，我在少女時代就整天夢想着一個來自東方的王子，她輕輕地歎了一口氣，帶着那麼一點遺憾。

難道你對外國女孩沒有一點幻想？安問道。

阿魯賈沒有答話，只是聳一下肩輕輕擺動了一下他的頭。

沒有？安想確定一下。頭又是同樣地搖擺一下。

剛到印度時，她總弄不明白，對方明明應該答是，卻在搖頭。到現在她還是分辨不出這搖擺之間的些微差別。其他人大概有着同樣的疑惑。

卡瑟琳想知道印度女孩的處境如何？女孩是不是受歧視？她想設身處地了解一下，如果她還留在印度的話，她會過什麼樣的生活。

我的兩個妹妹都在上大學，她們都比我獨立，不象你們所想像的那樣。當然也要看你的出身。阿魯賈的回答有些出人意外。

方吾知道印度的社會有如印度宗教一樣複雜，種姓制度更加重了這種複雜性，但這不是三言兩句能解釋的，當然不是年輕的卡瑟琳所能理解的。

阿魯賈不知向坐在他旁邊的卡瑟琳說了些什麼，她在答話的過程中突然停下來，好像找不到她想用的那個單詞，又向安發出求救的眼光。

克雷爾的沉靜和坦然，使人感到她比實際年齡成熟。她在想些什麼？她還記得她的童年時代嗎？

那個被意識形態統治和摧殘的國家，幾百萬人的死亡，無數家

庭的流離失所。方吾似乎都經歷過，雖然是以旁觀者的身份。一切已這麼遙遠這麼渺茫。不知不覺間他已成了歷史的見證者。

一時，大家都沉默起來，不知都在想什麼。天臺上只剩下兩三檯客人了。方吾看了一下錶，才不過 10 點鐘，沙漠裡吹來的風已帶有涼意。城裡的方向，也已燈火闌珊，似乎已到了就寢入夢的時間了。回客棧的路上，不斷有被他們驚動的狗叫起來。

旅途的簡陋客房總是那種暗淡的燈光，簡單的木床，半夜醒來，不知身在何處。輾轉反側總是吱吱作響。寂寞躲在每一個角落裡，尤其是失眠的晚上。有的時候還有臭蟲作伴，總要到拂曉時分才朦朧入睡。

邊城的早上熱鬧得出人意料，還不到 9 點，街上已充滿了噴着難聞廢氣的摩托三輪車托托聲，腳踏三輪車伕的叫聲，馱着貨物的驢子的鳴叫聲；匆匆忙忙的人群中，幾條瘦骨嶙峋的牛悠悠閑閑的在街市上找東西吃，它們幾乎什麼都吃，包括被拋棄的裝貨物的破爛紙箱子，牛在這裡有牠們的特殊地位，沒有人會趕牠們走。街上的攤販已在地上的塑膠布上攤開了蔬菜、水果、各式雜糧和香料，顧客們彎下腰和蹲在那裡的小販討價還價。

街頭賣茶的攤檔傳來濃濃的茶香。賣茶人正在沖茶，方吾見到莫妮卡，像其他人一樣正在耐心地等待下一輪。他一面吃着剛從隔壁買來的熱辣辣香噴噴的油炸咖喱角，一面靠近她身邊。茶檔主人從一大鍋熱水中用一個大勺掊出一勺沸水，倒進一個擱在洗臉盆裡裝滿茶葉的帶柄布袋裡，然後攪動着大布袋，濃濃的紅棕色的茶汁從布袋裡滲出來，然而在布袋的反覆搖動下，很快地渲染面盆裡的水。他又掊出另一勺水倒進茶袋，如此三番四次，直到那大半盆水變成了均勻的紅棕色。這時，等着買茶的人已經有五六個，沒有人有不耐煩的表示，好像那泡茶的整個演出就是喝茶的樂趣之一部分。

事實上演出才剛開始，更精彩的部分還在後面，賣茶人在那個像有柄的小鍋那麼大的勺子裡加了一些紅糖，又倒進了四份之一的牛奶，用另一個同樣大的勺子從冒着熱氣的大盆裡，招出半勺子茶，從高處沖進左手的杓裡，兩條手臂劃着誇張的弧，這樣反覆了好幾次這個動作，有如一條茶龍在兩個勺子之間反覆遊走。茶香四溢。那茶的顏色也變成好看的奶茶色。然後把杓子裡的茶從一尺多的高度，倒進放在桌上的幾排玻璃杯裡。每一杯都不多不少地剛好是離杯口五分之一的地方。沒等他倒完，旁觀的人已是各自拿起一杯，那些玻璃杯看來不是很乾淨，也無人理會，香濃的奶茶浮上鼻孔，舌尖的感覺卻是甜蜜的膩滑。

莫妮卡説，看過很多次這樣的表演，總是百看不厭，這一次最棒，她説旅行中最喜歡做的事情是在街上隨便地走走，她對看名勝古跡的興趣沒有比看街頭表演大。就像在歐洲每一個城市都有大教堂一樣，拉賈斯坦的每一個城市都有它的宮殿和城堡，多看了也就沒有意思了。

但是他們還是走向城堡的路上，不久就看到了城門，昨天還以為沒有城牆，原來城堡已被後來建造的民居包圍起來。他們沿着斜坡慢慢向上走，太陽已經老高，照在黃沙巖的牆上，乾巴巴的黃色令人口苦唇燥，並不像一座號稱「金色之城」的城市應有樣子。城堡裡的人比外面更多，原來地方就不大，加上遊客都往這裡來，擁擠得很。這裡也有民宿，還有不少小客棧。一路上都是賣遊客商品的店家，大概以前的人都住在城堡裡面，後來人多了才擴展到城外。在一個角落裡，有四五個穿着色彩豔麗民族服裝的街頭音樂家彈奏着熱熱鬧鬧的拉賈斯坦樂曲。他們混在一團又一團的遊客之中，走馬看花地看完了以前的土邦主官邸。大理石的地板和樓梯，雕刻精美的窗戶。這個在 11 世紀建成的古堡，大概是由於沙漠的天氣和石頭

建築，保存得很好，自然有其氣派，可惜參觀的人太多了。莫妮卡説，走吧，快到中午了。他也感到失望，昨天晚上幻想中的孤寂城堡現在是人頭湧湧的遊客景點。再也沒有幻想的餘地。

　　下午三點，午睡醒來，方吾走進小客棧進門的小院子，卡瑟琳一個人坐在那裡，手裡拿着一本書，不知在想什麼。面孔清秀卻有着過於臃腫的身材。這個小女孩總帶着默默寡歡不合她年齡的落寞，令人不敢打擾她。安和克雷爾提着一些食物和飲料從街上進來。卡瑟琳接過安手中的袋子回房間去了。

　　安説卡瑟琳正在一個困難的年齡，身份認同的迷惑加上青春期的危機，就在這　年內，她的體重增加了十幾公斤，整天在吃零食，整天無精打采，什麼也不想做。她搖搖頭。心理醫生説她的食欲過盛是一種心理障礙，還説她可能有自殺傾向，建議她停學半年，入院治療。母親卻認為最好的辦法是去旅行一段時期，為什麼不讓她去印度走一趟呢？她的爸爸想到了這個主意。於是剛好大學畢業的安帶着兩個妹妹，開始了一個尋根之旅。或許，當卡瑟琳回到了出生之地，她會解開潛伏的情結。

　　臨走的那天晚上，母親把三姐妹的領養證明都複印了一份交給她們。她很早就知道自己是被領養的，對她來説這並不是一個問題，對克雷爾來説好像也從來不曾構成問題。她是這麼文靜的討人喜歡的孩子，她有一個神秘的內心世界，你從來不知道她在想什麼。為啥卡瑟琳有這麼多問題，她真不明白。再過一兩個星期，她們的旅程將把她們帶到加爾各答，她們會去找那個法國修女辦的孤兒院，或許在那裡她會找到親生父母的蹤跡。但血緣關係真的有那麼重要嗎？為什麼她自己沒有感到有這種需要。克雷爾又不知有什麼想法。因為她們之後也會去柬埔寨。她想過很多這類問題。父母不在，她要負起照料兩個妹妹的責任，她覺得這短短的兩個月來自己成熟了許多。

方吾一面聽着一面不免在想，為什麼她要跟自己講這麼多，他們認識才不過兩天，難道是因為他講法文的緣故，或是他的年紀和她的父母親差不多。他能幫她的也只是耐心地聆聽。或許這就是她所需要的，即使是旅途上萍水相逢的陌生人。

　　難道他也不是一直在找自己的路嗎。年齡並沒有使他變得比她們更智慧。

　　陳舊的吉普車開出邊城已快一個小時了，開始時公路兩旁還有一些零零落落簡陋的房屋，之後就是一片黃沙。他們坐在吉普卡車後面的一堆破舊毯子上。上車時客棧主人示意他坐到司機旁的座位上，好像覺得以他的年齡應該享受這項優惠了。他沒有理會，和其他人一起爬進沒有座位也沒有遮擋的後面。現在車子已離開公路，開進沙漠，顛簸起來，大家都抓緊了車子兩邊；還好開了大約半小時就到了目的地，已有幾個人和一群駱駝等着他們，這就是他們的沙漠 Safari 的起點。毯子和他們的背包被綁到駱駝上。他們一人爬上了一頭曲着膝蓋坐在地上的駱駝。阿魯賈的那一頭好像不太聽話，老回頭想咬他。駱駝伕叫他拉緊了韁繩才安定下來。駱駝爬起來的時候，有點令人緊張，要好一會才習慣那個高度。紮着頭巾，又瘦又黑的駱駝伕騎上了剩下的那一匹，領着他們，緩緩地向着落日的方向走去，兩個十二三歲的小男孩半奔半跑地跟在後面。夕陽的雲霞把平坦的黃沙轉變成有明暗有層次的波浪。也不過一個多小時就抵達了他們今晚紮營的地方。這個地方看來也沒有什麼特別，一些枯萎的樹木和荊棘，在沙漠裡根本沒有可供識別的標誌。兩個小孩幫着把行李卸下。在他們跑上一個小沙丘去看最後一刻的落日時，駱駝伕領着那幾匹駱駝，不知跑到哪裡去了。等他們看完落日，兩個男孩已經用收集來的荊棘點起了一個小小的營火。那些枯草和荊棘一下子就瘋狂地燃燒起來，眼看就燒完了，安吩咐兩個妹妹快去多

找一點枯木回來。

　　長夜漫漫，他想這些一下子燒完的小枝條不管用。對阿魯賈説我們趁天黑以前去找一些大一點的來。他們走了大約十來分鐘，發現了一些粗大的枯木。阿魯賈説，以前這裡一定是一個有人居住的綠洲，現在水源乾涸，被黃沙覆蓋了。他找到一棵倒在沙漠裡，連枝帶幹有兩個人高的枯樹，估量一下至少可以燒兩三小時，倆人合力抬起來走了一段路。在沙漠的波浪上走，沙從腳底溜走，一隻腳高一隻腳低，要費很大的勁。他們又拖着走了一段路，都已精疲力竭了。阿魯賈説，不行，還是得去找她們幫忙，你先歇一下。結果是合一群人之力才把那顆樹半拖半抬地弄回去。

　　天色已經黑下來。兩個小孩坐在一邊茫然地看着他們，心裡大概在想着溫暖的家和母親煮的菜的味道。阿魯賈先把樹枝折下來放進火裡。火一下旺起來。然後他們把整個樹幹也放上去。折騰了半天，大家才圍着火坐下來，沙漠裡的篝火就像餐桌上的蠟燭，帶來了節日的氣氛。安打開背包拿出客棧主人為大家準備的簡單食物，無非是一些小扁豆、咖喱薯仔等簡單的素食，還好各人自己又買了一些。安説，我們開始我們的沙漠盛宴吧。那似乎是很美好的一刻，空氣還帶着日間的溫暖，半瓣淡淡的月亮印在淡紫色的天空。

　　莫妮卡拿出了幾罐啤酒，阿魯賈打開了他帶來的一瓶威士忌。三姐妹從背包裡掏出一些花生米、薯條片、香腸和罐頭果汁和可樂。方吾早上買了一大包的咖喱角，還有一隻燒雞。都是一些乾糧和熟食，也沒有杯子和碟子。莫妮卡説先喝啤酒吧，隨即遞了一罐給方吾。啤酒已經涼涼的了。

　　阿魯賈拉開一罐可樂，喝了一大口，然後倒了一些威士忌進去，安和卡瑟琳也跟着這樣做。年輕人都喜歡混和着酒精的甜飲料。只有克雷爾，她是素食主義者，堅持喝她的果汁，即使在這個特別的晚

上。安拿了兩包薯條給靜靜坐在一旁的小男孩。兩個小孩一言不語接過了。方吾把紙袋裡的燒雞撕開幾塊，遞給旁邊的莫妮卡。阿魯賈坐在安的旁邊，興致很好，豪爽地喝了一大口，有今晚非醉不可的氣勢。方吾懷疑他平常有沒有機會喝這麼多酒。

涼冰冰的食物在各人手中傳來傳去，這就是他們迎接新年的沙漠盛宴，也沒有什麼好抱怨的，這是他們所選擇的，雖然沒有想像中那麼浪漫。

空氣越來越冷了。他們帶來的東西吃完了，幾個人在這個荒涼的沙漠裡也熱鬧不起來。黑夜很快把他們籠罩起來。克雷爾從背包中翻出一件厚衣服，其他人似乎認為這不是壞主意，紛紛照做。兩個小男孩已把全身裹在厚毯子裡，只露出兩隻眼睛。寒冷的空氣，冰涼的食物，淒涼的節日，似乎只有酒精才能暖和血管。莫妮卡要試一試可樂加威士忌的味道，從阿魯賈的罐裡喝了一口，好像不太欣賞，拉開最後一罐啤酒，似乎已不再在乎再加一分冰涼。安看了一下錶說還不到 11 點，阿魯賈似乎已喝得差不多，躺了下來，突然沉默下來。那一整段枯木差不多燒完了。火愈來愈小，一團一團霧氣不知從什麼地方冒了出來，寒氣侵人。方吾感到兩條腿都已麻痺了，站了起來說，我再去找一些木頭。莫妮卡跟着站起來說，我跟你一起去。

他們向早先找到枯木的方向走去，不久就在完全的黑暗中，緊跟着他的莫妮卡說不會迷路吧。他回頭向來路看，還可以看到一點火光。方吾從袋中摸出那枝筆芯型的小電筒，一個微弱的小光圈印在沙漠上，電池快沒電了。

他們又走了約 10 來分鐘，奇跡似地看到兩棵還沒倒下的枯樹，也不知是否日間所在。他們搜集了一些枯枝，往來路回去，走了十來分鐘，還沒有看到剛才的微弱營火。方吾開始懷疑方向對不對。

他大聲地叫阿魯賈，沒有回音。遠處傳來一聲淒厲的叫聲，不會是狼吧？莫妮卡靠近他，把手放進的臂彎裡。又一聲長長的叫聲，莫妮卡的手緊了一緊，更貼近他了，方吾可以感覺到她柔軟的身體，不會是怕他把她一個人扔在沙漠裡吧。

是駱駝的叫聲，他安慰她說。

他鼓盡力氣又叫了聲。有一個男人的聲音在回答，他們確定了方向又走了一段路後才又看到火光。

營火得到了補充，不一會又旺起來了。兩個小男孩已蒙着頭倒在一邊睡着了。大家靠近了營火取暖。

三姐妹從背囊裡拿出睡袋鋪開，只等迎接了新年，就鑽進去。安宣佈還有 10 分鐘就到 12 點。她對阿魯賈解釋法國過年的習俗，新年到來的一刻，大家要互相吻額祝賀。一定要四下，她向大家關照，然後她開始倒數，8，7，6，5，4，3，2，1，新年快樂。阿魯賈把他帶來的一小串鞭炮點了起來。大家在劈劈啪啪的炮竹聲中互相親吻。他和莫妮卡吻額時她的嘴唇掠過他的唇上，他下意識地避開了。阿魯賈把還剩下四分之一的威士忌酒瓶遞給他，他喝了一口，辛辣的酒精帶來了一股熱勁。他把酒瓶遞給莫妮卡，莫妮卡喝了一大口，把酒瓶遞給安。最後酒瓶又回到阿魯賈手上，安說，你一定要把他喝完，我們有這種說法，喝完瓶中最後一滴酒的人會在當年結婚。大家看着他喝完了那瓶酒，鼓掌為他祝福。

沙漠之夜總算有了一個快樂熱鬧的尾聲，已到進入夢鄉的時候了。方吾拿了客店主人提供的一條毯子在沙上鋪開，還有兩條蓋在身上，等他把自己捲進毯子後，莫妮卡也在他旁邊打開睡袋鑽了進去。不久就聽到她的平靜呼吸聲。方吾卻遲遲不能入眠。單薄的半瓣月亮一時從雲霧裡鑽出來，一時又被雲掩蓋了。

多麼奇特的除夕之夜，他肯定不會忘記。就像他不會忘記一個

星期前的聖誕夜他是在一個金碧輝煌的宮殿裡度過的，在那個被稱為白色之城的烏代布爾，湖心宮殿已變成了豪華酒店。街上貼着聖誕盛宴的海報，有豐富的自助餐和表演，價錢折合起來約 50 美元，夠他付 10 天小客棧的房租。是這兩個月來的奔波，對那種簡陋的一夜小客棧的厭倦，令他決定豪華揮霍一下，買了一張門票。

在湖中心，燈火輝煌的白色宮殿，設在游泳池邊鮮花叢中的宴席，濃重香料氣味的印度美食擺滿了一排長桌潔白的檯布上，穿着印度服裝彬彬有禮的侍者，樂隊演奏着熱鬧的傳統音樂，美麗的姑娘表演着一場又一場的歌舞，微帶酒意的醉眼，有一刻，他還真以為自己是一個穿着繡上金絲花紋白色禮服的印度王公。他忘掉了過去兩個月來看到的貧窮和苦難。如此良辰美景，在這一番熱鬧中，只是他一個人，好像有點辜負了。

如今這個寒冷的荒漠之夜與那過眼雲煙的豪華又是何等大的對比。即使旁邊就睡着一個女孩，但醉臥沙場的味道並不是那麼瀟灑，隔着破舊的毯子還是可以感覺到風在沙上留下的每一道波紋。沙漠裡的沙沒有帶來熱帶海灘上的溫柔，躺下不久就嘗到了那種堅硬寒涼滋味。營火熄了，最初，薄薄的霧氣懸浮在冷冷的空氣裡，還可以依稀地看到沙漠上的波痕，然後，原本是一團一團孤立的霧氣現在被黑夜連結在一起，遮住了天上剩下的星星，空氣和沙漠結成一體。霧氣越來越濃，就像一條潮濕的棉胎貼上身來，兩張毯子上似乎又加了一層冰涼的鋪蓋。

方吾模模糊糊地睡了一刻。

睡去了又醒來，反反覆覆，長夜漫漫，不知怎得天亮。終於他可以看到蓋在身上的那層霧氣，先是與灰黑的天空結成一塊，然後淡開了，變成灰濛濛一片。他可以想像太陽升起來了，但總穿不過那層像棉胎一樣的濃霧。身上蓋的第一層毯子上都是露水，想不到

白天這麼乾燥炎熱的沙漠裡會是這麼潮濕。毯子外的空氣似乎並不比毯子裡的溫度高。他猶豫了好一陣，移動了一下僵硬有如冰棒的身體，終於爬了起來。兩個小男孩還是蒙着頭躺在那裡，其他人也沒有動靜。他做了幾個體操動作，希望能把身體從僵硬中解放出來。他嘗試把火點起來，被露水濕透的枯枝根本引不着火。

他們又坐在餐館的天臺，落日時分，就像前天一樣，也不過一天一夜，卻好像發生許多事情，雖然並沒有發生什麼事情。眼前的景色還是和前天一樣，但沙漠已失去了神秘感。

莫妮卡有點失望地說，或許他們沒有看到真正的沙漠，他們只不過在沙漠的邊緣蹓躂了一下。她聽到過撒哈拉沙漠的朋友說，真正沙漠的沙應該是紅棕色的，不是他們看到的黃沙。或許他們應該參加那個三天兩晚的駱駝之旅，再走遠一點。聽說這裡已是國境邊緣。再過去就是另一個國度。前幾年曾在這裡試爆過原子彈。

她默默地喝着她的啤酒；方吾卻回想起日間驚險的一幕。可憐的阿魯賈，他騎的是一匹發情中的公駱駝。不知怎地，突然發腳狂奔起來，引得其他幾匹駱駝也跟着狂奔。等到駱駝伕從後面趕上來，把他們的坐騎攔下來，把韁繩交到急急趕來的小孩手中，再去追趕時，阿魯賈那匹駱駝已跑得無影無蹤。他們再見到他的時候已經是一個多小時後，一臉驚魂未定的神色。他們的沙漠之旅，也就草草收場。回到旅舍後大家都躲進自己房間裡。黃昏時他從一個長長的午睡中醒來時，伴隨他的是渾身的酸痛。

晚飯時，阿魯賈和三姐妹也來了。大概是太累了，他們一吃完就走了，只剩下方吾和莫妮卡。她又叫了一瓶啤酒，桌上已經堆了5個空瓶子了。酒精似乎打開了她的話匣子。她的話多起來。她從小就喜歡讀赫賽的小說，對東方有過無數的憧憬。她想不到的是東方有這麼大，從土耳其到日本都是東方。基督教、回教、印度教、佛

教、道教，世界上所有的主流宗教事實上都發源自東方。印度的文化已令她目眩神迷了，還有她從沒到過的中國。這 6 個月，她好像經歷了許多，但又好像一無所獲，或許她應該安靜下來才能把這一切慢慢消化。她對於終於要回家了既感到高興，又有點悵惘。她覺得自己變了很多。她還會去找她的東方舊情人嗎？一段沒有結果的愛情。有多少人經歷過，沒有什麼大不了的，但對她來說卻特別重要。如果再次見面，自己會有什麼反應，她也不知道。

可憐的莫妮卡，方吾可以想像在她父親一早過世後，家裡只剩下她和母親兩個人，尤其在冬天的夜裡冷冷清清的日子，白馬王子的童話是她唯一的安慰。

對於這種毫無保留，毫無羞恥的傾訴，他有點不知所措。孤單的童年，好像找到了一個稍微投機的人，就可以全無保留地傾訴，好像是要把心中積壓的重擔轉移到別人身上。他了解那種急不及待，恐怕又失去一個機會的心情。面對眼前這個對愛情有着強烈渴望，沒有一點含蓄，不懂得掩蓋自己情感的女孩，方吾在對她的同情和了解中，卻感到了一種沒有由來的羞恥。他想自己也有點醉了。

莫妮卡突然停了嘴。似乎突然之間清醒過來，意識到自己講了太多的話。她看着他，或許並沒有在看他，看的只是她眼前的空氣。兩天前的晚上，他們也在這裡，他們還是那麼陌生，那時候她是很真實的。也不過一天一夜，他們已是這麼熟悉，像認識多年的老朋友，她卻變得像一個影子那麼虛無。

她突然問道：下一站到什麼地方去？他說還沒有決定。

你呢？他反問道。

《孤獨星球》上介紹，離這裡 300 多公里也有一個在沙漠邊緣的城市，每年有一個大節日，是一個有上萬頭牲畜交易的大集市。有成千上萬穿着色彩繽紛民族服裝的遊牧民族來趕集，有賽馬，賽駱

駝等表演，熱鬧得很呢。還有 3 天就結束了。我想趕過去看一下，之後我就要回家了。

他從她的語音中聽出一種期望，旅途中的獨行者總想找一個同路人。

方吾沒有答話。那種倉促之間要他作出決定，過於明顯急切的主動令他有點害怕。莫妮卡的眼神似乎表達了她的失望。

的確他對孤獨的旅程已感到厭倦，但他對沙漠已失去了興趣。就像這個城堡一樣，看過了就再也無法用想像力來勾畫。幻想幻滅之後再去補救已沒有什麼意思了。過去的 3 個月，在果阿海灘上終老的長頭髮的 60 年代嬉皮士，喀拉拉邦男扮女裝表情十足的卡塔卡利歌舞，坎牙庫馬里落日海灘上的情侶，瓦拉納西恆河邊上白髮飄揚的聖人，蒼茫月色下的泰姬陵的孤獨人影，都如黃沙堆成的城堡一下子就塌了。即使一個星期前皇宮裡的盛宴也是如此的虛無，唯一真實的記憶是潮濕寒冷泥漿的舊德里街邊，圍着一堆火取熱的無家可歸的窮人。方吾想，我們的期望是建在空氣中的沙堡，我們的過去也是。

他們原可以相濡以沫的，甚至可以結伴走一段路。他也不知為什麼，對眼前這個女孩總有一種抗拒的情緒。他抗拒的是她，或是他自己？方吾有點懷疑。

可惜，她是一個既可以有也可以沒有的邂逅。他們的相遇是一種緣分，但方吾感到緣分也可能只到此為止。他有點可憐她也有點可憐自己，為什麼這麼認真，為什麼他不能逢場作戲。其實能夠在一起分享一些經歷，就已是美好的事，沙漠中上萬人的聚會應該是夠壯觀的了。為什麼他這麼死心眼，不能隨遇而安，接受眼前能夠得到的。這些年來他活得這麼孤獨為的是什麼？幾十年前的一份美好的回憶難道真值得他放棄一切，天涯海角去追尋？

但所有的旅程都像那個沙漠之行，是幻想之後的幻滅。

他又想起了那本小說，那個在一個沒有女人的沙漠城堡裡虛度一生的年輕人，只因為他迷惑於一個夢想，期待其渺茫的實現，而拒絕了愛情的人。一個只活在一種虛無信念的人，而不接受事實的人生是多麼可憐，生活得有多麼沉重。

不知什麼人在吹笛子，從城裡方向傳來的，不是熱鬧的拉賈斯坦音樂，而是來自南方的那種婉轉幽怨纏綿的笛子聲。

露臺上只剩下他們兩個客人了。那些服務員在不耐煩地等待他們離去。方吾結了帳，扶着腳步踉蹌的她走向路燈黯淡的歸程。沙漠小城之夜是這麼荒涼，連狗也叫得那麼淒涼。有一刻他感到他們是一對窮途末路，相依為命的老人。

在她的房門前，他很快地在她兩頰吻了一下，算是告別，在她回身關門的一刻，他看到了她眼中的幽怨。他心中好像被什麼刺了一下，站在她門外好長的一刻。他懷疑她是不是也像他一樣站在門後等待他敲門。他歎了口氣，轉身打開自己的房門。在臨入夢鄉之前，他想明早要起床和她好好地告別，或者陪她到車站去。

方吾在床上翻來覆去，總睡不著，最後進入了一種半醒半睡的狀態。然後，他夢見自己坐在日內瓦湖濱公園的長櫈上，那是他在這個城市已生活了許多年後的一個夏日傍晚，一個妙齡女孩走了過來，輕柔如微風中的柳枝，看到旁邊的空位，就在長櫈的另一端坐下，打開手中的書，對着噴泉冥思。此情此景似乎他已經經歷過。方吾覺得自己是博爾赫斯一篇小說裡的主角，正在和 30 年前的自己在對話。旁邊的女孩是那個帶着草莓體香的女孩？還是他初戀情人的女兒呢？美麗小城貝桑松的那個夏天是難得的不帶雜質的甜蜜回憶，那年的太陽也好像特別柔和。那個來自馬爾堡的女孩，即使在很多年後，仍舊像藍天上的一朵絲綿一樣的浮雲，是飄浮在夏日裡

的楊花。那是一個長長的夏天,他第一次發現歐洲那長得不可想像的醉人黃昏。也就只有這個夏天,他感到了生命的輕盈。

他聽到走廊洗手間的流水聲,他模模糊糊地記得莫妮卡要搭一早的公路車離開,自己應該起床和她告別。但困倦像一層又一層軟綿綿的蠶絲把他綁在床上,一動也不能動。

然後他聽到開門關門的聲音,背着行李走下木樓梯的沉重腳步聲,然後是狗的叫聲陪伴着一個慢慢在黑夜中消失的孤獨背影。一切又回復平靜。

波蘭老友

　　你到過許多城市，喧嘩的國際都會，小巧優雅的中古小城，如今在這個令人猶猶豫豫的傍晚時刻，你又在一列開往另一個從未到過的城市的火車上。你不喜歡在黑夜即將降臨時到達一個陌生城市。如果是一個熟悉的城市你有一個回家的溫暖感覺，但即使是一個住過多年的城市，一到晚上也會用另一種面貌出現；一個從未到過的城市有許多不確定性，每一個陰暗的角落都蘊藏着一些令人不安的可能，帶給人的顯然是更多的迷茫。另一方面車輪有規律的節奏又帶給人某種安詳，好像再三地安慰你，無論發生什麼，火車都會把你安全地送到目的地。

　　你喜歡乘火車，尤其是那種每一站都停的慢車，因為它總給人一種不快不慢，光陰在流逝的感覺。現在這列火車從從容容的速度與你現在的生命節奏是合拍的，好像是兩列開在並行軌道上向同一方向前進的列車。你不喜歡那一下子就把人送到目的地的高速火車，每次聽到火車又要提速你就感到心裡一沉。這個世界就像高速火車的輪子在那樣以瘋狂的節奏向前滾動，要和飛機比賽。你當然更不喜歡乘飛機，並不是因為你有畏高症，而是因為在那個不接地氣的封閉空間

裡，虛擬超過了真實，速度和距離只是數字而不是感覺。為了這個原因，如果可能的話你儘量選擇乘搭火車或長途汽車，所以這一次的旅程你選擇了陸路，你喜歡在路上的感覺。在飛機上你從不和鄰座的人交談，在火車上和長途汽車上你交過不少的朋友。另一方面你卻以瘋狂的速度走馬看花地經過許多城市，這未嘗不是矛盾。如今，這次旅程已有一個多月和上萬里路和無數的城市被你拋在後面。或許你想的是，在你還未老到不能走動時，像準備過冬的松鼠那樣，把那些城市收集起來，留待以後再慢慢咀嚼，消化和回味。

你從土耳其到希臘到馬其頓到阿爾巴尼亞到保加利亞到羅馬尼亞的巴爾幹之旅在到達布達佩斯就告一段落。已是 10 月中，天氣涼下來，人也有些倦意；下一段路，可有三個選擇，要麼經奧地利、瑞士回巴黎的家，順便去看一個在維也納退休的老同事。但就此結束這一次的旅行，又似乎意猶未盡；要麼經波蘭，往立陶宛，直到波羅的海，完成從地中海到波羅的海的路程；不然的話就按照原來的計劃，從波蘭經烏克蘭到莫斯科，再搭上西伯利亞鐵路回中國，這是你一直想走的一條路。最後你想還是先去波蘭見見老朋友，到時再決定吧。你發電郵給約瑟夫，他隨即回郵說：家中的閣樓剛改建成一個獨立的單位，一切準備就署，就等待你的光臨。

第二天早上你搭上 7 點 25 分的火車。天已亮了，單薄的一片滿月還掛在灰白的晨曦中。一整天的火車，經斯洛伐克、捷克，一路暢通，下午就進入波蘭境內。1988 年柏林圍牆倒下之前，不知道要經過多少重警衛森嚴的關卡。進入波蘭後換了一次車。車廂外面的天空已經完全黑下來。列車每隔 10 分鐘就要停一個小站，一個接着一個燈火輝煌的小鎮，上來很多人，原本空蕩的車廂一下子都擠滿了人，看來都是下了班回家的人。目的地應該不遠了，你突然之間感到興奮起來。

這個即將抵達的城市對你來說，雖然陌生卻又不陌生，你知道這個城市的名字已有不知多少年了。而且在目的地，還有人在等着你。你有一個預感，這將是你到過的許多城市中最耐人尋味的一個。

　　人們都說克拉科夫有多麼漂亮。波蘭首都華沙在二戰時被炸成一片廢墟，除非你是蕭邦的崇拜者，否則不值得去。克拉科夫，美麗的大學城，你應該去看看。但40年來一直沒有去，雖然你有一個老同學在那裡的大學教書，先是因為那時候的東歐是那麼令人望而生懼，不會引人遐想，波蘭還是一個貧窮落後的國家，一個令人不安的政權。雖然同樣是在歐洲大陸上，感覺上卻好像路途遙遠。曾幾何時，波蘭加入了歐盟，變得繁榮起來了。

　　火車進站了，一下了火車你就看到約瑟夫，雖然多年沒見但你們還是一眼就認出對方。約瑟夫原本的樣了和身材都像列寧，現在頭頂的頭髮脫光了更像了，就差下巴上沒有留鬍子。他幫你拖着行李來到一部簇新的本田轎車前。等你們上了車後，他說你還沒有吃飯吧，我們吃了飯再回去。我們一般晚上都是吃一點冷的，不開火。他們在途中的一家飯館停下。大概是已經過了晚飯的時間，飯館裡只有零零落落的幾檯客人。約瑟夫問你要吃什麼。隨便吧，簡單一點就好，你說。你們坐下後互相打量了一下。約瑟夫好像胖了一點，無疑又老了一點，不過精神還是很好。

　　你問道，我們有十幾年沒有見面了吧。

　　你忘記了，6年前我們在巴黎見過一面。我到巴黎開會，我知道每年你有部分時間住在香港，抱着僥倖的心情，姑且給你發了一個電郵，你剛好在，你請我到家裡吃了一頓飯。他這樣一說你才想起。

　　打發了晚飯後，你們就回到約瑟夫家裡，約瑟夫的太太格蕾絲很多年前在巴黎見過一面，已沒有什麼印象了。他們帶你到閣樓剛

裝修好還帶着油漆味的一個單位。約瑟夫説,一路奔波,早點休息吧。躺到床上時,第一個浮上你腦際的念頭是,有多長時間沒有睡過這麼舒適的床了。

第二天一早醒來,窗外霧氣濛濛。克拉科夫傍着維斯瓦河,約瑟夫的家就在河對面的城外,走路進城大約要三刻鐘,開車不到 10 分鐘。約瑟夫要參加一個大學典禮,就把你在市中心放下,約了中午在大廣場見面。

無可否認這是一個美麗的古城,即使在陰沉灰暗的雲層下。老城的大小剛好讓你用腳來度量。圍繞着中心集市廣場的街道都是文藝復興和巴洛克的建築,大街小巷都從這裡延伸出去。外面風大,你跑進在一邊的最顯眼的聖母聖殿教堂,這座 14 世紀磚造的哥德式建築有兩個不對稱的塔,很有特色。裡面正在做彌撒。從外面灰沉的天空走進金碧輝煌,華麗無比的聖母聖殿的確是一個很大的震撼。一路來看到的都是東正教教堂。在這裡卻回到你比較熟悉的天主教儀式。你坐了一會兒。走出教堂時太陽還是躲在雲層後面,又颳起風來。風從廣場四面八方的街道衝出來,在廣場上打着漩渦。早上出來沒有想到會這麼冷,沒有穿夠衣服。你只覺得寒意侵上背脊。在廣場旁邊的小街找到一家古色古香的咖啡館坐下,在咖啡的香味和蘋果派甜甜的味道中,你翻閱着剛才買回來關於這個城市的旅遊小冊,直到約定的時刻。

約瑟夫已在廣場後面的雕像下等你。他指着雕像説,亞當．密茨凱維奇,波蘭的愛國詩人。克拉科夫是一個詩人之城,前幾年的諾貝爾獎得主女詩人 Szymborska 也住在這個城市。你説你孤陋寡聞,只知道蕭邦,卻從來沒聽説過愛國詩人的名字。

他和蕭邦是同一代人,也同樣地在波蘭被列強分割後,流落國外,我們小時候都讀過他的詩,約瑟夫説。

你想，就像中學時大家都讀過陸游那首「只悲不見九州同」的詩一樣吧。

你有點抱歉地說，對波蘭的歷史一點不了解，雖然書上翻過一下。約瑟夫說，沒事，作為一個波蘭人，一個歷史教授，我對波蘭的歷史也只有一個籠統的概念。波蘭最強盛的時候包括如今的立陶宛等波羅的海國家和現在烏克蘭的一部分，後來曾多次遭周圍的列強分割，數度亡國，國境三番四次的變更，許多人流浪國外。

這時，教堂的鐘聲響了起來，12下，約瑟夫問道，該餓了吧？你來這裡當然要嘗嘗波蘭菜，廣場附近我有一家熟悉的餐館。根據他的介紹，你點了一道 Borscht 和一道叫做 Pierogi 的主菜。前者你知道是羅宋湯，自己也做過，反正是洋蔥、蕃茄、馬鈴薯、捲心菜和牛肉放在一起煮，就是了。Pierogi 好像也吃過，印象裡是一種點心。湯上來了，紫紅色的清湯，裡面有一些紅菜頭，其他什麼都沒有，你有點失望，並不是想像中的蕃茄牛尾羅宋湯那麼豐富。約瑟夫說波蘭的 Borscht 湯都是這種用紅菜頭煮成的清湯。主菜 Pierogi 也不是他想像的那樣，樣子和口感都很像餃子，約瑟夫替你點的有三種不同的餡，一種是馬鈴薯加乳酪，一種是捲心菜加肉末，另一種是蘑菇做的餡。在這個寒冷的季節吃熱騰騰的餃子倒也合適，不過味道和韭菜餃子真沒得比。你不認為自己是食物沙文主義者。不知道約瑟夫有沒有吃過中國的餃子，他是不是會覺得不如波蘭餃子。人們的口味很多時候被他們的記憶所影響。不過你對波蘭的烹飪並沒有太大的期望。因為根據經驗，越向北，越寒冷的地區，越沒有美食。有些人旅行時對飲食特別講究，非要試試當地的風味不可。你不喜歡一個人上餐館，卻又常常一個人窮遊，所以只求吃飽肚皮就算了。

吃完飯，約瑟夫說我帶你去看瓦維爾城堡吧。古堡離開廣場大

約有一公里，就在河邊的一個小山頭上。歐洲的所有城市幾乎都有一個座落在小山丘上的古堡。但這個城堡原來卻是一個宮殿，克拉科夫有很長一段時期，曾經是波蘭帝國的首都。瓦維爾城堡主要是由皇宮和瓦維爾大教堂兩部分組成。大教堂矗立在皇宮入口的一側，猶如守護着皇宮一般，在將近 1000 年的歷史中它一直作為波蘭歷代君主舉行加冕儀式的場所。

城堡是城市留下的歷史見證，多少有些滄桑的故事，不過對不了解波蘭歷史的人來說，也沒有多大意思。你也不過循例地看了一下，走馬看花，也沒有留下什麼印象。從古堡外面的廣場看下去，倒可瀏覽克拉科夫城的全景。這個城市不大，兩三天下來，就應該可以走遍全城。

從古堡下來，約瑟夫帶你參觀了富有盛名的大學，大學是一棟棟散落在市中心的古老建築。你喜歡歐洲的大學城，有大學的城市，總能為古老的城市灌注一種青春的氣息。克拉科夫就像斯特拉斯堡一樣是一個可以用腳步來度量的城市，這種不大不小的大學城，什麼都在半個小時的步行範圍內。濃蔭的公園，長長的步行街，中世紀的建築，構成一種特別濃厚的文化氣息。

迎面走來兩個手中捧着書本的苗條漂亮女學生，約瑟夫和你都行以注目之禮。兩個女學生卻對你們不屑一顧，自顧自談着，帶着銀鈴般的笑聲走了過去。約瑟夫歎了一口氣說，到了這個年紀，我們都變成了隱形人，年輕時在街上走的時候，還有女孩子對你注目。現在你走在她們之間，她們視而不見，好像你不再存在。還好我還有些年輕的女學生，這是教書的好處，但對她們，你又必須擺出一副道貌岸然的樣子。總之人老了就是悲哀。

你也有同感，到了你們這個年齡段的男人，總是會有從美貌的女郎那裡，追求失去的青春的奢望。

你們走着走着，不禁緬懷起在斯特拉斯堡的那一段學生生活。那已是 30 多年前了。

在斯特拉斯堡的第三年是你學生時代最快樂的一年。1970 年你在國際關係系畢業後，申請到一個歐洲高等研究所的獎學金。不多，但足夠生活。你搬進了舒適的大學宿舍。研究所是在大學本部不遠的一棟兩層樓高的小別墅裡。這個剛成立的研究所由德高望重的大學歷史系主任兼所長，老師大部分來自總部在斯特拉斯堡的歐洲理事會的公務員。學生不到 20 個，一大半是外國學生，兩個來自意大利，一個奧地利人，一個巴勒斯坦人，一個阿根廷人，以及來自波蘭的 Yan 和約瑟夫，另外還有來自西班牙、墨西哥和土耳其的三個女孩。你是唯一的亞洲學生。那時候來自東歐和來自中國的學生都很少，這些以國際關係為研究重心的研究院總希望多招收一些外國學生，因此給以特別優待，提供有獎學金。就這樣你過了一年無憂無慮的大學生活。1971 年至少在歐洲來說是一個相對穩定的一年。斯特拉斯堡小城的生活悠閒，除了每天早上兩節固定的課程外，其餘都是客籍學者的講座，唯一的要求就是在年底交一篇碩士論文。

你和約瑟夫自然談到了 1971 年的往事。其實那個時候你和他的來往並不多。同學一起上啤酒館的時候總見不到他的人影。你倒是和 Yan 常常見面。Yan 是有點吊兒郎當的人，和你臭味相投。但畢業之後就沒有聯絡。聽約瑟夫說，後來他和一個墨西哥同學結婚，去了墨西哥，結果在那裡的大學找到了一份研究工作，似乎一切都很順利，怎知道過了不到幾年卻心臟病突發過了世。約瑟夫回顧那段時期說，我和你們不同，那時候我已經結婚，我要把獎學金省下來寄回波蘭，你知道當時的 100 法郎在波蘭可以買很多東西，我不得不精打細算。他回想起那一年的聖誕節，省吃儉用用獎學金剩下的錢買了一部舊的大眾龜甲車，想開回波蘭給太太一個驚喜，卻在離家

40 公里處因為太累而睡着了。車子在路邊田溝裡翻了，雖然人沒有事，只有些皮肉之傷，車子卻毀了，令他心疼不已。

約瑟夫說，我記得那時候你和 Julia 搞得火熱。提起了這個西班牙女郎，你就想起了她深棕色的長頭髮，大大的有點憂鬱的眼睛，棕色的皮膚，她是你想像中的歌劇《卡門》中女主角形象，怪不得你有一見如故的感覺。你後來去學西班牙文，多半是因為她的緣故。當時她在大學的高等物理研究所做交換學生，同時在你們的歐洲高等學院修一個學位。許多年後約瑟夫才告訴你，其實那個時候，他也有過一段婚外情。他認識了一個從法國南部過來的學生，她有着法國女人的嬌小纖柔的身材，雖然不算特別漂亮，但是青春就是美麗，第二年的復活節長假她邀請他到法國南部家裡作客，讓他留下很美麗的回憶。後來他乘一個國際學術會議之便，去她住的城市，見了一面，那已是 20 多年後的事了。期間她結了婚又離了婚。過着獨居的生活，當初苗條的身材已變得臃腫不堪。約瑟夫歎了口氣，這裡面包含着無比的惋惜。你不禁想起眼睛又大又深，帶着一種悲劇氣質的 Julia。她現在的樣子變成怎樣了？有些曾經很親密的人，後來不知道怎麼一下子就從你生命中消失了。你想每一個人都有一些可能發生的事情而沒有發生的遺憾。

你們回到家的時候，天色已黑。格蕾絲已經準備下簡單的晚餐：一碗她中午煮好的湯，幾片麵包和一些乳酪。約瑟夫說格蕾絲練瑜伽，過午不食。所以這幾年來他自己的伙食也相對地簡單了。中午那一頓通常都在大學食堂裡解決。

格蕾絲個子比約瑟夫高，儘管吃得很少卻比約瑟夫胖。她是退休的小學教師，兩人的性格和興趣都不太相同，卻一直相處了幾十年。你第一次見到她時是在巴黎，那時候應該是 70 年代末。約瑟夫在法國申請到一筆念博士的獎學金，有半年的時間要在巴黎做研究。

那時候你已在巴黎第七大學中文系的圖書館工作，你和 M 住在第二區的一間租金很便宜，沒有裝修過，衛生設備比較差，也沒有暖氣的舊公寓裡。公寓 5 樓有一間廁所在走廊裡的小小的傭人房，平常堆放一些雜物，有時候也接待朋友。那時候內地的條件比較差，也接待過不少的內地朋友，包括後來一些成名的藝術家。約瑟夫就在那裡住了半年。那時候大家都忙，他一般也不太打擾你們，白天都到位於聖路易島的一個波蘭資料館裡找資料。這個資料館是以前帝國時代留下的產業，是一整座很有氣派的房子，裡面有暖氣。

每天晚上晚飯後他總要下來抽一枝煙，聊上半個小時。一個人在一個狹小的空間生活是很寂寞的，尤其是寒冷的冬天晚上，你自己也有過這種經歷。雖然你和 M 都不抽煙，他的那一枝煙都把你們的眼睛弄得很不舒服，但你們還是能夠接受的。大概是為了太寂寞，一向節儉的他，決定把格蕾絲接來住了兩個星期。你就那一次見了她一面。

飯後，格蕾絲為大家倒了一杯波蘭伏爾加。格蕾絲說我還要謝謝你在那些艱難的歲月，每逢聖誕節給我們寄的郵包呢。我們第一次收到時真的是莫大的驚喜。你可想像我們打開郵包時看到裡面巧克力和一些在當時的條件下根本買不到的食品時有多麼的高興。你讓我們過了幾個快樂的聖誕。

你已想不起是多少年前的事了。那時候你已在瑞士的一個國際組織工作，有一個波蘭女同事告訴你，日內瓦有專門負責向波蘭寄郵包的服務公司；公司有幾種不同價格的聖誕郵包，選好之後，他們就會包辦一切。你想起了在 50 年代末，母親每隔一段時間都要去街市，買一大塊肥豬肉，然後熬成豬油，裝進鐵罐裡寄給還留在上海的大姐一家的事。現在豬油被認為是不健康食物，沒有人再用來煮菜了，但在那個每人每個月只有幾兩油的年代，能吃到香噴噴的豬

油是多大的幸福。為了這點回憶，你在以後的幾個聖誕節都給約瑟夫寄了郵包。

由於睡得早，第二天你一早就醒來，在院子裡做着幾個簡單的太極動作，同時打量這所兩層高另加一個閣樓前後都有院子的精致小洋房。約瑟夫出去遛狗時正碰到你，你讚他的房子漂亮。他說這還是前幾年買的了，以前是一個政府官員的住宅。他前幾年買下來時，還是裝修了一下。農民家庭出身的約瑟夫，身體結實，不是一般手無縛雞之力的學者，自己敲敲打打什麼都會做一些。外面牆上裝飾的 ART NOUEAUX 圖案就是他自己用木板鋸出來，塗上油漆釘上去的。約瑟夫繼續說，這幾年來房價漲得很厲害，波蘭加入歐盟後，很多人到德國去打工，那裡的工資比波蘭高兩三倍，攢下錢就回國買房子。他自己呢，因為所研究的方向是歐盟，受到了重視。他出了十幾本書在學術界有點名氣，退休前 3 年被任命為歷史學院院長的職位，薪水自然也調高了許多。

深秋的早晨，雖然已經過了 8 點，天色還是灰暗，河裡升上來的霧氣還沒有散盡，草上沾滿了露水。你們沿着維斯瓦河岸的一片荒地一路走一路談。這條環城的河流，看來並不怎麼寬闊，卻是波蘭最大的河流，貫穿整個波蘭。

約瑟夫說他現在半退休的生活很寫意，除了指導幾個博士生之外，他還有很多時間來著作，他希望能再出五六本書。現在他常常被邀請參加國際會議。他有兩個兒子，一個已在加拿大安居樂業，娶了一個加拿大老婆，為他生了兩個孫子。去年夏天他還和太太去溫哥華看他們。他唯一的憂慮是他的第二個兒子，從小有心理障礙，他和太太在他 3 歲多時才發現他不太講話，也不能與人相處，今年已 23 歲了還不太知道如何照顧自己，整天把自己關在房間裡看電腦。你昨天在走廊裡碰見這個年輕人時，約瑟夫只是簡單地介紹了一下，

說這是我兒子。你也沒有覺得他有什麼異樣。記得約瑟夫第二個兒子出生時，曾寫信問你是不是能當他兒子的教父，對於歐洲人來說，這是一個莫大的榮譽，但當時你並不懂這一點，覺得自己也沒有孩子，負不了做人教父這個責任，於是婉拒了。之後，約瑟夫再也沒有提起這個兒子，你現在想起來，不禁有點歉意。

你們又沉默地走了一段路。回去的路上，約瑟夫說，等會大學裡有個會議，比較忙。格蕾絲也有事。不能陪你了。等會你可以跟我進城，城裡還有很多名勝，還有個很熱鬧的街市，值得去看看。明天我倒是一整天有空，可以陪你出城走走。

你們進城時，太陽已經掛得老高了。這是一個風和日麗的日子，整個城市的面貌變得很親切。你又來到廣場，這個曾經是歐洲最大的中世紀廣場上已經堆滿了遊客，中心的宏大的建築就是建於 14 世紀的文藝復興式的紡織會館，當時是衣物和布匹的交易場所，現在拱形廊柱內是餐廳咖啡館和各種做遊客生意的商店，你因為怕增加行李的重量，一般不會買什麼紀念品，但聽約瑟夫說這裡的琥珀很有名，就夾在人群中隨便看了一下，果然有不少賣琥珀的商店，蜜黃色、黃棕色、棕色、淺紅棕色、淡紅、淡綠、褐色等顏色，透明度和光澤各異的琥珀琳瑯滿目。各種昆蟲和植物被固定在松脂裡經過了不知道多少年都練成不壞之身。

紡織會館後面是克拉科夫市政府鐘樓，舊的市政廳為了擴大廣場已於 1820 年被拆除，只有鐘樓被保留下來。你喜歡登高，毫不遲疑地爬上了市政府的鐘樓，從高處看下來，周圍的屋頂節比鱗次，紅牆綠瓦，自有一番景色。回到廣場，幾輛開蓬的白色馬車載着遊客「的搭的搭」地經過你身旁。頭戴禮帽的馬車伕手揮長鞭，趕着毛色光亮，頭上身上戴着華麗裝飾的馬匹使你想到電影裡常看到的上個世紀初的浪漫情景，不免神往，可惜廣場上的遊客實在太多了。

你順着人潮，通過人頭湧湧的皇家大道走向聖弗洛里安城門，這座城門修建於 1307 年，是古城曾有的 8 個城門中最大的一個，也是唯一一個被保留下來的。穿過城門後有一個甕城也是難得一見的建築物。向左走一段就是改建的新火車站，再過去一點就到了街市，這裡幾乎已沒有遊客。你喜歡街市的熱鬧，因為各式各樣的人都可以在這個地方碰到，那些五顏六色的商品，各種食品發出來的氣味，都令你感到高興。每到一個城市你都會專門地去街市蹓躂一番，那是視察民生最好的地方，在街市裡你可以發現那裡的普通人是怎麼生活的。來到街市你就把早上那一點不快的感覺拋在腦後。一圈走下來，覺得有點餓了，就在街市的小吃店裡坐下，叫了點東西吃。看着來來去去提着買菜籃子的家庭主婦，匆匆忙忙的男人，帶着小孩的老人，你覺得波蘭人民的生活還是很幸福的。1973 年秋天，你第一次回上海探望大姐，一早陪她去街市買菜時，看到的那種蕭條情況，至今印象猶深。坐了一會，一股鄉愁湧上心頭，但到底哪裡是你的家鄉呢？那個已住了 40 多年的巴黎呢，還是遠在亞洲的香港呢，你問自己。

晚上約瑟夫跟你說，明天我開車陪你出城去看看吧。一般來克拉科夫的遊客都會去兩個地方遊覽，一個是奧茲維斯，一個是在維利奇卡的一個 13 世紀就已開發的世界上最大的地下鹽礦城，被列入教科文組織的世界文化遺產，不知道你想去哪一個？

關於奧茲維斯猶太人集中營的畫面你看得多了，不時電視臺上都會再三放映那些可怕的場景。你不想再去虐待自己，因此毫不猶豫地選擇了後者。

地下鹽礦城離克拉科夫有一個多小時的車程。一路上都是小山坡和農莊，坡上的草在秋陽下還是很綠，這裡那裡一些牛群，波蘭基本上還是一個農業國家。你們到了地下鹽城入口時已有不少人在排

隊買票。約瑟夫替你買了票，說他已進去過好幾次，不陪你去了，就在對面的咖啡館等你。

你跟着一群說英語的遊客在導遊的帶領下，沿着長長的木樓梯，到了一個大的礦洞裡。然後導遊帶着你們下坡道彎彎曲曲上上下下地在礦道裡前進。礦洞倒也寬大，都有電燈照明。空氣也很好，沒有一點悶的感覺。肯定當初的環境並沒有這樣好。為了重構當時的情景，礦洞兩側个時還有穿戴着礦工衣服戴着頭盔的礦工造型。導遊一面引路一面講解，告訴你們運鹽上井的巨大木制絞輪和踏板的功能。這時已經有很多隊遊客，導遊一路催促要緊跟隊伍，結果你還是落了隊，跟着一個法語隊走了一段路才找到原來的隊伍。

最後你們回到原來的大堂。這是一個地下的大教堂，可以容納幾百人。牆上雕刻了一幅巨大的達文西的《最後的晚餐》。椅子桌子和神父的講臺，甚至是還有聖母和聖徒的雕塑，也都是一整塊一整塊的鹽礦鑿出來的，算是很特別的。幾年前你到南美旅行，在玻利維亞的 UYUNI 見到一個露天的大鹽湖。白色的鹽湖平滑如鏡，天上白雲倒影在鹽湖上面，天地合一湖天一色，那的確是一個獨一無二的壯觀景色，吉普車開來一整天才穿過鹽湖。晚上就在鹽湖邊上一個旅舍住宿。那個旅舍和裡面的家具，床也多是用一大塊一大塊的鹽塊堆砌起來的，連地板也是。睡在裡面就像睡在鹽庫裡一樣，雖然比起這裡來簡陋得多，但畢竟是在地面，從窗口望出去就是夕陽西下時刻的空曠鹽湖，令人心曠神怡。遊覽到此就結束了，坐電梯回到地面時看了一下錶，整個過程也不過一個小時多一點，也算是盡了做遊客的責任。

回程時，約瑟夫說，我順路帶你去看一下我的鄉下小屋。你知道以前共產黨執政時代的官員，只要有些地位都有一間 Datcha，想不到約瑟夫也弄到一間，顯然他也變成了新權貴。 20 分鐘後你們來

到一個坐落在山區的風景優美小鄉鎮，寂靜的街道兩邊都是一些帶着院子的房子，約瑟夫在他的別墅門外停下車來，打開鐵門進去，在院子中間有一棟小小的木頭房子，看來有點殘舊。屋子裡有一股悶塞的味道，裡面有一個小客廳，和兩間房間。約瑟夫一面打開了所有窗門，一面説，很久沒有來了。你們泡了茶，坐在飄滿枯葉的小露臺上。約瑟夫解釋道，這還是格蕾絲的爸爸給他們兄弟姐妹留下的，後來我們買了下來。那時我們還住在克拉科夫半郊區一棟一棟政府在上世紀五六十年代建的那種廉租屋裡，只有兩居室，一切都簡陋得很。這個鄉下小屋成了我們一家的天堂。每一個周末我們都會帶着孩子坐一個多小時的公路車來這裡。你知道我是一個農村孩子，喜歡大自然。每次來到這裡，在院子裡種花植樹是我最開心的時候，這棟房子我又自己加蓋了一個露臺，就是我們現在坐到地方。你看那裡的兩顆蘋果樹也是我當年種的，現在已老大了。你們走到院子裡，蘋果樹下都是掉下來的爛蘋果，周圍的花草也一片零落。蘋果樹上還有幾個蘋果，約瑟夫隨手採了一個丟給你，那種一口咬下去香脆酸甜的青黃色蘋果，應該帶給約瑟夫很多回憶。他歎了口氣説，自從我們城裡買了房子後，現在也難得來了，當初的一番心血，以後也不知道流落誰家了。

那天晚上，你遲遲不能入睡。亂七八糟地想到了許多事情，波蘭的歷史，愛國詩人，怪不得中國人是這麼喜歡蕭邦，鹽礦，約瑟夫的鄉下小屋。你想，來了已有四五天了，要講的幾乎都講了，要看的已經都看了。此地雖然好，但到底不是家，再留下去也沒有多大意義了，應該是上路的時候了。你考慮了一下下一步的行程，決定放棄去波羅的海的選擇，而是去莫斯科，再乘西伯利亞鐵路經蒙古回中國。第二天早上，你告訴了約瑟夫這個決定。約瑟夫自然挽留你多住幾天。但見你意志已決，就説那麼今天晚上我和格蕾絲為你餞

行。你們談到了你的行程，你說想經烏克蘭去莫斯科，這樣可以多看一個國家。他在網上替你查了一下，建議你坐晚上的臥鋪到 Lviv，他說這個美麗的小城以前是波蘭的領土，現在還有一個波蘭名字，有許多值得一看的地方，被列為世界文化遺產，你第二天早晨到達，還可以看一下老城區，喜歡的話住上一兩天，不然可以搭晚上去基輔的臥鋪車。你覺得這個主意不錯，決定下午就去買票。約瑟夫帶點羨慕地說，你這樣自由自在的旅行真好，我們以前有很多去蘇聯的機會，那時候大學之間有許多的交流，只要出很少的錢就可以去。但當時我們對這個老大哥，沒有什麼好感，一直都沒有去，現在有點後悔。他歎了口氣，你也跟着歎了口氣，其實你對約瑟夫能夠定下心來，按部就班，實現自己計劃的人生有點羨慕，自己是一塊不會長青苔的滾動石頭。

你們晚上 7 點出門時天已經黑了，格蕾絲一改平時的運動衣打扮，化了妝，穿起了長裙，戴了耳環、項鍊，倒是另有一份優雅華貴的氣質。20 分鐘後，你們來到一個大廣場時已是華燈初上的時刻，廣場的一邊是一排燈火輝煌的飯館和酒吧。每一家門面的裝飾都很特別，既帶着中古時代房子的格式，又有着上世紀二三十年代的氣氛。格蕾絲說這裡是克拉科夫的夜生活場所，在市區別的地方開始沉寂時，猶太區就熱鬧起來。

格蕾絲在其中一家酒家訂了檯子，裡面已經有了不少客人。進門時覺得這個餐館不大，裡面都是用屏風隔開的空間，讓人有一種暖和舒適度的感覺，牆上掛着各個年代的海報，還有一些名人簽名的照片。你們的檯子是在二樓，面對樂壇，兩三個樂師正在彈奏着爵士音樂。穿着黑衣服，腰上圍着白圍裙的服務員，安排你們坐下後，就遞上餐牌。格蕾絲為你講解了各種不同的菜色，建議你點 Gefilte Fish，這是猶太人最愛吃的加餡鯉魚，比較特別。約瑟夫點了一道蘋

果烤鴨也是地道的猶太菜。平常不吃晚飯的她，也為你破了例，點了一道湯和餃子。約瑟夫說波蘭的紅酒馬馬虎虎，我們喝啤酒吧。

　　約瑟夫的話本來就多，他是教授，一開口就滔滔不絕，喝了點酒就更加健談了。你們從波蘭近 20 年來的發展談起，談到了世界大事。約瑟夫還是比較樂觀的，大概是因為這些年來他的道路都一帆風順。而你呢，因為在不同的地方都生活過，所以不像他那麼樂觀。格蕾絲看到你們兩個人在爭論不已，只在一旁微微地笑，好像這一切都是茶杯裡的風波。她是比較有禪性的人，她說人類的命運就像個人的命運都是注定的，誰也改變不了。這時上菜了，她說好了好了我們吃飯吧。

　　在吃頭道菜時，樂壇上來了一個歌手，原本有點懶洋洋的樂隊來了勁。女歌手個子纖細，看來才二十歲上下，烏黑的長頭髮襯着一對明亮的眼睛。她一上臺，先拉了一段小提琴，之後在樂隊的配合下，唱了起來。她的嗓音婉轉迴旋，美妙的歌聲，既親切又落寞。那是富有東歐猶太色彩的爵士音樂，如果不到東歐是感受不到猶太文化 Klezmir 音樂的特殊情調的，憂怨纏綿的小提琴，熱鬧的手風琴，深沉的大提琴，憂傷和快樂混雜在一起，與巴爾幹半島的吉普賽音樂，既相像又有不同。

　　中場時，女孩過來打招呼，原來她是格蕾絲一個親戚的女兒。女孩叫莎拉，地道的猶太名字，還在音樂學院念書，每天晚上來餐館演唱兩個鐘頭，幫補生活費。你想，想不到格蕾絲也有猶太血統，一個在波蘭的猶太人，背後一定有很多的故事。莎拉回到舞臺，接着又唱起來，那是一首憂傷的猶太民歌，聽來猶如細水長流，娓娓地跟你講一個故事，一曲完了給人留下無限的惆悵。

　　你們離開時，莎拉過來告別，格蕾絲叫人替你們照了幾張相片。你看到她在莎拉手中塞了點錢。你們下樓梯時，格蕾絲對你說道，

我真想有一個這樣的女兒。

　　第二天是一個陽光普照的深秋日子。約瑟夫説你晚上就走了，下午我們就在這附近走走吧。河對面小山丘上有一個土墩有可以看到整個市景和瞭望周圍幾十里的地方。

　　上小山頭看完市景之後，約瑟夫説要帶你去看就在附近山坡上他為自己買下的墓地。那是一個很整潔的墳場，與他的房子遙遙相對。在陽光下，一排排很乾淨利落的大理石墓碑安靜地躺在那裡。墳墓周圍都種着樹。

　　約瑟夫説你一定會感到奇怪我為什麼會想到要安排自己的後事。的確，你是有一點驚訝，你説，自己是絕對不會去想這種事情的，但在中國，這也是常有的事，老一代的人甚至有為自己準備好棺材的。約瑟夫説，我也是沒有辦法，我不能指望格蕾絲來操這個心，更不能依賴我的兒子。她希望有一個火葬，把她的骨灰撒到 VISTULA 河裡，就像印度 Varanasi 恆河邊的修行者，死後的骨灰都要散到恆河裡一樣。但我畢竟是個農民，我對土地還是有一種無條件的信賴，即使是在身後。所以我得為自己安排一切。你説，中國也有入土為安的説法。這時你們已到了他的墓地前，他有點驕傲地指給你看；在你看來，也不過像其他墓地一樣，只有很普通的一塊還沒有刻字的雲石墓碑，兩旁種了兩棵常青樹。你們在墓地前站了一會。

　　約瑟夫説我常常會想到自己出殯的場面：在深秋的一個下着微微細雨的下午。我的妻子，我的兒孫，我的同事，然後是我的學生們，他們在報上看到了我去世的消息都來了，排成一隊，跟在靈柩後面走，之後太陽出來了，我想像不到會有這麼多人，我應該還是一個很受愛戴的同事和老師。

　　他像一個記者在報導，或更準確地説一個電影導演在拍一部關於自己出殯的情景。他被自己的描述感動了，倒不是因為自己死了，

而是因為那個場面。死亡並不是一個特別引人的情景，但如果把自己的葬禮浪漫化，未嘗不是減輕那種空虛感的一種方式。

你嘲笑他這麼在意於自己的身後，死去原知百事空，但對他能這樣坦然安排自己身後事，自然也有點羨慕。

年輕的時候你也想過許多關於死的問題，因為那時死是一個遙遠的命題，現在越接近死亡就越不想去想它。你自己也未嘗沒有過對死後的浪漫的想法。你記得很久以前看過的一個電影鏡頭：一個Viking 英雄死後的葬禮。他的屍體被放在一條船上，身下墊着一堆柴，在夕陽西下的那一時刻，人們點燃了那堆柴，那條無人的船就是他棺材，在熊熊大火中順着風向，駛向他的歸宿。後來你為自己對這個鏡頭作了一下調整：在你知道身患絕症後，駕駛着一條帆船，也在夕陽西下的時刻駛向水平線，孤獨地面對死亡。當然這是很多年前的想法，後來你發現，死亡並不一定是悲哀的，許多宗教把死亡，看作為走向往生的道路。有一年在峇里島的烏布，見到過的一個葬禮，那簡直是像一個節慶，那是一個村長的葬禮，附近村莊的人都來了，每一個村都派出自己的樂隊，長長的人龍，一隊一隊穿戴着鮮豔服裝的婦女，頭上頂着精美的漆盤盛的食物和祭品。她們興奮地交談着並且發出笑聲，一個人的過世為他們帶來了節日和美食，到處都是鮮花，樂隊奏着快樂的印尼音樂，一輛兩頭牛拖的大車上放着棺材，上面堆滿了鮮花，穿過烏布村長長的主街道，一直到達火葬場，放到已推滿柴薪的火葬臺上，主持葬禮的長老，做了儀式，朗讀了經文，用火把點起了柴薪，一下子火焰冒起，把棺材吞咽了。

踱步在夕陽下的墓碑之間，你和約瑟夫交換了對死的看法。他説小的時候很怕死。現在已經比較坦然。你説你更怕老，老到不能照顧自己，活得太辛苦時到不如死去，那是一種解脫。你突然想到了有天晚上和一個老同事的談話，她活到九十多歲的父親，雖然身

體很好，無病無痛，腦筋也靈活，但就是覺得日子太長，活得很累，累是因為厭煩，厭煩是因為每天都重複地做着一些沒有意義又不能找人代勞的事情，他多次提到他不想再活下去了，但他是一個虔誠的天主教徒，不可能去自殺。你想或許約瑟夫比你更能面對死亡，他也奮鬥過，過過艱難的生活，現在是否極泰來，他對自己的一生好像很滿足，一個完美的出殯場面，是他人生的完美句點。死亡本身並不可怕，可怕的是那個過程，最好是能從現在直接跳過那個到他死去之前還要經歷的衰老、病痛。

沉默了片刻的約瑟夫說：現在每當心煩的時候我會一個人來到自己的墓前默默地沉思。之後心中就會平靜下來。隨即，他說了一句 memento mori，嗓音有點嘶啞，就像秋雨放晴後微帶潮濕的空氣。你隨口應了一句 carpe diem。他大概沒有想到你會同樣以一句拉丁語來這樣回答他，啞然失笑。你們沉默地走在墓碑之間，都在琢磨這兩句話。然後他說其實並不抵觸，唯有不忘死亡，才能捉住當前，珍惜每一天。那就讓我們盡情地歡樂吧，你笑着說。

但你和約瑟夫雖然嘻嘻哈哈，心中還是有點淒然。怎樣捉住當前呢？你想，當熱情已不再，我們的當前只剩下了我們的過去。黃昏的餘暉照在墓碑上，墓碑後躺着長長的陰影，平靜又安寧，好像死亡是很美好的事情。這是你在這個城市的最後一天，想不到這個城市的記憶就在一個墳場裡畫上了句號。

回到家時，格蕾絲已經為你預備了簡單的晚餐。你們吃了，又談了一會，已差不多到上路的時候了。你回到房間裡，收拾好簡單的行李，約瑟夫就送你去車站。

你在萬家燈火時來到這個城市，現在在燈火闌珊時刻離開。下一站是一個又一個等待你去發現的陌生的城市。

站在阿連德的銅像前

方吾記得那一天，2010 年 2 月 27 日，因為那天晚上發生了他親歷其境的 8.8 級大地震。

從靠近玻利維亞邊境的阿塔卡瑪（San Pedro de Atacama）小城到智利首都聖地牙哥是長長的 30 小時的旅程。初次來到這個國家的人，會以為整個智利只是一個人煙稀少綿延不絕的狹長荒漠，但這裡卻是智利的寶藏，沙漠裡蘊藏着豐富的礦產。

這種單調與玻利維亞的高原又是如何不同。當公路車從玻利維亞邊境海拔 5000 多米的火山區盤旋而下時的確有點驚心動魄。一個小時不到的車程經過了好幾個不同的季度。地貌和植被也隨着變化。高原荒漠偶然可見的灌叢，在 3000 米左右開始變成疏疏落落的溫帶樹叢，之後連接成一片樹林，空氣變得越來越柔和，沁入眼簾的一片舒適的綠油油，代替了過去一個月來的灰色主調。被寒冷繃得緊緊的神經和肌肉逐漸舒轉開來，充沛的氧氣令人精神一振，抵達海拔約 2000 米的沙漠綠洲 Atacama 已是溫暖如春，大家都鬆了口氣。乾燥明朗的沙漠氣候與高原上的寒冷陰濕形成很大的對比。

小城沒有什麼特別，都是一兩層樓的平房，有許多的餐館、酒

吧和旅舍，是典型的邊境旅遊小城。這裡彙聚了來自各地的背包客，從南部來的就要上高原的遊客，和從高原下來的遊客都要在這裡歇歇腳，客棧都客滿了，方吾好不容易才找到一家青年旅舍的床位，把背包安頓好。旅舍院子裡放着的幾張桌子坐滿了講着不同語言的人。他買了一瓶飲料也在一邊坐下，不一會就和隔壁兩個阿根廷女孩搭訕起來。她們剛從阿根廷那邊過來，下一個目的地就是他剛離開的玻利維亞。方吾告訴她們聳立在海拔 5000 米高原上的火山，那些在夕陽下無比豔麗的湖沼，以及那一望無際，像一面大鏡子，反映着藍天白雲，分不出天和地的烏尤尼鹽湖。她們最擔心的是會不會有高原反應。早上，在邊境關口，他送了給導遊兼司機一大包古柯葉，在高原上的一個多月來，他每天都用它來泡茶，效果雖然不如把葉子像檳榔那樣咀嚼成一個小團含在口裡那麼好，但他一直沒有過高原反應。想起那一大包在庫斯科街市上從擺地攤的印第安人買來的乾古柯葉還是有點惋惜。不過如果不是司機提醒他，在翻箱倒櫃的智利海關上一定會碰上麻煩，這種在秘魯和玻利維亞隨便可以買到的葉子，在智利是被當做麻醉品禁止的。

談了一會，已到晚飯時間，她們邀方吾一起去。小城只是一個歇腳點，縱橫五六條街道都是客棧、餐館和旅行社。餐館門前擺的餐牌都寫着大同小異價格類似的菜式。結果他們找了一家意大利餐館，一人一個披薩，就把晚飯應付了。

兩個女孩第二天一早就走了。小城除了天氣好，是一個適宜休息的地點外，沒有太大的意思，方吾下一程有兩條路線可供選擇，一是直接往智利首都聖地牙哥，一是從阿根廷的 Salta 南下，那條著名的 40 號公路上也有好幾個值得遊玩的城市。最後也不知道為什麼，他買了第二天去聖地牙哥的公路車票。

車子經過 Salina，坐在方吾旁邊的智利人告訴他，那裡有世界上

最大的天文望遠鏡，附近還有一個大監獄，在 Pinochet 軍政府時關了大批的政治犯。那個男人有五十來歲，説不定也經歷過那一段白色恐怖時期。本來方吾想在中途下車看看，但看到了一望無際單調的枯黃，提不起興趣，也就作罷了。

巴士在第二天中午才開進聖地牙哥。他按照旅遊書上的指示，乘地鐵找到了要去的青年旅舍。行李一放下，他就感到輕鬆無比，立刻就想到市中心走走，鬆動一下車坐久了已僵硬的骨骼。櫃檯的年輕人告訴他，出門轉左第一條街轉左就是通往市中心的路。在玻利維亞的 4000 米的高地住了一個月後，來到地勢平坦，看不到印第安人的蹤跡的智利很覺異常，好像不應該是這樣，事實上這個城市很有歐洲味道，人門的樣子和膚色都和南歐人一樣。後來他才知道智利和阿根廷是拉美國家中歐洲人血統最多的國家。

沿着那條大道走了約一刻鐘，果然就看到了總統府。他繞着這個以前是鑄幣廠的長方型建築群走了一圈，從前面插滿旗幟很有氣派的大廣場兜到後面的花園廣場，小廣場上豎立着智利歷屆總統的銅像，他找到了薩爾瓦多·阿連德（Allende）的銅像。

銅像腳下刻着一行字：1970 to 1973, Tengo fe en Chile y su destino.（我對智利和它的命運充滿信心）

1973 年，方吾想，已經 37 年了，這 37 年來這個世界有了多大的變化。

這時候，他身邊來了很多像大學生的年輕人，聽他們的口音是美國人。一個留着鬍子瘦長臉孔嬰兒潮一代年紀的人指着銅像在講解，大概是他們的老師，講得還是很詳細，從阿連德怎麼通過選舉獲得政權開始，他的國有化政策怎樣危害到美國跨國公司的利益，在美國制裁下，智利的政治和經濟環境不斷惡化，阿連德的處境日益困難，終於導致後來的政變。旁邊的學生都聚精會神地聽着，有的

還拿着筆記本寫着。他接着談到了軍人政變那天的事情，以及阿連德的死亡。他的聲調開始激動起來。方吾以為他一定會隱瞞 CIA 參與的事，沒有，他一點也沒有，想來在那個年代他一定是一個反戰者。他說這是在紐約 911 恐怖襲擊事件發生之前的另一次 911 事件，它的影響無比巨大，在阿連德死後，整個拉美陷入了獨裁政權的白色恐怖中。最後他說，最具諷刺性的是，那一年他們把諾貝爾和平獎頒給了涉及這件事的國務卿基辛格。

不知道他的講解對於他周圍的年輕人來說會有些什麼意義，但卻讓方吾重溫了一段往事。他站在銅像下良久。

1973 年，那一年還真發生了不少事情。一下子都浮上腦海，一時間，心中無限感觸。他在花園的長椅坐下，阿連德銅像下的那群大學生和他們的老師已經走開了。這是一個風和日麗的日子，樹上的鳥在叫，有幾隻鴿子在他身邊慢吞吞地啄食。一對老年夫婦攙扶着經過他面前，一切是這麼平和。他在想，對於這些不到二十歲的年輕人來說，這一件發生在他們出生之前的事情意義着什麼？可能對他們來說這不過是一件微不足道的歷史事件，畢竟時代不同了。

在公園裡坐了一會兒，方吾信步走了一段路，來到一條步行街上，一下子人多起來了，顯然這是繁忙的中心地段，儘管兩旁都是任何城市都可以看到的速食館和各種名牌店，但從那些很有氣派的建築看來，這還是一個有傳統的國家。智利的經濟這些年來的發展很好，整潔的市容顯示人民的生活過得不錯。

方吾漫無目的地一直蹓躂到傍晚時分才回到旅舍。院子裡已坐滿了人。他找到一個角落坐下，從隨身小背包裡拿出在附近雜貨店裡買的一個三文治和一些水果，想把晚飯打發掉。正在吃着，旁邊一個和他差不多年齡的人和他打招呼，大概是在一群年輕人之中，他們都有點鶴立雞群的感覺，於是他們就扯談起來。這個澳大利亞

人告訴他剛從那個世界上最南的城市回來，方吾極為感到興趣，因為這正是他這次南下的最終目的地，忙着打聽那裡的情況。澳大利亞人說烏斯懷亞本身是一個沒有什麼特別的小城，以前是捕鯨船的補給地，如果不是它的地理位置，可能默默無名，現在卻成了遊客必到的一個神話城市。他本來只預備在那裡逗留兩三天，那是三個星期前的事了，他偶然經過一家旅行社，看到張貼着有去南極的船的廣告，那是一條俄國的科研船，吃住都包括在內，只要 2000 美元。他怎麼能放棄這麼難得的機會呢，立即報名參加，結果去了南極兩個禮拜。方吾聽了自然很羨慕，恨不得一下子跳過幾千里的路程，跑到那個南端城市，也搭上一艘科研船，最好是來自中國的科研船，到南極一遊。

　　30 小時的路程，加上一個下午的遊蕩，方吾確實感到累了，一躺倒床上，很快地就模模糊糊睡着了。在睡夢中他感到自己在一條驚濤駭浪中顛簸的船上。等他驚醒時發覺整張床在震動，他有一個奇怪的念頭，睡在上鋪的日本人正在自慰，正到緊要關頭。直到他聽到頭上淅瀝淅瀝有東西掉下來，才意識到不單是床在動，牆和天花板也在動，是地震。他想立刻爬起來，衝下樓，跑到外面去。然後，他記起了白天看到在房門上貼着的一張佈告說，發生地震時千萬不要亂跑，應該就地找一個可以躲避的地方，如牆角，或床下和桌子底下。方吾想道，他反正睡在下鋪，天塌下來也有日本人先擋着，也就躺着不動。這是他第一次經歷地震，奇怪的是他一點沒有感到驚恐，或許是他還沒有完全醒來。天花板還是像下冰雹一樣有零零碎碎的東西掉下來。也不知道過了多久，當他以為不會停止時，卻突然之間停了，一切恢復平靜。這時他看到穿着底衫褲的日本人從上鋪爬了下來，抖掉身上和頭髮裡的灰沙，很淡定地穿起衣服來。他好像是對這種場面久經訓練，一面穿衣服一面對呆在那裡的方吾

說，至少有 7.5 級，比 15 年前，我在大阪經歷的那場 7 級大地震要厲害得多，我看這次會有不少房屋倒塌，傷亡一定很嚴重，還好這棟房子是防震設計。方吾穿上衣服後，急着就想下樓。他說不用急，餘震沒有這麼快來，而且這棟房子很堅固。他提醒他不要忘記帶護照。之後，他把床上的毯子披在肩上，方吾也學他樣，收拾停當，披着兩條毯子跟着他下樓。青年旅舍後面的院子裡已滿是人，一堆一堆，都在興奮地交換着剛才的驚險經歷。人同此心，反正只要自己沒有受到傷害，那麼最嚴重的事故都會令人感到種剛經歷過冒險而又能平安回家的慶幸。

那個年紀和方吾差不多的澳大利亞男人傑克說，他一感覺到地震，就從床上跳起來，奔下樓梯，他說那種走在震動中的樓梯上的感覺他一生難忘，周圍都在動，他整個人也隨着抖動。他是第一個衝進後院的人，他為自己的反應快感到驕傲。方吾看到他身上只穿着單薄的短褲和汗衫。這時候，青年旅舍的燈熄了，原來剛才啟動了備用發電機。有些人打開了手電筒，不知是誰打開了收音機，一下子一大堆人圍上去，都想知道有什麼消息。圍繞着無線電收音機的人很快將消息傳播給周邊的人。只聽得身邊有人說，電臺報導地震達到 8 級，比起兩個月前死了 20 萬人的海地地震要強十幾倍。

還在方吾身邊的傑克說，不知道情況有多嚴重，我原來訂了明天下午的飛機飛倫敦，去參加侄女的婚禮，現在看來走不成了。這一次旅行想不到發生了這麼多意想不到的事情。不單去了南極一趟，又碰上了這場大地震，希望早點能搭上飛機，趕上 4 天後的婚禮。你想我在婚禮上可有多少話題，我還真得小心，不要喧賓奪主。不知道是他太興奮或者太冷了他的聲調有點發抖。方吾看到他在夜涼如水的空氣中縮頭縮頸的樣子，把身上的一條毯子給了他。

消息陸陸續續地通過廣播傳出來。地震中心是在離首都向南 500

公里的地方，震度達到 8.8 級，靠海的許多城市都發生了海嘯，實際情況要等到天亮後才會有點頭緒。有一個膽大的人到附近街上走了一下，回來說整條街黑漆漆，地上都是從房屋上震下來的磚瓦和碎玻璃，還有一間教堂塌了。這之間又發生了一次小小的餘震，不到 3 秒鐘。又等了一會兒，再也沒有新消息。折騰了這麼久，方吾感到有點累了，為了怕餘震，旅舍不讓人回房間。

方吾找到一個僻靜的角落，在草地上把身上的毯子鋪開，躺下，等待黎明的來到。他想在到達這個城市的頭一天晚上就碰上地震這也未嘗不是命運，還好房子耐震，沒有被埋在瓦礫下。想到 3 個月前在電視上看到海地發生的那場大地震的悲慘場面，他可也感到劫後餘生的幸運。

剛才的激動已經過去，夜涼如水，望着頭上的星星，方吾想到這一次的旅行，白天在阿連德的銅像下的情景，又聯想到許多年前發生的一些事情。這麼多年過去了，有些時候，他突然會想起某一個人，一個曾經很親近的人，現在在哪裡。他試圖想起她的音容，但只有模模糊糊的印象，只記得她彈起結他的樣子。後來他在一個照相簿裡找到了她替他拍攝的兩張照片，那時候他是多麼的年輕。但就是沒有他們合拍的照片。

在方吾的記憶中，阿連德政府被推翻的 1973 年是從一個漫長的冬天開始，從 1 月起溫度一直維持在零度上下，陰沉的天空總飄着一些雪花，到 3 月中還下了一場大雪。那年他二十五歲，在德法邊境的斯特拉斯堡大學念書，他房間裡的老煤油暖氣爐總是出毛病，彌漫着一股煤油味道。為了節省煤油錢，大部分時間都在大學和圖書館裡消磨。

4 月裡終於等到了姍姍來遲的春天，整個城市爆發着金黃的迎春花，紫丁香的香氣一下子飄揚在枝頭，粉白色的玉蘭就像一樹梨花

燦爛無比，開滿了雛菊的碧綠的草坪上已有人躺着。正是復活節假期，大學放 10 天的假，方吾的法國同學都回家了。他也沒有錢去旅行，只好留在這個城市。

那一天，他坐在大學宮前面花園廣場的噴水池畔百般無聊地看着飛翔的鴿子掠過地面的影子。身旁來了一個長頭髮背着一個結他的女孩，她的深棕色的長頭髮和尖下巴有點像民歌手瓊·貝茲。她一坐下來就很自然地和他打招呼。

多麼好的天氣，她説。

欸，這個冬天可夠長的，方吾説。

的確是很長的冬天，她歎一口氣説，冬天把我們埋在忘懷的雪下。

方吾記得這是艾略特〈荒原〉裡的一句詩。

你喜歡讀詩？

我和詩人們生活過一段時間，她漫不經意地説。

是嗎？方吾好奇地問道，他想她一定是一個有許多經歷的女人，很想聽聽她的故事。她沒有再説下去，操起身旁的結他，撥了兩下，就唱了起來。她的磁性嗓音為優美的旋律添了點傷感。唱完了，她説這是瓊·貝茲自己作曲，描述她和民歌手 Dylan 一段愛情的歌曲。她又接着唱了一首，是他熟悉的民歌。

她放下了手中的結他説，1960 年代我在加州生活了兩年，那時候我是 Joan Baez 迷。這些歌都是那時候學的。

方吾説 1968 年的夏天他也在加州，並在三藩市客串了幾天嬉皮士。

她側過頭望了他一眼説，啊，你看來很年輕。

她接着問道，你有沒有聽説過 City Light Bookstore？

方吾説他知道這家離中國城不遠的書店，也很喜歡 Beatnik 一代的詩人和作家。

過了一會，她説，我在他們那一個圈子裡混了兩年。

方吾帶點羨慕地説，那一定是充滿刺激的生活。

她歎了口氣，點點頭又搖搖頭。

後來他們熟悉後，她又提到了這段經歷。她説那是一個三反時代，反體制、反傳統和反戰是他們一代人的信條。開始的時候這種叛逆的生活的確很夠刺激，一天 24 小時都在動態當中，不停有人來來往往，從早到晚，在酗酒、性、麻醉品的翻來覆去中放縱自己。但一年多下來她開始感到很疲倦，在複雜的人際關係中，她發現失去了自己。那時候她的詩人朋友在創作上也碰到了瓶頸，總寫不出自己滿意的作品。她建議離開三藩市一段時期。他們沿着一號公路南下，在 Big Sur 附近的山上住了一個月，那是一個簡單的小木屋，對着海，周圍都是深林，屋裡沒有電，水也是從山溪接來的。白天他們在山林之間遊蕩，在寒冷的夜裡他們擁抱着，聽狼叫。很久以來她沒有感受到這種心靈上的充沛，她找回了本性，生命好像有了另一種意義。但她的朋友終於忍受不了荒山野嶺的寂寞，決定回三藩市。從那時候開始，她發覺他們之間的鴻溝也越來越大。古老的歐洲大陸在呼喚她。他們不冷不熱的關係又維持了一段時期。終於，有一天她收拾好行李和這一段生活告別。

回到德國後，雷娜塔在萊茵河對面黑森林的一個小鄉村裡找到了一份小學老師的工作。那裡的環境很適合她當時的心情。她喜歡生活在一個介乎兩種文化之間的地域。斯特拉斯堡，這個不大不小的大學城，剛好是她平靜的德國鄉村生活所需要的對比。後來她認識了一個住在斯特拉斯堡的不太講話的法國畫家朋友，將近有一年，每個周末他們在一起，通常是她開車過來。去年秋天他的男朋友搬到巴黎去了。整個冬天她把自己埋在黑森林厚厚的雪下，過着像冬眠一樣孤獨單調的生活；已有半年時間，她沒有來過這個城市。春

天來了，她覺得自己也復活了。她抱着結他又回到這個兼容着德國和法國文化的美麗城市。

去年聖誕節前，方吾在一個法國同學艾蝶的多次邀請下，終於回到了這個一別 30 年的大學城。那天下午他說想去看看以前讀書的 Palais Universitaire。這座在德國統治時代建造的大學宮，是圍着一個巨大的四四方方大堂建造的兩層樓建築，格局基本沒有改變。由於學生都放假了，樓下的大堂顯得空空蕩蕩，冬日慘淡的陽光，透過厚玻璃屋頂照下來。兩側走廊的課室門都關着。大堂角落的陰影裡殘留下許多的回憶。方吾在這裡消磨了 3 年生命。那時候，為外國學生辦的法國語言和文化課，也在同一棟樓裡，有許多美國學生。當時剛好流行 frisbee 這個玩意。大學宮的空曠大堂正是玩飛盤的好地方，於是除了法國同學外，他又結交了一批外國學生。艾蝶告訴他，他們以前讀的國際關係學院已經搬到附近的另一棟建築物裡；教過他們課的教授大都已過世。大堂一端稍微高起的一個平臺上，以前有一部吃角子咖啡機器的地方，現在放了一尊埃及法老 Ramsès II 石像，鼻子和下巴都被削掉一半。他讀着下面一塊銅牌上刻着的文字；這尊在被法國考古學家 1933 年在埃及發掘出來的石像，原來是一對，這一尊不知怎麼會流落到這裡。在他念書的那一個時代就已經在大學宮裡，一直被遺忘在地下倉庫裡，到了前幾年才被擺到大堂上。從陽光充沛的埃及來到寒冷潮濕的阿爾薩斯冬天的法老王，顯得那麼孤零零的。

他們走出大學宮，在大門前的臺階上站了一會，似乎想從眼前的灰濛濛天空中，找尋一些什麼；之後穿過大學廣場，經過大學飯廳，來到通往大教堂的 quai de Battelier 船伕碼頭堤岸；運河在他們右邊的腳下，左邊是一排三四層樓高，木條白灰泥圖案結構，大斜屋頂的典型阿爾薩斯房子。才不過 5 點鐘光景，鴨蛋黃的太陽已在朦

朧霞氣中在他們面前落下去。一下子風緊了，霧氣從水面浮上來。等他們來到大教堂前面時，開始飄下鵝毛大的雪片。大教堂裡正是做彌撒的時候，也沒有多少人，他們在後面一排坐下；雖然方吾不是天主教徒，在哥德式教堂的那種又莊嚴又空靈的氣氛下，他還是感覺到一種精神上的昇華。他們默默坐了一會才離開教堂，來到許多條運河交叉像迷宮一樣的小法國區島上，地上已鋪滿了一層潔白的初雪。

雷娜塔又恢復了每個周末來斯特拉斯堡的習慣，只不過換了一個亞洲男朋友。多少個夏日黃昏，他們坐在臨河的 Weinstub 露臺上，喝着冰涼清香的阿爾薩斯白酒，聽她講總有說不完的故事。方吾很快地就發覺這個只比他大兩歲的女人，在各方面都比他成熟得多；歐洲人從小就接受藝術的熏陶，在古典的文學、哲學、音樂和繪畫方面都知道的很多。她培養了他對歌德、瓦格納、尼采的興趣，他才知道浪漫主義的源頭是在德國而不是法國。他學會了很多課堂以外的東西，而且心靈也一下子開放了。他問她怎麼知道這麼多，她說，在小鎮的漫長冬天，書本就是她的世界。她從來沒有到過亞洲，現在她已開始讀很多關於中國的書。

暑假到了，他們開着她那部甲蟲車到各處去玩，萊茵河的大城小鎮，還有巴頓巴頓、海德堡、慕尼克都留下他們的足跡。踏入九月，雖然下了一兩場秋雨，雨過天晴，太陽還好像盛夏那麼燦爛，沒有一點秋天的氣息。讓人以為夏天會永遠地延續下去。一天雷娜塔和他談到了歌德，她說歌德也在斯特拉斯堡呆過大約有一年多光景，他不單喜歡上阿爾薩斯的風土人情，並愛上了一個阿爾薩斯姑娘。

30 年後那個冬日的晚上，方吾和當年的同班同學艾蝶坐在別具一格的小法國區的一家小酒家裡喝着當地的白酒，凝視着外面的雪花悄悄地飄下來，淡黃色的路燈猶如月亮的光輝，撒在鋪滿白雪的

街道上。到了一定年紀的人，在別離很久後的重聚，話題總免不了懷念，時間把一切不愉快的事情都沖淡了，遺留下來的淡淡傷感也只是因為已不能再回到過去。

她說，你記得我們大學時代的瘋狂嗎？一小壺 Riesling 下了肚，兩人有點酒意，又叫了一小壺的 Pinot Gris。他們從對各種白酒的比較，談到了那一年一起採葡萄的事，一些片段回憶，在你一句我一句的補充中，以更完整的方式呈現。艾蝶是地道的阿爾薩斯人，她的父親在離斯特拉斯堡 30 公里一個小城的郵政局當主管，不過那個小小的郵政局總共也不過三四個工作人員。那裡是阿省有名的白酒區。應該是 1972 年的秋天吧，艾蝶說她家附近的酒莊在招請採葡萄的人手，供吃供住，每天還有 30 法郎的工資，方吾於是找了一個波蘭同學，一個叫 Ted 的衣索比亞同學，還有一個叫 Val 的美國學生一起去了。Ted 黝黑的臉孔上在眼睛下面兩側都有兩道疤痕，他在嬰兒時候就被用刀劃了下來，他說這是他們部族的習俗。他為了 10 月裡要補考一科法國文學史，一有空閒，就背誦起波德賴爾的《惡之花》。波蘭同學約瑟夫已經結婚，當時波蘭物資匱乏，他雖然有獎學金，但是總想多節省一點錢買些東西帶回家去。Val 在越戰時期，由於逃避兵役離開了美國，幾年來都在歐洲遊學。在那個反戰的年代，他這種身份被認為是一個英雄人物，加上一頭及肩的古銅色長髮，真有點像耶穌的樣子，很受到女孩子的青睞。方吾由於常常和美國學生玩飛盤 Frisbee 的緣故，認識了 Val。之後由於方吾的緣故，他又認識了艾蝶，不久之後他們就在一起了。

雇用他們的葡萄莊園就在酒路上的一個美麗小鎮里克威爾（Riquewihr）附近，主人把他們安置在村邊緣的一個大牛棚裡，除了他們外還有幾個吉普賽女人和幾個西班牙的農民工，三批人各自佔據了一個角落，每人有一床墊就地鋪開。採葡萄是很累人的工作，

天微亮就要起床，吃完早餐，不到 8 點就要到達採摘地點，每人發一把整枝剪，一個手挽塑膠籃子。工作倒也簡單，只要把熟了的葡萄剪下，等籃子滿了，自然有背着木桶的人過來收集。9 月底夜間天氣已經很冷了，早上的霧氣很濃，葡萄和葡萄藤上都是露水，不一會手指都冰涼了。還好艾蝶一早就提醒他們要帶足禦寒防水的衣服。9 點多鐘，太陽衝出了雲霧，一下子就熱起來。10 點鐘有半小時的休息。每人發給一條筷子麵包，一大塊乳酪或一條粗紅香腸。他對艾蝶說，熟透的 Munster 那股比臭豆腐還強烈的特別味道至今都沒有忘記。自從吃過這種乳酪後，其他乳酪的味道再濃他都不在乎了。

躺在夜涼如水的花園裡，看着流星。剛才的地震就像 30 年前的回憶，好像已是發生在數千萬光年以外的事情了。方吾突然想起了下午銅像前那個講解這段歷史的老師和他的一群學生。

1973 年 9 月 12 日那天，他像一個幽靈一樣，在斯特拉斯堡大學宮的環廊裡漫無目的地兜圈，等到他發現這個無聊的行動時他走出大門，失魂落魄地坐在大學宮門口的臺階上，看着進進出出的人群。一個神色憂戚坐在他的身邊的法國同學跟他說：阿連德死了。他有點茫然地看了他一眼，同學又重複了一次，他可以感覺到他平和聲調後面剋制的激動。但一直對政治漠不關心的他，沒有意識到一個政治人物的死亡，有什麼值得大驚小怪的。另外一個同學走過來，在他們旁邊坐下，那兩個同學在激動地討論着昨天晚上在南半球發生的事情，他有一句沒一句地聽着，腦海中卻想着別的事情。

他想到剛才在大學宮長廊裡碰到的艾蝶的惶恐神色，她披着一件黑色的斗篷，頭髮凌亂，臉色顯得異常的蒼白憔悴。她告訴他懷孕了，雖然 1968 年的學生運動，開啟了性革命，但那個年代墮胎在法國還沒有合法化。她需要一筆錢到一個東歐國家去做流產。這種事情很難向家中伸手要錢，她認識的朋友都是窮學生，什麼地方能

籌到這些錢呢，她有一種絕望的表情。她沒有説誰是孩子的父親。那個時候 Val 已從他們的圈子裡消失，不知跑哪裡去了。方吾雖然同情她的處境，實在是愛莫能助，她也知道他沒有錢，可能她期望的只是他的友情支持。但是連這方面他都沒有能給她，因為當時他腦中只有雷娜塔昨天晚上寄來的那封信。

就在前一個周末，她開車帶他去斯特拉斯堡附近一個叫 Sessenheim 的小鎮裡，他們下了車，信步走了一圈，就像許多同樣的小鎮一樣，有一個小教堂，一個郵政局，一家麵包店，兩三家雜貨店，並沒有什麼特別。問了幾次路，他們才找到了在一家餐館裡的微型歌德紀念館。牆上掛着一些舊照片和剪報，並簡短地介紹了歌德與這個小鎮的關係。歌德在 1770 年 9 月愛上了一個叫 Friederike Brion 的當地女孩，顯然這是一段十分激烈令他未能忘懷的愛情，他為她寫了好幾首詩。但 10 個月後，他回到了德國之後就寫了一封信給她，結束了這段愛情。關於歌德為什麼突然之間與她斷絕關係的原因，沒有一點記載，也無從猜測。這短短的 10 個月在歌德 80 多歲的漫長豐富的生命中算不了什麼，對於這個姑娘卻是刻骨銘心，因而終身沒有出嫁。方吾可以想像，她在收到了這封信後，那種心痛如絞的感受。

在回程的路上，方吾説，我還以為《少年維特的煩惱》那部小説，就是描寫了這段感情的呢。雷娜塔有點不耐煩地説，哦，那完全是另一回事。不知為什麼，那一天她有點傷感。回去後，他們原本約了兩天後見面的，但約定的那一天她沒有來。方吾心裡有點不安，不知道發生了什麼事情。然而昨天他收到了她的一封很簡單的信。她説她的上一任男朋友回來了，她決定結束他們這一段關係。晚上他躺在床上，整個晚上，反反覆覆地想到過去這幾個月來發生的事情，他懷疑她男朋友回來只是一個藉口。他想自己到底做錯了什麼。

他對自己失去了信心，發現自己一無是處。後來他分析了這段愛情，他意識到，對於一個從小在孤獨中成長的他來說，她就像一個姐姐一樣教導他。他對她的情感中有一份尊敬，但久而久之也對她產生了一種依賴。對她來說可能是一個負擔。或許這才是她離開他的真正原因。但在當時，這第一次的失戀對他的震撼無疑是一場大地震。

30 多年後，方吾的足跡把他帶到阿根廷的首都，想不到第一個晚上就碰上了大地震，躺在大地震後的靜寂中，他想到 30 多年前在離此一箭之遙的總統府內發生的事情。阿連德是唯一一個真正通過民主制度選出來的左派政府，他的選舉為很多對傳統政權失望的人帶來了希望，他的死亡對許多的人來說就像一場大地震一樣把他們營造的夢想都震塌了，許多年後，他看到了一部長達 4 個小時的關於阿連德的紀錄片。在那個對沉醉在愛情中的方吾來說是一個輝煌的夏天，阿連德卻處在南半球的嚴冬中，他的經濟改革由於傷害了許多人的利益而失敗了。在四面楚歌的情況下，他站在總統府的陽臺上發表了他最後一次演說。這時整個總統府已被發動政變的軍隊包圍起來，他只剩下一小撮警衛軍，他明白大勢已去，回到他的辦公室裡，外面傳來稀稀落落的槍聲，警衛隊的抵抗已被壓制。周圍的一切，過去這些年來他的努力，他的一生信仰都在崩潰。他好像一個劫後餘生但已失去一切，家人、朋友、房屋，財產的地震倖存者，孤零零地站在那裡，他的生存已毫無意義。那麼他唯一的選擇是結束自己的生命。他舉起辦公桌上的手槍時，心中大概也是空空蕩蕩的，他那時候想些什麼？他的夢想，他的尊嚴，他的國家？

但在 30 年前的那個下午，方吾對這個歷史事件卻漠不關心，他沒有感到絲毫悲慟。畢竟智利是這麼遙遠的地方。那時候愛情遠比政治對他重要。失戀的他整個晚上都沒有睡覺，心中空空的，好像整個人被掏空了。但對於坐他旁邊的那個同學來說那好比是天塌了

下來，他的整個世界崩潰了。阿連德對他來說代表着理想、誠實、希望。他說他整個晚上沒有睡，聽着電臺廣播，想知道最新的情況，在希望和絕望中徘徊。

轟轟烈烈的 1968 年過後的那幾年，是理想主義氾濫的時代。那時候大家都沒有錢，但似乎也沒有特別為錢擔憂。這是與理想主義戀愛的蜜月期。那是一個情感豐富的年齡，一點點的小事情就會令到人胸中的情感波動不已。那時候方吾渴望的愛情，也是一種不帶一點虛偽的純真情感。那時候他還太年輕太幼稚，認為愛情就是這麼簡單。他相信愛情，就像有些人相信理想主義。那一天他坐在臺階上，旁邊的兩個同學在談論着昨天的事情。他正是失戀失去了魂魄，腦中空空洞洞，心中悲悲慘慘，他的世界，也和他的同學一樣，因為一個人的消失，整個都崩潰了，周圍的事情都不存在了。

愛情和革命都是浪漫的。但浪漫只能維持一個短的時期，期望它的永恆是不切實際的。他的初戀雖然不是轟轟烈烈，失戀帶來了痛心，但也留下來一份可供回憶的甜蜜，但歷史事件的發生給人留下的是永久的感歎。

直到很久以後，方吾才明白他的同學所感到的幻滅。但當時，他的心中根本沒有想到這些。許多年後的一個溫暖的 6 月初晚上，方吾才領略到那徹夜不眠，守着電視機，等待着悲劇的最後一刻來臨的心情。

阿連德之死，發生在 30 年前的那場政變，那是一個時代的終止，影響之深遠，自然比他的微不足道的一場失戀要重要得多，但是對於當時的他，雷娜塔的那封信也無異於一場大地震。他雖然感到兩者之間還是有一種微妙的關聯，卻無從解釋歷史事件與他的同步成長。

或許每一個人在某一個時期，只能達到某一個境界。許多年後

方吾在巴黎又碰到了那天坐在大學宮門口臺階上的同學，他已是一家大銀行的高層主管，吃魚子醬的左派。他的言論又是另一番了。你不知道在內心深處他是否還保留着那個理想主義。還是隨着阿連德的死亡，他的整個人生觀都改變了。

躺在星空下，在大地震後的異常寧靜中，方吾感到剛才那在一兩分鐘內發生的事情一點也不真實，因為除了頭髮裡還有些天花板掉下來的灰塵外，他覺得大地震不過如此。他從來沒有經歷過地震，想不到第一次就有 8.8 級這麼厲害。但事實上，他又有點失望，因為地震應該是更驚險一點。如果房子塌了，他從瓦礫中被救出來，劫後餘生，他又會有什麼的想法？而現在他只是一個旁觀者。他曾和不少的歷史事件擦肩而過，這些歷史事件往往有意想不到的轉折。歷史在他有生之年可能就被淹沒，但個人的體驗會一直陪伴他到死亡。

他們這些幸運者，事過境遷，已在想下一個路程，日本人要到 Easter Island 去看那些石頭巨人，澳大利亞人要趕到倫敦去參加婚禮。他也會繼續南下大陸盡頭的旅程。他們很快就會忘記地震，最多也不過是一個話題。

但當他想到那些被地震弄得傾家蕩產的人，即使生存下來，面對一片瓦礫內心的空空蕩蕩，方吾的此刻心中卻產生了一種悲天憫人的悲痛。他想起了 30 多年前坐在大學宮臺階上的艾蝶，和那個同學當時的心情。艾蝶已經過世，個人的恩怨都已平息。有一天，自己也會像阿連德和他所象徵的理想主義那樣消失。一些與重大的歷史事件同步發生的個人情感波折，是多麼的微不足道。

在那出奇平靜的星空下，方吾想到有多少事情要經過多少年後才能真正理解它們之間的微妙關聯和含義。

2013 年 9 月初稿

五十年前

那是一個長長的下午，自中午時分離開法德邊境他就讀的那個大學城已足足開了七八個鐘頭的車。一進入奧地利邊境就是崎嶇的山路，下山時，幾乎要用全身的力氣把持輪盤。現在又再上坡了，車子慢吞吞的，有氣無力地向上爬，他車後跟着六七部極不耐煩，而在彎彎曲曲的山路又不能超車的車子。一上山路，負荷不堪的馬達就熱起來，像蝸牛移動一樣的車速，連他自己也不耐煩了。他縮了縮肩背，伸了伸腰，想找一個地方停一下，讓後面的車過去，車子水箱裡加一點水，讓馬達冷卻一下，自己也可以喝一口水。

車子開到半山腰，才在路邊看到一間座落在夕陽光輝中的小旅館，這是一座完全用杉木造的 Chalet，漆成深棕色。二樓陽臺欄杆上掛滿一排顏色鮮豔的矮牽牛花、秋海棠。

樓下是一小片綠油油的草坪，擺着幾張白色的圓桌和椅，圓桌上天藍色的太陽傘已經收起來，看上去很舒服而又安祥。但不見一個人影。他在草坪前的停車地方停下來，走出車子，舒展了一下筋骨，走到一張圓桌坐下來，不禁為眼前寧靜柔和的環境吸引住。一個穿着蒂羅爾傳統裙子的少女走過來，紮在纖細的腰身上的黑顏色

裙子上又圍着一條花圍裙，一頭像成熟後麥田的金黃色頭髮下是一張極調皮臉孔，尖尖小巧向上微翹的鼻子，微微鼓起的兩頰上有幾點迷人的雀斑，又大又深的藍眼睛裡洋溢着十七八歲天真友善的笑意，還未走到他跟前就以輕快的口音向他招呼：

—— Guten Tag

—— Guten Tag

—— Was willst du trinken?

—— Ein Bier, bitte.

不久她就捧着一杯浮着白沫的啤酒到他面前，一面笑着指一指他的老爺雪鐵龍 2CV，又指一指他。他點一點頭。她又咯咯笑起來。

的確一進入奧地利境內就沒有看見過這種比福士甲蟲車還要形狀古怪，像隻蝸牛，只有兩匹馬力的簡陋的車子了。怪不得女孩子感到驚奇，她注視一下車子，又深深看了他一眼，問道：Japanisch？他搖了搖頭。Chinesisch？他點了點頭，女孩子又笑了，從頭到腳地端詳他。對一個生長在深山小鎮的女孩來說，一個東方人大概和那部老爺車一樣的新奇。他靜靜地喝着冰凍芬芳可口的生啤酒。似乎這一刻就停頓在那個越發柔和的黃昏中，這個愛笑的女孩子滿身是一股青春氣息。她是他接觸到的第一個奧地利女孩子，這是一個好的預兆，他的維也納之行應該充滿奇遇。遺憾是自己只會講有限的幾句德文。那女孩看他沒有說話，站了一會兒，笑着走開了。

在他浸浴在幻想之中時，陽光已經遁去。露臺上只剩下他一人，他把杯中的啤酒一口氣喝完，向站在旅店門口的女孩子招招手。在付帳時，他指一指她的裙子說：Wunderschon（很漂亮）。女孩子快樂的笑聲像輕快的鈴響，接着很快地說了一連串話，她的語音就像黃昏空氣裡傳來的鈴聲那麼好聽，但他只聽懂了「今晚」「節日」幾個單字。他用德文問你講不講英文？女孩子搖搖頭。「法文？」女孩子又

搖搖頭，只用手指指公路的方向，接着做了個跳舞的姿勢，旋了一圈，裙子從她的膝蓋揚起，在空中劃了一個輕飄飄的圓。看着那個輕盈的胴體，一種無從分享這種無憂無慮的不含雜質的快樂的遺憾就像暮色中的陰影，微帶憂鬱的淺紫色。

他想到明天還有好幾百公里的路，在天黑之前希望能趕到 Innsbruck 過夜。老爺車不要在半途拋錨才好。他上了車發動馬達，女孩還站在門口怔怔忡忡地望着他。他向她揮揮手，把車開上公路。

在背陰的山谷裡，暮色一下子就濃了許多。他又開了一個多鐘頭的車，發覺自己迷了路。天已黑齊，路標不好認，疲累和饑餓一齊襲來。他終於在山路上找到一個彎進去可以停車的地方，舒了口氣，心想今晚要在這個荒山野嶺過夜了；打開車門，山間陰涼的空氣襲上身來，他一連打了幾個噴嚏，身上還穿着日間的 T 恤。他套上一件毛衣，從車中拿出一瓶牛奶，還有麵包和乳酪，找了一塊大石坐下。周圍是參天松柏，腳下不遠處傳來潺潺水聲，想來是山谷裡的一條小溪。他一面啃着乾麵包，一面仰頭看天上的星星。周圍一片漆黑，冷寂，星星也顯得明亮。偶然有一兩粒乾松果「撲」地一聲從樹上跌下。

他想起自己總是單獨地一個人在旅行。餵飽了肚皮，除了睡覺外似乎沒有別的可幹的事了。他從車箱裡找出睡袋，在一塊鋪滿松針的地上攤開，鑽進睡袋。滿天的星斗向他撒下來。他立即找到了他的獵戶星座，正伏在眾星之中向着仰臥在地上的他打招呼，就像一個老朋友。

半夜裡他醒過來，頭髮上、睡袋上都沾滿露水，地上的濕冷透過睡袋一陣陣侵入背脊。他終於忍耐不住，爬起來抖掉睡袋上的水珠走回車裡，在車後蜷曲着身子躺下，翻來覆去總未找到一個舒適的位置，過了好久才朦朦朧朧睡去，等他再次醒來時天已大亮。他

走出車子在開始暖和的太陽下伸展了一下僵硬的軀體，然後爬下一個斜坡，找到了那條小溪。清澈的水在大大小小的圓石上嘩嘩地流過，在轉彎處激起一輪輪白沫。他掬了點水洗了洗臉，水奇寒透骨，想是從雪山上流下來的。

　　回到車上，在發動馬達時他想，如果能找到像昨天晚上的小客棧停下來喝一杯熱咖啡可有多好。他沿着公路又開了十來分鐘，突然在一個轉彎後看到山下一座浴在朝陽中的小城，5分鐘後車子就開到城前。那是一座中古時代的小城，還保留着城門，城門上有一個鐘樓，鐘樓上的針指着8點48分。他開着車子緩緩地穿過狹窄的城門，走上一條張燈結綵掛滿了各種旗幟的石板街。街兩旁一排三層樓高的屋子的露臺上也插滿了旗。但是窗戶的百葉窗都關上了，石板街上撒滿了五彩碎紙，行人道上遺留下無數各式各樣的空酒瓶，顯示着昨天晚上這裡有過一場狂歡，而現在整條街上，靜悄悄的一個人影也沒有，大概都還在夢鄉之中。他讓車子緩緩地滑過石板街。街的盡頭是一個大廣場。廣場上搭了個臨時舞臺，周圍排滿了長桌子和長板凳，桌子上還剩下昨夜的杯盤狼藉。他把車子開到廣場的中心停下來，對着舞臺，熄掉馬達，廣場上一片陽光燦爛，滿地的碎花紙和空瓶子在陽光下閃閃發光，彩旗懶洋洋紋風不動，周圍一個人也沒有，整個城市都在熟睡之中，一切是這麼安祥寧靜和充滿着夏天的活力。他想像昨天晚上幾乎通宵達旦的狂歡，帶着面具，穿着各色彩衣，打扮成各式各樣的人，是了，一定是一個化裝舞會，彩色的燈光，酒精的刺激，他想起了昨天晚上小旅館面前的女孩，她的裙子在她轉身飄起來有多麼好看。她的笑容那麼青春可愛，昨天他原可以來到這裡，參加這場狂歡，卻在深山野嶺裡獨自一人，昨天晚上在這個廣場上應該是擠滿了附近城鎮的人，音樂迷人，星光醉人，夏天的晚上有多麼的溫柔，小飯館裡人來人往，女人身上的香水味，

塗了口紅的櫻唇在啤酒泡沫的滋潤下談笑風生。

　　而現在只有他一個獨自在品嘗這個節日後的次日，但是一個在陽光下的節日後的次日，一切還是這麼美好，似乎在另一個黃昏時刻到來時，人們又會從夢中醒來，湧上街頭，街上的燈光又將亮起來，音樂響起來，然後節日又復活了。

　　他坐在車上，幻想着一切，似乎過了一世紀的時光，一隻黑貓懶洋洋地從他車前走過，穿越大廣場，然後整個大廣場只剩下了孤單的寂寞。

　　他歎了口氣，重新發動馬達，掉頭從原路出城。

　　出了城，他又在山中開了約半個鐘頭，突然在轉彎處又看到了昨天晚上喝啤酒的小旅館，還是一樣的寧靜怡人，他想昨天晚上以為迷路了，原來總是在這個旅館附近兜圈子。他不是沒有下車喝口咖啡的意願，但也沒有停下，錯過了也就錯過了，那一年他才二十七歲。

責任編輯	洪永起
書籍設計	霍明志
排　　版	周　榮
印　　務	馮政光

書　　名	一號公路——梁均國中短篇小說選
作　　者	梁均國
出　　版	山頂文化
	Hong Kong Open Page Publishing Co., Ltd.
	香港北角英皇道499號北角工業大廈18樓
	http://www.hkopenpage.com
	http://www.facebook.com/hkopenpage
	http://weibo.com/hkopenpage
	Email: info@hkopenpage.com
香港發行	香港聯合書刊物流有限公司
	香港新界荃灣德士古道220–248號荃灣工業中心16樓
印　　刷	陽光（彩美）印刷有限公司
	香港柴灣祥利街7號萬峯工業大廈11樓B15室
版　　次	2022年7月香港第1版第1次印刷
規　　格	32開（148mm×210mm）280面
國際書號	ISBN 978-988-75847-2-8